陈 然／著

两只老虎跑得快

中国言实出版社

图书在版编目(CIP)数据

两只老虎跑得快 / 陈然著. —— 北京：中国言实出
版社, 2022.4
ISBN 978-7-5171-4114-3

Ⅰ. ①两… Ⅱ. ①陈… Ⅲ. ①短篇小说—小说集—中
国—当代 Ⅳ. ①I247.7

中国版本图书馆CIP数据核字(2022)第052370号

两只老虎跑得快

责任编辑：王蕙子
责任校对：罗　慧

中国言实出版社出版发行
地址：北京市朝阳区北苑路180号加利大厦5号楼105室（100101）
编辑部：北京市海淀区花园路6号院B座6层（100088）
电话：64924853（总编室）　　64924716（发行部）
网址：www.zgyscbs.cn
E-mail：zgyscbs@263.net

经销：新华书店
印刷：阳谷毕升印务有限公司
版次：2022年6月第1版　　2022年6月第1次印刷
规格：880毫米×1230毫米　　1/32　　8.375印张
字数：170千字

定价：58.00元
书号：ISBN 978-7-5171-4114-3

目 录

CONTENTS

两只老虎跑得快

两只老虎，两只老虎，

跑得快，跑得快，

一只没有耳朵，

一只没有尾巴，

真奇怪，真奇怪！

——儿歌

众所周知，我们已经濒临灭绝。或许正因为如此，我们才有幸成为"国家一级保护动物"。大概谁也不想承担我们这个族类在他手里灭绝的恶名，虽然他们内心里其实并不在乎这一点。这些年来，我们越来越成为一块烫手的山芋，他们只想尽快把我们交给下一位，然后万事大吉。

是啊，曾几何时，我们被誉为"世界上最完美的捕食者"。我们是百兽之王。我们在大地上独步，既悄无声息又虎虎生风。我们敏捷的跃击令对手闻风丧胆，前肢的一次挥击，力量可达一吨。其他族类要想扬名天下，必须征服了我们才行。武松成了大英雄，就因为他酒后打死了一只老虎（要是没喝酒，估计他连想都不敢想）。如果他打死的是一只猫，以后会有他武松的大名吗？——其实最让我意气难平的，恰恰是我们属于猫科。为什么不说猫属于虎科呢？我猜想猫们肯定希望这样——至少可以增加猫的英雄感啊。

武松是英雄，死在他手里不冤。两个英雄狭路相逢，既然只能留下一个，那就死掉一个吧。这没什么大不了的。如果他们都用这种公平竞争的方法对付我们，哪怕有一天我们真的灭绝了，也心甘情愿。正所谓士为知己者死。但实际上，绝大多数人却更惯用"下三烂"的手段对付我们。他们设陷阱，投毒药，放暗箭，开火枪。他们想跟我们一样从容尊贵，便用我们的皮毛来装点他们的座椅，以显示他"山大王"的身份。他们吃我们的肉，喝我们的血，用我们的骨头泡酒，想变得跟我们一样勇猛有力。他们说，老虎全身都是宝，连我们的胡须和脚趾都不放过。听说我们每年只交配一两次，他们便把我们的阳具当作补肾的灵丹妙药，企图把我们积攒的荷尔蒙输入他们体内。其实他们应该去查查资料，我们每次的性交时间还不到一分钟。只有那些低等动物才沉湎于性交。

现在，我经常想的一个问题是，我们落到如此地步，难道真的完全是他们的原因吗？遭灵长类动物捕杀的生物很多，但有的不但没有灭绝或濒临灭绝，反而像受到刺激似的激增，比如蚊子、老鼠、苍蝇以及各种细菌病毒。灵长类动物想出种种办法对付它们，然而他们的办法越多，它们也越强大昌盛。

有灵长类动物说，我们的灭绝是必然的，因为我们已经不能适应这个时代，我们对环境的要求太高了。其实这话也不是没有道理，比如我们需要大片完整的山林，以便我们像古代隐士那样自由地隐居其中。但现在，哪里能找到那样的山林呢？我们喜欢咆哮，赤子之心般的直率、激情和焦虑使我们不管不顾。而这，也往往成为我们被责难的理由。虽然苍蝇和蚊子之类也会吵个不休，但人们已经习惯了，很多时候也没有办法将它们赶尽杀绝。的确，蚊子、老鼠、苍蝇以及各种细菌病毒比我们更适合在这个世界上生存。按照某种灵长类动物信奉的法则，我们也不应该要求世界或时代适应我们，而只能由我们适应它。可我们，真的不知道怎么去适应。我们依然阔步和傲视，虽然我们越来越孤独。在新世界面前，老虎的金黄已经成为时代的褐斑。听前辈们讲，我们老虎死的时候都是站着的。肉体没有声息，神气依然逼人。

或许他们害怕我们的，也正是这一点。他们见不得他者的傲视和阔步，以为那是对他们的不敬。他们是唯我独尊的类群。他们总在想尽办法改变我们。最常见的是把我们囚禁在动物园的铁笼子里，以供参观。参观者用种种方式挑逗我们，想看到我们因被激怒而又对他们无可奈何的窘样，然后以胜利者的自得姿态在笼子外面夸张地做出种种可笑的动作跟我们合影（最可恶的是谁都要伸出两根手指），来满足他们奇怪的征服欲。或者，他们让我们在马戏团做种种表演，成为他们赚钱的工具。至于那些看客，看到不可一世的老虎，像猫一样成为驯兽师手中的玩物或可被他们自己随意欺凌的对象，自然也开心得很。真的，马戏团的老板和络绎不绝蜂拥而至的看客从来都是合谋的。他们就好像电路的正极与负极，以为接通了，这个世界才能正常运转。

很多时候，我们并不理会人们的挑衅，对他们的种种刺激无动于衷。沉默已经成了保持我们尊严的唯一方法。当然极少数时候我们仍会猛然扑倒饲养员或驯兽师，用爪子撕破他们的喉咙。拿他们的话说，这大概也可叫作"是可忍孰不可忍"了。其实我们内心里并不想这么做。因为是国家一级保护动物，其他人并不敢轻易朝我们开枪，顶多把我们麻醉一下，让我们做一个晕晕乎乎的梦。至于被伤害者，自然也会被鉴定为工伤或被认为是因公殉职，还可以追认为什么什么，这一点，是根本不用担心的。我曾经待过的一个动物园，园长就曾因喝醉致死而被认定为因公牺牲。他私自酿制了不少虎骨酒，用来打通各种关节，或治疗他自己的关节炎。

其实，谁都知道一切是怎么发生变化的。我们在那里卖力地表演，自虐般地做出种种花哨动作，来博得人们的欢心。也许刚开始不过是权宜之计，但久而久之就成了习惯。由于不再为食物发愁（每天有专人喂给我们大块牛肉，如果我们吃腻了，他还会变变花样），我们渐渐失去了自己捕食的能力，就像人类失去了竖起耳朵这一高度警觉的功能一样，征服大象、犀牛、鳄鱼、花豹、野猪和黑熊，已成为我们记忆里遥远的梦境，只在前辈们给我们讲的故事里出现过。我们拍出去的巴掌绵软无力，虽然我们的身姿柔软灵活，但我们在一只只圆圈里钻进钻出，永远也没个尽头，看起来跟公园里那个妇女卖的小白鼠没什么区别。它们在圆形的笼子里一刻不停地奔跑，自以为快摆脱悲惨的命运了，实际不过是原地转圈。一天，一个奶油男生居然把那些小白鼠形容为"西西弗斯"，惹得一个戴眼镜的中年男人怒不可遏，转而又纵声狂笑。如果我们不慎从圆圈里摔出来，那等着我们的是一顿皮鞭——竟然是猪皮。大概让人们更为惊奇的，是我们会爬树和游泳的本领了。他们说，老虎怎么会爬树呢？当初，猫没有教给它啊！原来，他们都读过一篇写猫和老虎的文章，里面说，老虎的本领都是跟猫学来的，后来，老虎忘恩负义想吃掉猫，被猫及时知道了，猫便逃到了树上，而爬树这一招，它还没教给老虎。这不是别有用心地丑化我们吗？居然说猫是我们的老师；谁说我们不会爬树，只是我们很少使用这一招，也犯不着。至于说老虎想吃掉猫，完全是他们想当然。难道我们会像他们一样，找出种种理由去杀戮同类吗？再说我们轻易也见不到猫，当然也不会杀害它们。可见真相是多么容易被隐瞒，事实是多么容易被歪曲啊！本来，我们是百兽之王，是根本用不着爬树的。那只是雕虫小技而已。但现在，我们被强行赶上了树，以引起观者的惊讶，显示驯兽师的手段高明。至于游泳，很多人认为我们生活在山里，不会游泳。实际上，一开始我们自己也不知道，但无所不能的某种灵长类动物，把我们赶下水，挖掘出了我们的这一潜能。现在我们个个都是游泳健将。

改变我命运的，是一张图片。那时我还小，常依偎在母亲身边。我看到饲养员用来包牛肉的报纸上印着一张图片，里面两只老虎在打架，一只小母鸡在一旁歪着脑袋津津有味地看着。天啊，这哪里是老虎！就算是两只猫打架，鸡也不敢在旁边这样消遣啊。我深感耻辱！现在我认识到，把我们归类为猫科是没错的，因为除了体型不同，我们和猫已经没什么区别了。猫还会抓老鼠呢，而我们，已经习惯于被豢养，习惯于衣来伸手饭来张口了。我的心脏胀得难受，它像是要突破我的身体不管不顾地奔跑起来。正是这个时候，来了一个人，拿着一张盖了红章的纸片，到铁栅栏里来挑选小老虎。当别的小伙伴往后退缩的时候，我毅然抬头走了过去。

就这样，我，一只刚开始长牙齿的老虎，从大城市里的动物园来到了这个偏远的地方。他们把这里叫作山庄。跟我同来的还有来自其他动物园里的同类。有跟我毛发肤色相同的，也有不完全相同的。我们像不同民族的孩子从不同的方向汇集到了一起。

山庄真大啊，里面有山有水，有树有林。我们各自都有暖暖的窝，在里面翻跟斗伸懒腰都行。更重要的是，没有栅栏，没有铁笼子。白天我们可以乱跑，晚上吃饱喝足了就呼呼大睡，比在动物园里不知要快活多少！我梦见自己长大了，身高体长，一下子跳得很远，喉管里发出乌云密布般的吼声。

我庆幸自己做出了正确的选择。如果还待在动物园里，那我的命运跟父辈不会有什么不同。人们一方面把我们看管得紧紧的，一方面又嘲笑我们的退化。不知他们是否会想到，始作俑者正是他们自己。虽然他们嘴上说：始作俑者，其无后乎？

来这里没多久，我就觉得自己的身体有了变化：更多的牙齿在牙龈的战壕里蠢蠢欲动；我的毛发光滑发亮，身体里满是力气；我的食量很快也增大了，由每天的一小块牛肉增加到一大块。我听饲养员说，差不多有三斤哪。现在，他每天杀掉一头牛也不能满足我们的需要，只得再加上一头猪。它们都是老板从附近的村子或牧场里买来的，当然更多的是老板派车从更远的地方拉来的。它们在被杀掉的时候都要大声地吵嚷。起初我并不知道那是它们在哭。

又过了不久，山庄里来了狮子、熊、犀牛、长颈鹿、鸵鸟、猴子、鳄鱼、河马、大象等动物。不过这也没什么奇怪的，既然是山庄，就要有各种动物。老板说，现在好了，整个山庄百花齐放般地热闹起来了。

山庄的老板是一个矮个子的中年人。他经常站在廊桥上打量我们，目光充满了慈祥。每当他出现在那里时，我们都不自觉地向他跑去，不自觉地在他面前跳跃，摔跤，向他展示我们的力量来表达我们的兴奋。饲养员说，他是我们老虎的大救星，是他，让我们老虎在这个世界上的数量迅速增长起来。饲养员的语气，让我觉得他也已经是我们中的一员。我已经把老板的模样和气味牢牢记在心里。包括他抽的烟的味道，他的衣服和皮鞋的味道。他只抽一种牌子的烟，穿一种味道的衣服和皮鞋。

那天，他带着一些人在廊桥上朝我们指指点点，那样子，真是气度不凡。他像是在对他们又像是在对我们发表演说。他说：国家兴亡，匹夫有责，老虎灭绝，人类有责。大概在不到一百年前，亚洲大陆上还有十几万只老虎在高山密林间游弋，但现在野生的老虎只剩下三十只左右。这是多么可怕的落差！短短几十年时间里，老虎遭到大规模的杀戮，它们除了被杀死或被关进笼子里别无他路。人们把老虎做成佳肴，泡成药酒，或关在笼子里让它们做出种种表演。但我们忘记了它们的特殊使命：它们在食物链的顶端俯视众生，如果没有老虎，凶暴的动物就会泛滥成灾，只有老虎能制约它们。所以说老虎是百兽之王，是动物界的领袖。但随着老虎数量的急剧下降，就像打开了潘多拉的魔盒，鳄鱼肆虐，野猪横行，暴力大行其道，因为它们已经没有了天敌！所以我们现在要做的就是放虎归山！我们要把老虎从濒临灭绝的境遇里拯救出来。我们不但要增加它们的数量，还要提高它们的生存质量，对它们进行野化训练，以便将来能真正地放虎归山，这个山，不是山庄，而是深山、大山、群山！我们不怕养虎为患，只愿放虎归山，这才是我们的目的！拯救了老虎，也就是在某种程度上拯救了整个世界！

其他人一个劲地鼓掌。在我看来，人类跟其他动物的根本区别是，他们会鼓掌。这点让我羡慕不已。其实直立行走并不是他们的专利，这点，我们老虎和黑熊还有其他许多动物偶尔也能做到。但他们的掌声，我永远也鼓不出。我拼命拍巴掌，然而怎么也发不出响声。狮子和熊也是，它们也鼓不出声音。有几个人拿着单反，对着老板"啪啪"拍照，然后又对着我们拍。这东西我倒是很熟悉，以前在动物园里，见得最多的就是照相机。

老板说到做到。不久，他就开始让我们进行野化训练了。我第一次捕获的是一只鸡。不知怎么的，自从看了那张报纸，我就对鸡这种动物产生了一种仇恨。每次进餐时，我总是把饲养员分发给我的鸡肉嚼得特别香（虽然它们和报纸上的样子不一样了，可我还是一眼认了出来）。这天，饲养员没给我们吃的，我们饿得肚子像瘪掉的球，这时一只鸡闯了进来，我以为它就是我曾经在报纸上见过的那只，不禁气愤地朝它扑去。让我更加愤怒的是，它居然像没事一样并不惊慌。我一口咬住它的翅膀，以为一咬它的翅膀它就会死，但事实上并不是这样。它的翅膀里流出一堆红色颜料，像是个画家在地面上画了一朵小花。同时它"咯咯"歌唱起来，两只爪子奋力挣扎，从我手下跑掉了。我再次扑向它，这次，我咬住它的屁股，谁知它叫得更欢了。记得那时在动物园里，游客里有个女人就发出了这样的尖叫。我受到了启发，一下子咬住它发出声音的地方。这下很管用，它马上就不叫了，它的身体像一只气球一样很快瘪了下来，不再动弹。原来，动物生命的机关都藏在喉管里啊，那里好像很重要，只要一拧，生命就结束了。

饲养员对我的积极表现有点吃惊，事后他表扬了我，奖给我一大坨牛肉。经过训练，我很快掌握了置对手于死地的技巧。我感觉体内沉睡的基因本能苏醒了，它们像某种亢奋的液体，渐渐充溢我身体的每一个角落、每一根神经末梢。渐渐地，我也可以捕获大一些的动物了，比如兔子啊、猪啊、可怜兮兮的绵羊啊。我印象最深的，是第一次咬住一头小牛。不知怎么回事，看到它，我比看到其他动物更兴奋，想去追赶、去撕咬。我猛扑了过去，几乎跳到了它身上。它一边跑，一边惊恐地回头打量我。我先咬住它的尾巴，被它挣脱了。我又咬它的脚，结果被它踢了一下，不过并不痛，还痒酥酥的很舒服。它的喉管很粗，我没把握是否能一下子咬住。但我注意到，任何动物，不管它体积如何庞大，性情如何凶猛或狡猾，它可以躲闪、跳跃，保护这里保护那里，但它的喉管是无法被保护起来的，那个地方永远裸露着，即使我不想咬它，它也在那里诱惑着我。我咬住了它的喉咙，它只能乖乖就范。小牛的皮毛是那么柔软，摸上去很光滑，它的身体在急促而灼热地起伏着，是那么的动荡不安。起先它还拼命踢我，后来慢慢就踢不动了。而我的力气正在增大，好像它体内的热量涌动着，要流到我身上来。这时，我抬头望了它一眼，忽然发现它在流泪。它的眼睛那么大，像天空那么空旷，那么蓝。我犹豫了一下，还是一口咬了下去，这时，我忽然听到上面响起一阵噼里啪啦的声音。

原来是廊桥上的人在鼓掌。又是鼓掌，似乎掌声成了他们唯一的语言。他们在那里欣赏我们捕食，与上次不同的是，他们是买票进来的。最近来参观的人特别多，有时候全是大人，有时候有大人也有小孩，有时候老板前前后后陪着，有时候老板根本不露面，或者露了面也只是笑一笑，然后若有所思。但不管是什么人来，都似乎很乐意看我们捕食。他们说，已经很久没看见在野外矫健地奔跑着的老虎了。他们兴奋地叫着，举着相机"啪啪"拍照，甚至想怂恿我们和狮子或黑熊打上一架。因为有一个打扮得很神气的小孩子问他妈妈，老虎和狮子到底哪个更厉害呢？他妈妈愣了一下，说，应该是老虎吧，老虎是百兽之王啊！孩子说，我刚看的一本卡通书上说，狮子也是百兽之王，它们肯定有一个更厉害！他妈妈露出赞许的神情，说，这就不好说了，不过你真是个聪明孩子，我都没想到这一点呢！我们可以去问问管理员。管理员自然也表扬了孩子的聪明，但在谁更厉害的问题上，也没有答案。他说，平时老虎生活在森林里，狮子生活在草原上，彼此井水不犯河水，没有一比高下的机会。孩子说，要是让老虎和狮子打一架，不就分出输赢来了？管理员露出为难的神情，说，那不好办，万一要是咬死一个，我可负不了责。孩子妈妈说，把你们老板叫来，我跟他讲一下。不一会儿，老板小跑着来了，听了要求，说，这有何难，让它们打一架，贵公子这个创意挺好，正所谓虎父无犬子啊，当然，也得益于您这个当妈妈的教育有方！女人仰着脸微笑。不一会儿，一头大狮子就闯到我们空间里来了。我们有点紧张。它毕竟是我们的长辈呀，力气肯定比我们大。它有些奇怪地望了我们一眼，忽然摇摇尾巴，走到一边去了。小男孩着急了，说，它们怎么不打啊！快点让它们打啊！老板叫饲养员拿来一大块牛肉，扔在我们脚下。看到牛肉，我们还真有点激动起来，但那只狮子也走了过来。我们严阵以待，以为它要抢这块牛肉，但它仍只是望我们一眼就又走开了，目光中充满了慈爱。小男孩大哭起来。老板对着饲养员一阵呵斥。末了还是管理员想了个办法，他向老板建议，让我们再表演一次捕食小牛。老板低声跟那母子俩讲了好一会儿，孩子妈妈似乎又给小孩做出了其他的重要许诺，小男孩才破涕为笑。于是我们又表演了一次捕食小牛。

什么？表演？难道我们的捕食也是一种表演？这跟在动物园里有什么区别？无非是现在的园子大一些、绿色植物多一些罢了。虽然没被关在铁笼子里，但这些围墙和栅栏跟铁笼子又有何异？说实话，我很不习惯在众目睽睽之下干这干那。我很不喜欢表演。与其这样，我还不如待在那里一动不动以示抗议。

这天，老板来山庄走了走，好像看透了我们的心思。他手托腮帮站在那里，像是对我们谆谆教诲又像是自言自语：我理解你们的感受，本来，我也不想你们去干这个，我想让你们埋头训练早日归山，但是有什么办法呢，既然游客有这个要求，那就满足他们吧。他们是你们的衣食父母，来一趟不容易，很多还是从很远的地方坐火车坐飞机来的。他们那里本来是老虎最多的地方，只不过后来老虎失踪或灭绝了，现在他们像是来寻找失踪多年的孩子，我们怎么能忍心把他们拒之门外呢？再说，从某种程度上说，我们也应该为他们服务。只有这样，才能让他们充分认识到，老虎是人类的好朋友，从而会加倍爱护你们。反正你们该干什么就干什么，不要受他们的影响。至于你们说在这里跟在动物园的笼子里没有区别，那是没有道理的。在那里，你们可曾这样尽情奔跑自由自在？若说彻底的自由，那是没有的，什么都是相对的。当然，从绝对意义上说，你们的话也是对的，而且很对。别说这个小小山庄，其实整个世界就是一个大笼子，地球就是一个笼子，宇宙就是一个笼子，谁也不能离开，谁也逃脱不了宿命。你们会说，过去的原始森林多好，你们在那里自成一统，管他冬夏与春秋，可你们想过没有，你们的祖先能脱离那里？不能，既然这样，那原始森林也就成了一个笼子，离开了即死，不是说"虎落平原遭犬欺"吗？所以任何事情都有正反两面，你们要辩证地看问题，要学辩证法，世界是矛盾而统一的。笼子，它既是隔绝也是一种保护啊！

我发现，老板喜欢这样说话。他的话语重心长，听得我很内疚。是啊，他建成这个山庄花了多少钱啊，还有我们每天的开销，都是一笔可观的数目。他说他当初投资时，家里人都是反对的，老婆还跟他闹离婚，可他都扛过来了。至今他还欠着银行千八百万的贷款呢（那还是凭关系和面子贷出来的）。为了我们，他都快给那些人当孙子了！现在他不过卖了几张门票，我们就很有意见，摆弄我们那好笑的自尊心，太不像话了！他说，他也是自尊心和逆反心理很强的人。逆反心理强就是因为有很强的自尊心。想当年，他在学校里读书，因为老是逃学，耳朵都被老师拉长了许多——的确，他的耳垂像套着一个放大镜呢。据说跟他爹也处理不好关系。后来走上了社会，他又因为跟领导处不好关系，主动辞了职。他白手起家，从捡破烂开始创业，逐步积累了一些资产。如今他要以山庄为起点，打造一个新世界出来。

不知道是老板的话很有说服力，还是我们内心很软弱，反正，我们被他打动了。因此游客只要一来，我们就更加卖力地表演。为了让游客尽兴，我们会像猫捉老鼠一样（可恶可恶，我们又露出猫科动物的本性来了），并不急于把对方咬死，而是捉捉，放放，让他们看个够。这样，最后对方几乎是瘫软在地，不用我咬断它的喉管，它也一动不动了，因为我们已经在精神上摧毁了它。我们甚至还故意跟狮子打架，它也心领神会，我们彼此抱在一起摔跤，互相吼叫着，让游客大开眼界。

老板很满意。他除了让我们搞野化训练，还经常派人来给我们抽血或打针。起初我们很不配合，但老板说，那是给我们做体检，为了增强我们的体质和培养我们对疾病的抵抗力。怕我们不相信，他自己先把胳膊捋起来，叫医护人员给他扎了一针。对，老板还在山庄设了专门的医护室，既给我们老虎也给其他动物甚至他们自己看病。他们用的是人药，我们用的是兽药。不过，成分其实是差不多的，无非是分量的区别。老板说，他年轻时，得过一次伤寒病，发烧，拉肚子，打寒战，在县医院里化验、打针都没治好，后来还是找了个土郎中治好的。如果我们还有谁不听话，老板就叫人来打麻醉。这东西甚是厉害，朝你眨了下眼睛你整个身体就不听使唤了。

本来，我们对交配并不怎么感兴趣，觉得那个事情挺麻烦，或许这也是我们老虎逐渐衰落的原因之一吧。据说现在大城市里的年轻人也一样，因此每年出生的孩子越来越少。如果我们有和苍蝇老鼠一样的繁殖力，恐怕也就不怕被捕杀了。当然，如果这样，那这个世界上恐怕早就没有了灵长类动物的存在。可见什么东西都是有命定的，受限制的。我们既是限制者也是被限制者。唯一不受限制的，是某种灵长类动物的欲望，因为他们太聪明了。但他们不是也有一句格言，叫作"聪明反被聪明误"吗？他们迟早要为他们的过于聪明付出代价。那天打了针回来，我忽然觉得自己不对劲，浑身发烫，有个地方发胀，火烧火燎的，好像有什么要从身体里冲出去。看到一只雌性同类，我忽然控制不住地冲了过去，我闻到了她身上黏糊糊的味道。那是一只害羞的小母虎。有时候，我们跟她开个玩笑，她也不好意思。我以为她是要拼命逃掉的，谁知她也昏了头，不但没跑，反而转过身来迎接我，我还来不及惊讶，就跟她滚到了一块儿……她傻笑着，疯狂得脸有些变形，让我感到陌生。我不知道她为什么会这样，也不知道自己为什么会这样。本来，我喜欢的并不是她，我喜欢的是薇薇，薇薇对我也有好感，从她的眼神中我能够看出来。不久前，我们在树下私定了终身。她说，她只喜欢我一个，我说我也是一样。她性格爽直，很对我的路子。跟她在一起，我变得温柔又细心。我们老虎的爱情，向来就是一对一的，并不要什么来约束。可现在，我怎么跟这只平时又害羞又娇气的小母虎搅到一起了呢？等头脑和身体冷静下来，我就赶紧逃开了。我想，薇薇哪去了呢？我抬起头，惊讶地发现她跟一只叫森森的家伙在一起，我的心一阵紧缩。这时，薇薇也看见了我，她满面羞愧。

我想跟她吵一架，可是，我自己也理亏。我低下头，不理她，也不理自己。我听到了体内某种东西坍塌的声音。我知道，那是一种庄严高大、穹顶一样的东西。怎么会这样呢？我们情窦刚开，就遭到了命运的戏弄。本来，我以为自己是纯洁的，并会一直纯洁下去。可是，我和薇薇，还有其他同类的身体和内心，都已经被弄脏了。

老板见我们互相赌气不理对方，他又来开导我们了。他说，当初那个土郎中，下的是猛药，把他当畜生治，才治好了他的伤寒病。那郎中下的药，是治疗一头牛的量，一般的医生不敢这么做，这不，还真的立竿见影了。老板说，这件事情，在他以后的人生实践中，多次给了他启发。现在，他也给我们下了一味猛药。他让医生在针剂和我们吃的东西里做文章，让我们兴奋、狂乱。他说，照我们这种一对一、慢吞吞的恋爱法，他这个山庄要亏死，而我们老虎也会很快完蛋，他要多快好省，什么都要讲究个效率。

原来是这样。老板为了刺激我们生育，给我们下了药。这么说来，我错怪薇薇也错怪自己了。我主动跟她认错，我们重归于好，过去的事就让它过去吧。但事情并没到此为止，此后我们又被强行注射了几次药物，我和薇薇又各自跟其他同类鬼混，等清醒过来，又是后悔和道歉。可怕的是，时间长了，我们竟对此享受和麻木起来。我恨薇薇，恨自己，恨老板，但结果我谁也恨不起来。我脑子木木的，整天无精打采，只有打了针吃了药才会忽然有精神。原来恨也是要有力气的，甚至要更多力气。再看到薇薇背叛我，我也见怪不怪了，哪怕我们刚刚在一起甜言蜜语山盟海誓，转眼她就投进其他同类的怀抱。

后来，她的肚子渐渐大起来，其他母老虎的肚子也都大起来了。没多久，母老虎们就做妈妈了。让我们惊讶的是，她们一胎都生了六个或七个小老虎，而她们的乳头只有四个。以前，母老虎生孩子从没超过四个，怎么现在生了这么多呢？真是奇怪。这样，小老虎每次吃奶便成了一场战争，没抢到乳头的便在后面乱咬一气，抢到了的则"嗷呜"叫了一声松开乳头回身反咬。看到这种热闹景象，老板十分高兴。

不管怎么说，我也当爹了，这是好事。虽然我不知道究竟谁是我的孩子，正如我不知道我的孩子的亲爹是谁。我亲薇薇生的那六个孩子，也亲其他老虎生的孩子。这样，总会亲到我自己生的孩子的。我是这么想的。老板也说，哪个是自己生的孩子，并不重要，重要的是，它们是老虎而不是猫。我觉得老板说得太对了，这话让我的血液发烫、体温升高。两年过去，我的模样已大有改观，我感觉自己威风凛凛，能让其他生物簌簌发抖。我的身体，已经能容纳得了我狂野的心脏了。我在前面奔扑腾跃的时候，几只小老虎欢快地跟在我后面。在母老虎们休息了一段时间后，我们又被注射了药物，于是我们再次亢奋，薇薇们再次怀孕。按道理，我们的发情期一般在冬春季节，可现在，我们已经像灵长类动物那样，情欲不受控制了。

就这样，在短短几年时间内，山庄里我们的数量，由刚开始的十几只，很快增加到两三百只了。老板说，为了方便管理，有必要把我们分开来。大概是怕我们不乐意，他打了个比方说，就好像一棵树，长大了自然要分出枝权来，这不是坏事，而是大大的好事。不这样，怎么枝繁叶茂？怎么长盛不衰？他把我们按族群、体格以及我们不知道的其他什么标准分成几组，有的去了后山（我猜，那里肯定是桃花源似的好地方），有的搬到了旁边新建的宿舍里。那里是一排排结实整齐的新房，每两只老虎一间，一夫一妻。房前有篱笆，有小树。每间房子用篱笆隔开，整排房子有单独的院墙。我跟薇薇，还有另一些老虎，则留在原地。谢天谢地，我最怕的是薇薇跟我分开。还好，老板和管理员在打量了我们一会儿之后，还是让我们在一起了。

这天，老板又站在那里跟我们说话了。他说，作为老虎，应该要掌握多种谋生本领，不能只会一种，这就叫技多不压身，因此，他特地从外面请来了师傅，专门教我们唱歌跳舞表演节目。他说，虽然你们以前在动物园里也唱歌跳舞，但性质是完全不一样的，请你们多多理解，随着事业的发展和你们数量的增加，山庄的开销也日益增大了，最近我手头的确很紧，不这样我们都要饿肚子啊，我饿肚子不要紧，关键是，不能让你们饿肚子。再说，你们一个个本来就是了不起的艺术家，这些表演，对你们来说不过是小菜一碟，我请个师傅来，也无非是走个形式，就好像我到这里或那里盖章，并不是盖章能说明什么问题或一定达到了什么标准，而是必须要有个那样的东西。

师傅是一个看起来很温和的人，然而他的手很有劲或者说他很有手腕。根据我不多的与某种灵长类动物打交道的经验，知道越是这样外表温和的人，内心也越狠辣。果然，他一面极力拉拢我们，博取我们的好感，把我们每一个都表扬了一通，一面又挑拨离间，激起我们之间的矛盾，让我们互相厮打，这时他可以充好人当裁判。也就是说，他一边挑起我们的矛盾一边又假装帮我们解决矛盾，以此来树立他的威信。让我生气的是，我们纷纷中计，最后竟对他感激涕零，唯命是从。每天进行训练的，除了我们，还有狮子、黑熊和孔雀之类。有时候，训练和表演是同时进行的。他让大家站在展览车上，做出种种高难动作，如果我们稍有差池，他便用藏在袖子里的尖木棍扎我们。游客根本看不到木棍的存在，因为他一般穿着长袖衣服（据说那叫民族服装）。时间长了，我们一见他，便要紧紧盯住他的袖子，随时提防里面飞出什么暗器。

除了棍棒，他还有许多折磨我们的法子，比如关禁闭、饿肚子、站桌子。我们真是奇怪的动物，以前没尝到自由的好处，也许在笼子里待一辈子都无所谓，但现在再被关起来就痛苦得不得了，在里面大吼大叫，撕扯，撞墙。当然，这只能徒增痛苦，而且越是这样，关禁闭的时间就越长。俗话说，好汉不吃眼前亏，我只好屈服。至于站桌子，就是把我们中间犯了错误的用链子拴起来站在一个很高的台子上，这样上不着天下不着地，虽然没有笼子，但比笼子更可怕，再加上我有恐高症，一时间，我四腿发软。我们有的还当场把屎尿拉出来了。下面那么多同类还有其他动物（比如讨厌的鸡和轻浮的孔雀）在瞅着，多丢人啊，我只想找个地洞钻进去。这都是些阴招。说实话，作为老虎，并不怕他摧残我们的肉体，最怕的是他摧毁我们的自尊心。如果没有自尊心，那我们跟猫鼠何异？

我想，老板怎么找了这么坏的一个人来给我们当师傅。或许他比历史上所有的奸臣还要坏。我恨自己不会说人话，不然我会把我知道的一切都告诉老板，好炒他的鱿鱼。或者，我干脆一口把他咬死，我相信，我的同类中会这样想的肯定也不在少数，对我们来说，这太容易了。但我们迟迟没有动手，或许我们永远也动不了手。因为，不管谁这么做了，其他同类为了自保，都会马上扑上去把出头的那个咬死。不然，老板或管理员很可能会不分青红皂白把所有参加训练的老虎都处死。再说，作为老虎，我们情愿死在敌人之手，也不愿死在同类之手。那未免太悲哀了，会影响我们自有史以来已经树立起来的英雄形象。复仇的冲动在我们心中激荡，以致皮毛上都泛起了旋涡。但也仅此而已。

所以，我们还是改变不了表演的命运。在师傅的哄诱或棍棒威逼下，我们又走上了祖辈们强颜欢笑的老路。我们列队，起立，敬礼，立正稍息。还要表演接吻，走高架，钻火圈。师傅明知道我们有恐高症，却还要我们走高架，就是想以此来制造看点。看客也希望我们从上面摔下来（我敢打赌，他们心里一定是这么想的。好像这样，他们才不虚此行）。有一次，我鼓足勇气，故意从上面摔了下来，我想，这一下，师傅该狼狈了吧。说实话，我已经不在乎他的棍棒了，有时候我恨不得他一下子把我打死，我死了，种种折磨我的痛苦也就结束了。要是老板知道损失了一只老虎，肯定会很痛心（谁叫他听信奸臣）。每想起这些，我就很痛快。但奇怪的是，这次他不但没揍我，反而还朝我微笑，仿佛夸我摔得好。刚开始我以为他在说反话，紧接着肯定是更猛烈或隐蔽的一阵棍棒或针刺。我做好了承受的准备，不过我的"期望"落了空。后来才知，他跟老板是这样讲的：有老虎掉下来是好事，说明我们的节目有变化，有活力，毕竟老虎不是专业的杂技演员，来点惊险和刺激反而更能满足观众的好奇心，这样才有新意。我很生气，我的自虐不但没使他倒霉，反而被他利用，给他带来了新的荣誉。

若以为他真的被我蒙在鼓里就此放过了我，那就大错特错了。他是个精明无比又睚眦必报的家伙。他整治我的机会很快就来了。薇薇生病了，上不了场。她主要是表演跳火圈，从熊熊燃烧的火圈里钻过去，一个，两个，三个……谁都知道，动物有怕火的本能，所以猎人在野外只要生了一堆火就可以安心睡觉，无论多凶猛的动物都不敢靠近他了。当初，薇薇为了钻火圈，不知挨了他多少棍棒。现在，他要我紧急操练顶替薇薇上场。这一下，我真的害怕了。

比人还高的铁板桥搭起来了。桥是断的，中间放着一个吐火的钢圈，我得从那个圆圈里跳过去。关于火的恐怖记忆从我的每一个细胞里复活，我瞪大眼睛，毛骨悚然，每一寸骨骼都好像隐隐作痛。我一步一步走上断桥，身体却不知不觉紧缩。这时，我感觉后腿被重重推搡了一下，我回转头，想看看怎么回事，一棍子已经砸在我腰上。我抬头吼叫，脑袋又已经重重挨了一下。疼痛和愤怒使我对火的恐惧麻木了，我破罐子破摔，赌气似的纵身一跃。我想只有这样，只有取得了成功，才能使他的阴谋破产。他瞪眼望着我，很惊讶，仿佛没想到这一点，这时他手里的铁棍又举了起来，可是我已经骄傲地跃过去了，它就没有任何理由落在我身上了。

　　我自己也很惊讶，我从未钻过火圈，我对火是那么恐惧，可我怎么无师自通，一下就跳过去了呢？现在我明白了，那是因为，当初薇薇在钻火圈的时候，我和其他同类一起在旁边看着。薇薇哆嗦，我也跟着哆嗦。薇薇挨打，我骨头也隐隐作痛。当薇薇一次次往火圈里跳跃，我也在心里跟着她跳。也就是说，我也不知不觉在意识里练习着，这是我感同身受的结果。就像一个人老是作揖，他家里人看上去也驼着背。

　　就这样，我顶替薇薇登台表演了。我知道，那个家伙还在寻找朝我下手的机会，我不能给他这样的机会，因此我就必须卖力地干。这就形成了一种奇怪的逻辑：我越怕他，越恨他，就越干得好。观众对我的表演很满意，掌声不断。他们肯定还以为我是薇薇，在他们眼里，这只老虎跟那只老虎是没有区别的。游客一拨拨过来，又一拨拨走开，我们的表演循环往复，每天要表演五六场。这天，头几轮我都顺利地对付过去了，但下午那场，我感觉有些累，一不小心，把火圈拉倒了，我跟火圈一起摔倒下来。游客惊呼，那个家伙却袖手旁观，不闻不问，似乎怀疑我是假装，而观众想当然地以为这也是节目内容的一部分。

火圈在我身上燃烧着，我闻到皮毛烧焦的气息。但我并没有感觉痛。我不想挣扎，甚至觉得就这样被烧死也挺好。观众还在鼓掌喊：加油！加油！这真是火上浇油啊。这天来参观的还有一群小学生，他们在老师的带领下，排列整齐地坐在台下。这时他们和他们的老师显得尤其激动，老师赶快指挥学生拿出纸和笔。空气还在"吱吱"地响着，那个家伙见势不妙，才猛然朝我狠狠揍了一棍，我的身体本能地跳起，火圈从我身上抖落下来。幸亏这时老板出现了，他朝那个家伙气愤地挥手，后者才慌忙把我身上的火扑灭。

我奇怪老板怎么在这时候出现。

我被烧伤了。老板打电话到医务室，医生来查看了一下，说他只能对付简单的伤情，我烧伤面积大，皮下受伤程度也深，得赶快送兽医院。老板摆摆手，叫他赶快准备好担架。

我注意到老板似乎很忌讳围观者里的一个人，他不时地朝那边瞥上一眼。是谁呢？我挣扎着朝那边望了一眼，然而并没看到什么特殊的人。

我被毯子裹住送往兽医院，在那里住了半个多月。其间老板还有其他员工手捧鲜花去看望了我。我的特殊病房里只有主治医生和专门护士才能进去。饲养员给我带来了一大块新鲜牛肉，一见他，我的眼泪差点掉了下来。有人给我们拍了照，留下了这一珍贵的幸福瞬间。老板则告诉我（看上去他依然像在自言自语），那个可恶的驯兽师被他给辞退了。他说，那个家伙不懂得顾全大局，经常把个人恩怨凌驾于集体利益之上，这样下去，迟早会毁掉他苦心孤诣经营起来的伟大事业。

老板的话给了我很大安慰。看来回去之后，我再也不用见到那张阴险冰冷的脸了。我跟他之间的恩怨算是两清了。我们之间，分不清谁输谁赢，算是打了个平手。出院那天，老板还请来了锣鼓队，从医院门口一直敲锣打鼓，把我送回山庄。沿途挤满看热闹的人群，还有几个人拿着照相机或摄像机紧紧跟在车子后面。进来时我被严严实实裹在毯子里，现在我威风凛凛站在专车上，车厢栏杆和路旁的绿树上，红布白字地写着这样一些标语：热烈欢迎老虎同志伤愈出院！热爱生命，保护老虎！不怕放虎归山，只怕见虎不救！山庄是老虎的乐园，乐园是你的梦想！快到山庄门口时，我远远望见两只巨虎蹲坐在那里，吃了一惊。那威武的神态，真可说得上是虎视眈眈啊，我很疑惑，不知道是哪里来的大虎，我还从没见过这么大的老虎。到了近处，才知它们并不是真的老虎，而是雕塑。不知从什么时候开始，山庄门口立起了几栋高楼，像是宾馆和餐厅之类，还有商场、小卖部、各种摊点，看上去真的跟公园差不多。车子停了下来。老板从前面的小车里钻出，亲自把我从卡车上抱了下来，那样子，仿佛我是他的新娘。又是一阵相机咔嚓。老板说，来，机会难得，既然你已经看到了我们山庄的可喜变化，那你就当个代表，我带你来好好参观一下。

老板先带我参观了山门。为了让他更好地挽住我的胳膊，我也把身子立了起来（瞧，我也直立行走了）。我摸了摸那两只老虎的脚，才知是海绵做的。老板说，它们是山庄的名片。的确，我看到小店门口挂的明信片上，都是以它们做封面。抬头，见山庄的门楼上写着一行大字：热爱祖国河山，保护野生动物。老板说，以前跟你们讲过，我最终的目标，不是把你们关在这里，而是放虎归山，让你们回到大自然的怀抱，只是现在时机还未成熟啊。这时，门口有许多人在排队照相，他们戴着统一的遮阳帽，一个女导游拿着喇叭和三角小旗在前面指挥。队列里有人提醒，一定要把门口的两只大老虎照进去！他一转脑袋，忽然发现了我，大喜，说，这儿还有一只真的老虎！便立刻要求导游跟老板商量，把我借他们一用。于是他们先让我参加他们的集体合影，然后又一个个跟我单独照相，做出种种姿势（不用说，最多的还是那让我恶心的两根手指的姿势）。这样折腾了十几分钟，我都有点不耐烦了，但此时老板朝我做了个下压的手势。等那群人走了，老板才跟我说，你得忍忍，凡事以大局为重，俗话说小不忍则乱大谋啊，我们山庄已经纳入了全市的旅游系统，成为了一个亮眼的景点，现在每天要接待数千游客，到了节假日还不止呢，你能跟他们合影，是你的荣幸啊，他们会把照片放大悬挂在家里或其他显著位置，这下你成明星啦！

老板说着，把我引进一栋大楼，他说这是山庄新开张的宾馆，为了方便游客吃住和承办各类与保护野生动物有关的会议。大楼的一楼是展厅，类似于老虎的博物馆和科学馆。在这里，我能想象到我们死后的样子：一副完整的老虎骨架被放在玻璃棺材里，虎皮则被装裱好了挂在墙上，看上去像一幅名画。不，何止一幅，我发现我们虎类身体的各个部位都被镜框镶嵌了起来，都是好看的名画。有的像水墨，有的像工笔，还有的像印象派。戴着耳机和话筒的讲解员说，实际上，它们正是由老虎不同的部位和画家精妙的构思共同创作出的一幅幅美画，比如这幅画的原料是虎须，那幅画的原料是虎爪。有人想出钱买下它们，但讲解员说，这是展览用品，不能卖，每一幅都是无价之宝啊。她又带着大家来到屏风前，上面是关于老虎的一些常识和山庄的情况介绍。她说大家都知道老虎是国家一级保护动物，濒临灭绝了，但大家知道是什么原因吗？游客里马上有人说，知道，是因为滥捕滥杀。讲解员说，那您知道人们为什么要滥捕滥杀吗？游客说，当然也知道，因为老虎值钱，有极高的药用价值，虎骨酒通关节，虎肉长力气，还有虎鞭，那就更不用说啦，哈哈哈！讲解员说，这位先生说得很对，可还不全面，实际上，老虎全身都是宝，连虎尿都可以做药引哪！大家笑了起来。讲解员说，不过我们山庄是不会给大家提供这些的哦，因为我们的目的是保护它们，对它们进行野化训练后，最终让它们回归自然，放虎归山！游客说，骗人，二楼的餐厅里不是有老虎肉吗？他们还偷偷地卖酒。讲解员说没有啊，也许是有的游客想当然地这样认为吧，要知道，卖老虎肉可是犯法的哟，在我们这里，是绝对不允许的！游客说，那老虎死了怎么办？讲解员说，就把它在冷库里封存起来，然后向相关部门汇报，请他们来检查，死老虎也由他们处理，只有他们才有权处理。

我还想离游客更近一些，老板用跟我商量的口气说，那样不好吧，这里人太多，别吓着他们。他建议我们到二楼去看看。刚到楼梯口，便听到上面传来了"嗡嗡"的回声，那些声音像是从密封的容器里传出，然而又经过了放大。老板说，那里都是贵宾啊，他们是国内有名的专家，在开一个关于保护野生动物的会议。我听到里面有激烈的争吵声，我当然听不懂他们在说什么。老板说，你听不懂不要紧，但有人反对我们这个山庄，说我们借养虎之名，行牟取暴利之实，幸亏也有许多专家支持我们，说我们以虎养虎也是迫不得已，你们老虎胃口那么大，每天要吃掉好几百斤牛肉，山庄已经几个月没给职工发工资了，那些养殖专业户走马灯似的来要账，你说我有什么办法，对吧？对老板的话我仍似懂非懂。会议室里忽然传来拍桌子和茶杯掉到地上摔碎的声音。老板脸色不好看，他嘀咕了一声什么，拉着我，踢开会议室的门。

里面立即安静下来，他们齐刷刷地看着老板和我。有一两个人"啊"了一声，吓得仰面便倒。但椅子都有扎实的扶手和靠背，他们并未落到地上。有人问，这是谁？旁边的人告诉他，这就是山庄的老板。老板拍了拍我脑壳，让我站得更直一些。那些人不自觉地后退着。老板说，不好意思，打扰你们开会了，我一不注意，这只老虎就闯了进来。各位，请你们继续开会。老板朝大家鞠了个躬，搂着我退了出来。

　　老板说，你表现得很好，来，让我犒劳犒劳你。他带我朝走廊尽头的大厅里走去。走廊里很静，会议室再没有嘈杂的声音，我回过头看，见那扇门像一个人张着大嘴巴没有合拢。老板说，我管吃管喝，居然还有人这么不懂事。我望见大厅里的红色地毯和白色桌布，偶尔有碗碟和不锈钢叉子轻轻碰击的声音传出。老板说，这就是餐厅，可同时招待好几百人呢。老板拍了一下巴掌，马上有个服务员出来冲着他哈了一下腰。老板朝我努了努嘴，服务员转身进去拿了一大块牛肉出来。可我不饿。我怀疑在医院这段时间，我的胃口被破坏了，因为我天天闻的是医院里那种难闻的药味。一闻到那种味道，我就没有食欲。同时我感觉自己的身体出现了奇怪的变化，究竟是什么变化，我一时还说不清楚。见我对牛肉没什么反应，老板只好叫服务员把它拿了回去。老板说，看来，待你完全恢复，还要一段时间啊。就在这时，我忽然闻到一股熟悉的味道，像是我身体内部的味道。不，准确说来，是某个伤口散发出来的味道，我不禁惊恐地一跳，把那个服务员扑倒在地。

　　真的，我并不想这样，我甚至根本没意识到自己做了什么。餐厅里一阵大乱，碗碟纷纷掉落并摔碎。老板想抓住我，但他似乎马上意识到我是一只老虎而不是一只猫，便赶紧缩回了手。几个女服务员尖叫着，叫着一个什么人的名字。一个保安模样的人从里面冲出来，手里握着一杆枪，不慌不忙，轻轻一扣扳机，我马上就像喝醉了酒似的摇晃起来。

　　在我慢慢倒下去的时候，我听老板嘟囔了一句：早知这样，还不如那时候……

　　醒来时，我已经被关在笼子里了。月光照着我，很冷清。几个同类远远望了我一眼，想避开似的赶紧低头跑开了，生怕我给他们带来什么厄运。的确，我已经不是从前的我了。我那漂亮的皮毛，已经面目全非了，而且，没有了它的保护，我身上不由自主地忽冷忽热。我大声问他们，薇薇哪去了？你们告诉我，薇薇哪去了？他们像是没听到。这时他们真的不像老虎而像是猫了。不，说不定连猫都不如。等四周都静下来了，才有一只同类悄悄过来，跟我说，薇薇被送到后山去了。去那里干吗？我问他。他四下里看看，说，老了和伤了的老虎都被关在那里。我说，你怎么知道？他说，他是无意中听饲养员说的，老板没发工资给他，他便在那里发牢骚，说，老板要是再不发工资，他就把什么都讲出去。包括老板违反规定，怎么卖虎肉虎骨、酿虎骨酒什么的。老板把老弱病残的老虎全关在后山里，在那里暗暗开了酒厂，专门泡虎骨酒。我说，不对啊，老板要是真的这样做，为什么还要给我治伤呢，直接把我送到后山上等死不就得了？他说，不是老板不想这么做，而是你受伤那天，刚好有个大报的记者在偷偷拍摄采访，有人把消息透露给老板，由于对方来头大，老板也没敢采取其他措施，便将计就计，把你送到了医院，等你出院，又大张旗鼓把你接回来，好堵住那个记者的嘴——不，不是堵他的嘴，而是让他放开说，尽管说，知道什么就说什么。今天，那个记者又混在人群里面，拍下了老板跟你还有其他许多人的亲密合影。他肯定又要在报纸上报道了。老板真是个狡猾的人啊。

这下我明白了，原来老板一直在利用我啊。他之所以隆重接我出院，并让我跟那些游客合影，无非是想表演给别人看。如果他也是老虎，那肯定是一只天生就很会表演的老虎。见跟踪的人走了，他又带我去了会场，震慑了一下提反对意见的人。只是他没想到，在餐厅里我会有那么大的反应。现在我也知道了，他所说的"养虎归山"完全是一句谎言，如果他真的想这么做，把我们直接放回深山老林不就得了吗，干吗把我们在这个山庄里养着呢，谁要他以虎养虎了，不这样难道不行吗？如果我们真的不能适应这个世界，就算是把我们放回山里又有什么用呢？现在看来，他天天喊"保护野生动物""放虎归山"不过是个幌子，他心里想的无非是怎么利用我们来赚更多的钱。

我的伤疤保护了我，因为它实在太扎眼，把我跟别的老虎区别开来，成了我的标志。那个大报记者（几天后他又来了一次，现在我认识他了）如果没看到我，肯定会追问不休追查到底的。所以老板没把我打发到后山里去，也没让我再从事各种表演。他让我跟几只后生虎一起带着小老虎们继续进行野化训练，以遮人耳目。我除了装作乐意，也没什么更好的办法。

但想起薇薇，我就烦躁不安，我吃不下东西，对小老虎们也没什么好脸色。我朝毫无防备的游客冲过去，吓他们一跳。饲养员送食物时，我故意咬住他衣服的下摆。我向他表示，我要见薇薇，他说这要报告给老板。

第二天，薇薇忽然出现在我面前。我扑了上去，又啃又咬的，跟她抱作一团。她的嘴巴有点咸，有点苦，她的腿还没完全好，我们拥抱时她的身体有点不平衡。我觉得很奇怪，按道理，早该好了。她又脏又瘦，身上散发出难闻的味道。饲养员说，老板看在你认真工作的份上，特意把薇薇调过来陪你，希望你们互相学习相互促进。我带薇薇去洗澡，可她半天不敢下水。除了腿上有伤，她背脊上也有几道很深的伤口。我问她这些伤口是哪来的，她说是管理员拿铁条揍的。饲养员送来了食物，看薇薇吞咽的样子，我鼻子一阵发酸。我问她，在那边是不是吃了很多苦？她望着我，似乎想了半天，才木讷地点点头。她神情呆滞，不再是以前那活泼可爱的样子了。那天晚上，我搂着她，爱抚她。半夜，她几次大叫着从梦中惊醒。

几天后，等她情绪平稳下来，我才向她打听后山那边的情况。她说她以为再也见不到我了。她被关在后山封闭的水泥房里，四五只老虎挤在一起，只能透过狭小的窗子看到外面的一丝光亮。里面阴暗潮湿，地上满是排泄物。他们有的身体羸弱，有的浑身是伤。其实刚进来的时候，大家都是活蹦乱跳的，又高大又健壮。但被关在这里，既不能活动又晒不到阳光，天天吃不饱，饿得皮包骨头。看上去不像是老虎，而只剩下一张虎皮。薇薇的伤，到了那里就一直没有治，而且是根本不会治的。起初大家不明白是怎么回事，后来有一天忽然明白过来。那天，一只老虎死了，大家以为管理员肯定会惊慌失措，要挨骂，受处分，没想到他竟然大笑起来，说，成了，成了！好像立了什么大功。薇薇说，原来，这个管理员跟以前的管理员不一样，他的任务不是把我们养好，而是要弄死我们！实际上，我们身上的伤，都是被管理员故意弄出来的，他说，你们都去死吧，死得越早越好！他拿铁棍抽打我们，戳我们的脑壳、眼睛。大家除了在暗室里哀吼、咆哮，别无他法。那里谢绝游客参观，中间有围墙挡住，还有保安把守，游客甚至根本不知道有那么一个地方。其实就算是山庄里面的人，也不是谁都可以进来的，得凭内部通行证。

薇薇说，那天，她听那个可恶的管理员在电话里跟人说，老虎活着是很烦人的，每天要吃那么多东西，但一死，就值钱了！他说一只老虎死后，光骨头就可卖两百多万！每死一只老虎，他就可以拿很多奖金！

我说，难道老板真的想把那里的老虎都弄死？难道他不怕犯法吗？

薇薇说，想不到你还这么幼稚，怕犯法的人敢当老板？人家既然敢当老板，肯定就不怕犯法。他要那么随便就把死老虎卖了，可就太便宜了，人家买去还是要赚钱的，这个钱他还不如自己赚。后山里还藏着一个酒厂，每天要从外面拉进很多粮食，老板叫人把我们老虎的骨头之类泡在酒里，这样可以赚更多的钱。听说地下室摆了几百只大酒缸，你想想，那要扔进去多少骨头啊！听说老板自己也天天喝这样的酒呢。

我说，难怪啊，难怪那天我闻到老板身上有我们老虎的味道，还有餐厅、服务员。本来我以为是因为他们跟老虎打交道多的缘故，但想想又不对。老虎的味道不是从他们衣服和皮肤上散发出来的，而是从他们的嘴巴和鼻孔里，从他们的哈气和放的屁里散发出来的！讲解员不是说，老虎死了，是要在冷库里封存起来吗？

薇薇说，那里的确有一个冷库，老虎死了之后，就在那里放一段时间，老板先要听听风声，再拉到酒厂里。后山里那些老虎，最怕听到冷库这个词，要是吵起架来就诅咒对方去冷库，被诅咒的一方就呜呜叫，腿发抖。

我说，看来，我们迟早也是要被送到那里去的。

薇薇说，你不要紧，因为你已经有了名气，老板是把你当挡箭牌来用的，他不敢把你怎么样。你将来就是老了，死了，他也不敢拿你去泡酒，相反，他还会把你好好地保存起来，作为他没有从老虎身上牟利的证据。你不知道，你的成功经验使大家都想模仿。他们踊跃报名参加表演，然后故意受伤，可他们不但没有你的好运气，反而使厄运提前到来，一律被送到后山，然后进入冷库，流向酒厂。我猜，他们在临死前肯定恨透了你。

我说，难怪我从医院里回来时，其他老虎对我很冷漠。看来他们也知道这件事了，开始我还以为是我身上的伤疤不好看，原来是这样！可这哪能怪我呢，难道我有选择的权利和能力？

薇薇说，有的老虎，心眼比人还小，有什么办法呢，他们不敢对人怎么样，却把怨气发泄到同类身上。

我说，这真是老虎的悲哀啊。

薇薇说，更可怕的是，在后山那样恶劣的环境里，大家也不齐心。按道理，一个小小管理员，哪管理得了那么多老虎，不管是水泥屋子还是大铁笼，如果大家勇敢、齐心，是完全可以反抗或逃出去的。但人太聪明了，或者说，我们太笨了。他让我们老虎管理老虎，这一招真灵啊，因为只有老虎才真正知道老虎在想什么，想干什么，只有老虎了解老虎的语言密码。谁有什么想法，还没讲出来，更别说付诸行动了，就被那个管理我们的老虎知道了，他悄悄告诉了管理员，没多久，那些有想法的老虎就莫名其妙地挨打受伤，被关禁闭。又过了不久，就死掉了，彻底消失了。后来，管理员甚至连这一招也懒得用。他有更好的办法。他稍稍动了动脑子，我们就在笼子里互相争斗起来。他只要第二天来收拾一些老虎的尸首就行。有时候，一个月就死了十几只老虎。

我忽然想起一个重要问题，问她，听说我们老虎死的时候也是站着的，对吗？

薇薇说，我根本没看到他们是怎么死的，因为在他们奄奄一息的时候，就有人把他们弄了出去，说是怕影响我们的身体健康。不过我猜，即使不这样，他们也不会站着死的，因为他们已经没了力气。连活着都站不起来，更何况死了。

我说，希望我们将来能够站着死。

薇薇紧紧抓住了我。

这天，老板又带来一帮人，前呼后拥。我看到曾经关注过我的那个记者也躲藏在里面。管理员昨天就说了，今天老板要真正地来一次放虎归山了。在照相机的"咔咔"声里，老板又站在廊桥上，说，经过这么长时间的野化训练，他相信，山庄里的老虎们，已经在一定程度上具备了回归山林的条件，今天，他要通过民主投票的方式，推举出一只最合适的老虎，真正地放虎归山（响起一片掌声）。说着，叫人给大家发选票。

管理员先放进一头牛。这是头野牛，岁数不大，但脚上有点伤。附近村民经常把他们捕获的猎物送到山庄里来，自己养的家畜更不用说了。当山庄里的动物越来越多的时候，附近的土地上却连一只飞鸟都难见。这真是奇怪的现象。那些村民，一边给山庄送猎物，一边又偷觑着我们，企图弄走一只哪怕是小而又小的老虎。这个念头刺激得他们灵魂出窍，整天做着发财梦，其他什么事情也不愿做。他们曾经想挖地道进入山庄，只是他们没有把握，当他们把脑袋从地道里伸出来，等待着他们的是什么。他们像小偷一样打量我们的时候，在拼命吞咽着将要流出的贪婪的涎水。看到野牛，我们很兴奋，体内的捕食基因在苏醒。但在快接近野牛的时候，我跟薇薇使了个眼色，叫她不要急。我和她朝后退了一步，其他几只同类马上合力把野牛摁倒在地，咬断了它的喉管。廊桥上响起一阵掌声（又是掌声）。过了好一会儿，我和薇薇才走过去象征性地吃一点。谁知过了一会儿，来了一只狮子。这下，空气马上紧张起来了。狮子也很紧张。以前我们曾经相安无事，但这只狮子似乎饿了好几天，看到食物闻到血腥就眼睛发绿，以为自己是狮子王。我明白人的用心了，他们还是想看一场狮虎斗。狮子终于按捺不住了,试探着朝野牛走来。我和薇薇忙退了出来,把美餐的位置让给他。他也不客气,上前就咬住了,他旁边一只叫希希的老虎认为他抢了食,其实主要还是欺负狮子势单力孤。希希一口咬住狮子的耳朵,狮子情急之下,也顾不上客气,咬住了虎腿。场面很快乱了起来。不过其他老虎并没去围攻狮子,只有一只叫多多的高个子老虎跳了起来,向狮子发起了进攻。他咬伤了狮子的背脊,还真的把狮子给赶跑了。

结果,投票推选出多多。平时我觉得他四肢发达头脑简单,现在还是。他很嫉妒我,梦想有一天将我取而代之。薇薇说,有时候他还对她动手动脚的。这时多多骄傲地望了我一眼。我跟薇薇说,他还是那么傻,一点也不知道等着他的是什么命运。

薇薇说,他不是要被放回大山了吗,好事啊!

我说,那你也傻。

前腿被狮子咬伤的希希,事后被送往了后山。

我跟薇薇说,希希和多多,大概马上就会在冷库或酒窖里重逢了。你想,老板真的会舍得几百万块钱就这么"回归山林"?他肯定会派人在什么地方守着,看到多多,就把他麻醉弄翻,再扛到后山里去,让他不为人知地"消失"掉。这次,就是那个记者想跟踪,也没有办法了。

我又说,老板肯定还会用这种方法,来名正言顺、公开地杀害老虎的,这样下去,我们迟早也厄运难逃,得想个办法,来破坏他的阴谋,让他不能得逞!

薇薇说，有什么办法好想呢？

我说，我们得多多生育，这样，才不至于灭绝。

薇薇说，可这不正中老板下怀吗？我们生得越多，他获利越大。对了，我已经很久没怀孩子了，我的肚子已经瘪了好久了！

我说，那我来让你怀上孩子，的确，我们已经很久没有欢爱了。

说着，我开始跟她厮磨起来。但无论我怎样努力，身体始终也激动不起来。我说，奇怪啊，难道我真的老了不成？

薇薇说，我的身体也不行了，感觉有一块始终是冰冷的，怎么也热不起来。

我说，看来，是那时候把身体掏空了。

薇薇说，不对，我怀疑我们吃的东西里有问题。你看，其他老虎的肚子也是瘪的，他们还是青壮年呢，却也没有一只能鼓起来！

我说，联系以前的事情，你的怀疑也有道理，不过现在看来，这也没什么坏处，我们要像老板那样，善于把坏事变好事。若以后我们从这里逃出去，拖着个大肚子也不好。

薇薇说，你做梦，我们怎么逃得出去。

我说，现在是很难逃出去，但总有一天，我们会逃出去的。最好是山庄发一次大火，他们只顾自己逃命，我们就能逃出去了。

薇薇说，你还是做梦，好好的山庄，怎么会发火。

我说，也不一定啊，那酒店和后山的酒窖，在我看来，都是火种。还有那些心怀不满的员工，指不定什么时候就一把火把山庄给烧了。

薇薇说，不能什么都指望别人，我们也该做点什么。

但想来想去，我们也没想出什么好办法来。的确，如果袭击了饲养员或游客，老板是要赔钱的。可那样一来，我们马上也要被关到后山里去，即使有那个记者瞄着，也没用了。难道能继续容留一只爱伤人的老虎在这里？如果每伤一个人就可以堂而皇之地把老虎关到后山里去，那老板巴不得我们都这么干。咬死一个人才赔几十万（顶多不过如此。那次有个游客说，她那里有个人被火车轧死了，只得了五百块钱的赔偿），而一只老虎值几百万呢，这样一算，老板还是赚了。他大概恨不得我们每天咬死一个人呢，反正他又不用负刑事责任，而且他还会说，山庄的野化训练很成功，看，老虎现在变得多么野性啊！他还会说在事件发生后，是他及时把伤者送到医院，或是他整夜守着遇害者，积极理赔，似乎死者丢了命也心甘情愿，也无上光荣。总之他是多么的具有人道主义。老板就是这样一个善于把坏事变成好事的人。甚至我，都是他的一枚棋子。他说，看看这只老虎，这么老了，受过伤，外表也不好看，可我们仍然没有放弃对他的关心，给他安排工作发挥余热，还把他家属也安排进来了，让他们"住有所居，病有所医，老有所养"。可以说，老板能把任何事情都变为对他有利的证据。

有一段时间，我故意破罐子破摔，把自己弄得脏脏的，让自己的形象更难看。薇薇也是一样，在泥水里打滚，把漂亮的毛皮弄得灰不溜秋，额头也在什么地方碰伤了。到了吃东西的时候，我跟薇薇躲得远远的，不吃。我想让自己瘦得皮包骨头，这样，老板就不能跟人家说对我们怎么怎么关心了。饲养员走开了，我就对那些小老虎呵斥起来，说他们不该吃那么多东西。有不听话的，我就上去踢踢，或用其他方法惩罚他们。

我一直在隐蔽地做那几只青壮年同类的思想工作，想说服他们和我一起跟老板对着干或随时准备逃走。但我怀疑是谁告了密，因为老板很快就来找我"谈心"了。他说：逃走？你逃走好了！我放你走！你们落到如今快灭绝的地步，难道是我的责任吗？在我还没出生时，你们就快灭绝了！即使没有我这个人，你们也要灭绝！你们不但不感激我，反而把我当成了罪人，我看你不是老虎，是白眼狼！如果没有我，你们不还待在动物园里？你说，你们现在的生活有什么不好呢？你们还有比这更好的生活吗？你不妨设想一下，如果我把你们都放走，我告诉你，你们会死得更惨。那些弓箭、火药、弹头、陷阱和罗网都在等着你们。因为你们值钱啊，你们全身都是宝啊，那些人只要逮住你们中的一个，就一辈子吃穿不愁。是你们害得他们想入非非，不务正业。你们是魔鬼啊！再说山庄四周是平原，俗话说，虎落平原遭犬欺，你们会连狗都不如，那里的人会把你们大卸八块，剥皮抽筋。你以为，这个世界上还有适合你们养尊处优居住的深山老林吗？没有，告诉你，早已没有了。即使有，它也保护不了你们，它自身都难保呢。正所谓物竞天择，适者生存，天下大势，顺我者昌逆我者亡。有些东西是不可抗拒的。能保护你们的，只有这个山庄。你要破坏山庄，尽管破坏好了，可到头来你会发现，是你们自己走投无路，无家可归，而不是我。山庄就好像个摇篮，好像只船，你把它弄坏了，是害了谁？我照样做我的老板，我不做这个老板就做那个老板，对我来说都一样。知道我当初是怎么发家致富的吗？捡破烂。你看，捡破烂我都不怕，还有什么可怕的？我并不是自夸我多么能干，而是说这个时代千载难逢处处是机会。跟你们说，你们也别指望记者或动物保护协会之类的人来干涉我的工作，那是根本办不到的。对我来说，他们不过是些小蚊子、小苍蝇。之所以还留着它们，无非是为了维护一下生态平衡。

老板的话使我如遭雷击，醍醐灌顶。我承认，他的话是对的。除了山庄，我们真的已经无家可归了。我悲哀地意识到，现在，我真的离不开山庄了，除非回到动物园那个更狭小阴暗潮湿的地方去！

于是，当那个记者再次靠近我时，我尽力扑上去一口咬住了他。仿佛这样，我们的好日子就可以万年长了。他自以为是暗访，神不知鬼不觉，其实，他每次来老板都知道。他不知道他每次来都跳进了老板精心布置好的圈套，比如，他一直不知道我就是被老板故意安排在那里等他来上钩的一个钓饵。他所报道的，正是老板需要他报道的。当然，他经常来，迟早还是会发现问题的。听说他已经偷偷去过后山，虽然所拍照片被保安强行要他删除，并挨了两耳光，但他肯定不会善罢甘休的。他在山庄外面等待下班的员工，跟他们套近乎，企图从他们嘴里打听到什么。不过他失败了。即使有一两个员工透露出一些信息，但也语意含糊。没有谁那么傻，会为了一个不相干的记者丢掉自己的饭碗。虽然有时候不能及时拿到工资，但有工作总比没工作好。

他只好又回到前面抓住虎骨酒不放，以为这就是山庄在不断杀害老虎的铁证。他说，一楼大厅里的讲解员，看起来是在讲老虎为何濒临灭绝，实际上是在为山庄的老虎产品做广告，卖虎产品是山庄公开的秘密。他说得不错，可又怎么样呢？老板的回答可谓一针见血或一剑封喉。他说，你说我们用虎骨泡酒，可你看酒里哪有虎骨？你说我们卖老虎肉，那你随便到什么地方检测，看是不是老虎肉。事实就是这样，买酒的人知道是虎骨酒，可捣乱的人要想检测到里面虎骨的成分，那简直不可能，因为在生物成分上，我们和其他动物并无区别，我们的肉也是如此。只有吃过老虎肉的人才知道老虎肉是什么样子，可检测的人难道会说他吃过老虎肉？即使吃过了，他也不敢说，事情就这么微妙。老板不怕这些事情登到报上去，甚至登得越多越好，像在做不花钱的广告，就像越是禁书想看的人越多一样，越是禁地人家越想去。老板就是要让全国乃至全世界的人都知道我们山庄。他才不怕别人怀疑山庄的虎骨酒和老虎肉是假的，因为经常有神秘的小车在山庄穿梭来去。而且据老板说，很多人都有个心理怪癖，你越说是真的，他们就越认为是假的，相反，你越说没有，越说是假的，他们反而越认为有，认为是真的。

其实普通游客，也根本吃不到老虎肉。老板的经营策略是，宁少毋滥，他说这样才是长久之计，他不在乎一时的暴利。他大概想打造一个品牌出来，让山庄成为圣地，这就给附近的酒店提供了可乘之机。他们跟饲养员拉关系，让饲养员帮他们弄到老虎尿，他们就用我们的尿浸泡牛肉或猪肉，以此冒充虎肉。老板对此也是睁一只眼闭一只眼。他说人都是有弱点的，既然官员们可以收受贿赂，饲养员也就可以私自卖点老虎尿，没什么大不了，这样才有动力，动力是推动社会前进的要素。人们吃了假老虎肉，才更想吃真的。要辩证地看问题，有了假的才更显出真东西的可贵。

不出所料，一切都在朝对老板有利的方向发展。据说（很遗憾，对于我来说，只能是"据说"了），在一次重要的会议上，一些专家并不反对我们老板以虎养虎，并说这是目前世界上最先进最科学最有创见的保护老虎有效繁衍而不至于灭绝的方法。如果取缔我们山庄，不但造成巨大浪费，更重要的是走向了保护的反面，因为事实证明，目前放虎归山的客观条件和主观条件都不成熟，这些老虎还没达到放虎归山的素质要求。如果一定要坚持，放出的老虎也只有死路一条。

我觉得那个记者真是个傻瓜。既然这样，他何必还要坚持自己那愚蠢的想法呢？为了捉弄他，那天老板特意请他吃了老虎肉。老板事先没告诉他这是老虎肉，记者以为是普通的荤菜，便毫不犹豫地举起了筷子。老板问他，这菜味道怎么样？他说，挺好。老板说，你刚才吃的是老虎肉。记者就忽然冲到洗手间，哇哇吐了起来。吐了半天，回来后指着老板的鼻子说，你不是说你这里没有老虎肉吗！现在我有证据证明你们杀老虎了。老板拍着巴掌笑了起来，说，一个嘴里喊着保护老虎实际上却吃了老虎肉还装作不知道的人，不知道在公众面前还有没有一点说服力。记者说，你陷害我。老板说，我看你是故意让我陷害你的吧，作为一个记者，难道你连最起码的警惕性都没有？说出去没人会相信，他们一定会以为你是故意失掉警惕性的。记者愤愤离去。

老板说，这人真是个愣头青，看来是敬酒不吃吃罚酒了。他叮嘱大家要加倍小心。此后，那个记者就彻底被打入山庄的黑名单。他的照片被老板复制，人手一份，因此他想再进入山庄的什么地方可就困难重重了。保安会百般阻挠他，一会儿检查他的证件，一会儿说他形迹可疑，怀疑他是小偷。其他人看到他，要么怒目而视，要么掉头便走。他休想再从员工嘴里捞出点什么来。

这天，他却混在游客里，还带了个外国人进来。这倒是老板始料未及的。一时间，老板还真有点手忙脚乱了。有人向他报告，问他怎么应对这个新情况，他说，等他想一想。别看老板把庄内庄外各种人事关系处理得很顺，别看他平时说到外国人都那么慷慨激昂，但真的见了他们，他还是有些脚软的。以前山庄里也不是没来过外国人，但那是游客，而这个外国人明显是来找事的。外国人跟着那个记者进来直奔后山，老板和其他人在后面追着，外国人走得并不快，老板他们不是追不上，而是不知道追上了怎么办。所以只保持着追的姿势而不求追的结果。他们的样子让我很生气。外国人拿着相机乱晃，好像是什么厉害的武器，那个记者则像个跟屁虫似的紧贴着他，以为外国人可以当他的护身符。可是他想错了。我们老板不也经常说，外国人不能干涉咱们的内政吗？凭什么让他们在山庄里横冲直撞，他们以为还是一百年前哪？老板怕他们我不怕。我们是低等动物，不怕引起国际纠纷。说实话，我最讨厌那些平日里说外国怎么好怎么好的家伙了。还有一些人，嘴里说外国不好，实际上却把自己的老婆孩子都往那里送，最后自己也卷一笔公款跑掉。这样的人我瞧不起。而那些外国佬，自以为他们那里先进，便对别人颐指气使，指责别人落后。他们甚至还别有用心地在电影里让狮子来打败我们老虎。现在他们又居心叵测起来，就像听到邻居家孩子哭，他们便要报警，说人家虐待孩子，从而要剥夺对方的监护权。这不是无事生非唯恐天下不乱吗？如果他们真的想得到谁的监护权，那我向他们推荐大熊猫，他们多可爱，保证免费奉送。我们是老虎，虽然属于猫科，但不是熊猫。我们是林中之主百兽之王。我越想越气，心想一定要想个办法惩罚他们一下，这时我惊喜地发现，平时关得紧紧的栅栏门这时半开着。于是等他们回转身装模作样在那里对我们指指点点的时候，我蹿开门悄悄走出来，忽然怒吼一声，尽我平生之力朝那两个家伙扑了过去。

外国佬还是机敏，跑得快，而那个记者，吓得尿了裤子。本来，他就是个文弱书生嘛，懂得所谓的大道理，手却无缚鸡之力。

我知道，这件事肯定会引起轰动的。老板马上叫人来用强力制服我。我不慌不忙朝他点了点头，表示可以这样干。这样才心有灵犀一点通，也方显我英雄本色。其实，他知道我是不会逃跑的。我自己也知道。我在咬断记者的喉管后，站在那里，一副大义凛然的样子。老板对我的表现很满意，我对他的表现也很满意。忽然，我像醉酒一样缓缓倒下。我知道，老板仍在挥汗不止，或许他在暗自庆幸我咬住的是那个记者而不是外国友人。其实他用不着这样。他对我的领悟能力的怀疑，让我有一点点伤心。有我在，他担心的事情根本就不会发生。难道我不知道更让人讨厌的是那个记者而不是外国人？不过让老板出一点冷汗也有利于他新陈代谢身体健康。

　　自然，我要被老板送到后山去。薇薇哭哭啼啼跟着我，表现出一副坚贞的样子。我说不用哭，我是士为知己者死。这一切，都是我心甘情愿领受的结局。我唯一的愿望是，能像传说中那样站着死去。

女诗人曼及其往事

现在想来，曼当时爱上诗歌大概就像现在的女孩子爱上时装和美容。也就是说，假如曼晚生十年，她完全可以和诗歌擦肩而过，或者，干脆对它不屑一顾。但在当时，曼却是义无反顾如火如荼地爱上了诗歌，一心要做一个诗人。

曼要做的事情总是和别人不一样。或者说，曼做事情总想和别人不一样。这是曼一生的悲剧之所在。在当时，对于许多想有所作为的青年人来说，爱上文学是和世俗生活分离的捷径。

曼出生于二十世纪六十年代末。那个年代出生的人，如今有很多已经成名成家。可是那个曾经想做诗人的曼，现在又在哪里呢？那个年代出生的人，似乎都多愁善感，仿佛一不小心，就爱上了文学。而现在看来，对于很多人来说，爱上文学，是一件多么不幸的事情啊。我常想，假如曼没有爱上文学，而像一个普普通通的女人那样，去做一个贤妻良母，那该多好。可是她，偏偏爱上了文学。假如她像许多的文学爱好者那样，爱过一阵，没得到什么好处或爱不下去，便把它放弃，那也不失为一件好事，可她又偏偏不肯放弃。于是她只能在她的悲剧里越陷越深。

在我们那个水边的小县城里，很久以来，曼的古怪行径一直是人们经久不衰讨论的话题。几乎没有人不知道曼。一提起她，人们的脸上便显出特别的神情。她的亲人为此忧心忡忡。因此，一有年轻的女性向我透露出她要爱上文学时，我就忙泼冷水，千方百计向她们描述世俗生活的种种好处，表示我喜欢更世俗一些和更生活化的女人。说得彻底一点，就是怂恿她们早点嫁人。我可不想曼的悲剧又在她们身上重演。

其实到目前为止，我和曼还互不相识，而且以后也不会有这个机会了。但我一直想把她的故事写下来，把我的道听途说和虚构想象混合到一起。有一次，我回县城，和一个朋友在街上走，他忽然指着刚过去的一个背影说，那是曼，曾经写过许多诗歌的曼！我急忙转身回眸，曼的气息仿佛还留在风里，但我已看不到她的面容。不过一个有些风尘味的女人的背影能说明什么问题呢？我并不觉得遗憾。虽然我一直想和曼认识一下，哪怕她已不是从前的那个写诗的曼了。我不怕她是如何的沧桑，如何的漠然苍老。面对被文学蛊惑了的人——就是人参，有时候也会让人七窍流血而死——我们怎能没有一份愧疚呢，虽然她的遭遇与我们完全无关。

朋友感叹道，她曾是多么的美丽啊！

　　那大概是少见的兼收并蓄和气象万千的年代，许多营养不良的花朵为了某种表达的需要而争相开放在湛蓝的天空下。我无法揣摩当时热闹非凡的景象，但当时几乎每一个有为青年都有一个诗人或作家的隐秘身份。他们怀揣着这身份，走在茫茫人海芸芸众生中，步履庄重神态严肃。因为他们那不甘流俗的理想和无以遏止的热情，他们傲视古今，自觉与众不同。当时有一个通俗的说法是，假如天上掉下块什么东西（绝对不是馅饼），被砸的三个人中至少有两个是诗人。若干年后，我读了昆德拉的小说，接触到了"媚俗"这个词。我发现，它其实和鲁迅所开拓的"孤独的个人"和"庸众"这一主题一脉相承。也许，具有知（智）识分子气质的作家，他们所选择的主题在本质上是极其相似的。但是，假如每一个人都在反对所谓的"媚俗"，那等我们穿上铠甲拿上长矛的时候，也许都不知道我们的敌人究竟是谁。只有战士没有敌人的局面是多么令人尴尬啊！很多人到死都不会明白那个敌人其实是我们自己，是我们可怕的狂热、软弱和虚荣心。所以昆德拉又补上一句：有时候，反媚俗比媚俗本身更可怕。

　　这句话使我毛骨悚然。它的深刻的怀疑和自省像镜子一样从四面照着我，让我无处藏身无可遁形。

　　我遗憾自己晚生了几年，没有赶上当时的大好时光。因为各种原因，我觉得自己这些年来的经历简直可以浓缩为两个字：晚点。我似乎一直在晚点。时代、潮流，我都没有赶上。就像我第一次出远门，虽然做了充分的准备，头天晚上早早上床睡觉，可还是醒迟了。守着时间的父亲立时也手忙

脚乱。等我和父亲气喘吁吁走了十几里小路赶到车站，那列
具有象征意义的火车刚好从我面前呼啸而过。而那些离车站
比较近的人早已轻轻松松地登上了列车，舒舒服服地把头靠
在椅背上养神了。自此我便对赶车有一种恐惧感。只要一准
备出远门，我就辗转反侧睡不着觉。我不停地做着噩梦，又
在噩梦里做着噩梦，它们像一群野狗一样互相孕育又咬成一
团，一骨碌爬起来，它们还追着我吠叫。等我从车门里爬进
去的时候，我依然在不断地掐着自己：这是真的吗？我是不
是在做梦？我不相信，难道在梦里掐自己就不痛吗？在梦里
一样是有切肤之痛的。那么梦与非梦究竟有什么区别呢？你
怎么就知道不是梦呢？你怎么知道"你知道不是梦"这一"事
实"本身就不是梦呢？其实从本质上来说，我永远是一个落
伍的人，可是，我是多么地害怕落伍啊，谁愿意被时代和潮
流所抛弃呢？现在我理解了很多人为什么那么害怕被人忘
记，因此总要做出种种举动来提醒众人的记忆，虽然他们自
己已经巧妙地忘掉了许多事情。

　　当我后来的那几位朋友，在县城里把文学搞得如火如荼
的时候，我还是个傻里傻气的乡村少年，刚刚中专毕业，隅
居在偏僻的乡间，像一只小蚕还没来得及爬上文学的桑叶，
或是想爬上去却不知道路。他们的事情我是后来才听说的：
他们成立文学社，草拟纲领或宣言，举办各种聚会，自己编
印散发着油墨香味的刊物，喝酒，朗诵，唱歌，或号啕大
哭。当时在我看来，他们简直都是贵族的血统，而我不过是
从贫民窟里跑出来的孩子。我遥望他们，感到了深深的自卑。

在那些柔弱无助的夜晚，我想象着县城里的灯火辉煌，更感到了自己的孤独。我听到了他们的觥筹交错、大声的朗诵和略带作秀意味的放诞或哭泣。在大多数时候，他们或许不是为某一个人或某一件事哭泣，而是为哭泣本身而哭泣，为忧伤或其他某一种情调、氛围而哭泣。对于他们来说，哭泣本身就是一首诗的完成。他们中有中学教员（占大多数）、乡文化站干事、机关小职员、工厂职工。当时的景象大概真可以用得上那句不伦不类的话：到处都是我们的人。正是在那灯火辉煌的地方，曼扎着两只辫子，穿着背带工作服或牛仔裤，身态婀娜地出入其间。

写到这里，我看着文档忽然疑惑起来：什么是诗人？曼是否算得上一个诗人？我想，这个问题我得查一下词典。《现代汉语词典》第 1139 页【诗人】条解释为"写诗的作家"，第 1685 页【作家】条则是：从事文学创作有成就的人。也就是说，有成就的写诗的人，才能叫作诗人。曼写过很多诗歌，但她没取得什么成就（即使是以发表数量计），如此说来，曼是没有资格被称作诗人的，充其量只能称为"写诗的曼"或"写过诗的曼"。但在此，我还是愿意称她为诗人，也请您允许我这样称呼她，这样，或许我们心里能得到某种虚幻的安慰，就像一个人死后大家对他或她的追赠。

曼当时是县织布厂的一名女工。那时是工人阶级很吃香的年代，何况还是纺织女工呢，那简直是沙滩上的白鹭，鸟群中的天鹅。有一首著名的诗歌，就是写外国的纺织工人的，被选在中学课本上，很激昂，当时读起来眼里好像含着泪水，但现在都没什么感觉了。"我们织，我们织"，时代背景淡出，只剩下这个轻快而短促的句子，类似于当时流行的女声二重唱，诸如"清晨，我们踏上小道"之类，在厂房的上空缭绕。织布厂的夜校里，这首诗是老师的首选和必选篇目。曼也是夜校的学生之一，但她明显和别的学生不一样。老师经常会把手抄在背后，堂而皇之地到她身边来转一转。老师看着她的目光就像筷子悬临伸手可及的佳肴，只不过那"筷子"经常会变得特别柔软。班上是清一色的女生，从附近中学请来的老师大概从没见过如此绚烂突出的景象，不禁心旷神怡飘飘欲仙。在我们那个小县城，从事这一种美丽行业的年轻姑娘很多。她们一律穿着背带裤，留着长发，踩着高跟鞋，眼睛妩媚，胸前的骨朵将放未放。她们的手上散发出一种类似于缝纫机油和棉布的清香。在当时，大概没有什么比纺织更能体现一个女性劳动者的柔韧和优美。曼是这样看待自己的工作的。她后来写过一首类似于此的小诗，发表在市报的副刊上。那时副刊似乎比整张报纸都大，虽然是不起眼的市报，但在当时，已足够让全县的企业界、文学界和宣传部门激动好久。副刊是一个美丽的词，每一个热爱过文学的人看到它大概都会心里一动。

现在，曼看到副刊这个词还会不会像以前那样耳热心跳，然后从心里涌出一种沧桑和隔世之感？

曼是夜校里最高傲和最漂亮的女孩。她坐在哪里，那个地方就好像比周围高出了许多，大家纷纷朝那里张望。她的天生丽质对于许多人幽暗平庸的生活来说就像是一道光。也许正因为她知道这一点，所以在众多目光朝她簇拥的时候，她就不知不觉抬起头来，装作不在意的样子望着远方。久而久之，她坐着或走路时的神情，都像是在把头高高地抬着了。她的书包也显得特别干净、雅致，瓦蓝的底子，白色的兰花，贴在她柔美的腰身上。除了课本，一般还有一本普希金的抒情诗选和一个黑色硬壳纸封皮的笔记本。在听课或休息的间隙，她会翻开笔记本在上面"唰唰"地写下几句。这时她的小拇指指尖上翘，长长的睫毛一眨不眨。她冷漠地睨视着身边的某一个地方，没有人敢惊动她。即使有人叫她，她也不能马上听到，声音从别人的嘴唇到她的耳膜仿佛要经过很长的一段时间。当她听到时，她被悚然惊醒，有些无辜或恼怒地看着对方，她的眼睛像受了惊的兔子的眼睛一样，又生气又惊讶的样子。她似乎在蔑视着周围的人情和生活，就像一个高等动物打量着低等动物那样。这时她会不会就有了她后来经常有的那种与众不同的感觉呢？

现在想来，曼的这种与众不同的感觉是什么时候开始有的呢？也许，一个女孩子，在她的身体慢慢发育起来的时候，当她的美丽慢慢浑圆成熟的时候，这种感觉就慢慢有了。但可以肯定的是，对于曼来说，这些绝对是远远不够的。她从小就是一个上进心强的孩子，她蔑视平庸。关于这一点，也许我以后还会详细谈到。从小，她就想赋予自己一种与众不同的东西，就像她小时候每天都要把自己打扮得花枝招展才走进教室一样。一个人，怎么能不懂得打扮呢？——其实不管是男人还是女人。她一直在寻找那可以打扮她的东西（此刻，这个词丝毫不含贬义）。后来她终于找到它了，那就是诗歌。她想，她应该写诗。说到底，一个纺织女工，又有什么出奇之处呢？而诗歌，并不是每一个人都能写，那需要天赋和才华。只有诗歌，才能表达美；只有诗歌，才能让人生活得高尚。把平庸的生活和不平庸的爱好结合起来，这是对付从本质上来说十分无聊的人生的绝妙的招数。她毫不怀疑她有文学上的才华，可以说，是诗歌，渐渐使她觉得自己与众不同的。它让她的青春和美貌一样趾高气扬。

曼清楚地记得那一年她只有七岁。在此之前，她的饮食和穿衣，一直被家人严格控制着，而她也不以为意。她大大咧咧地生活着，脸上经常蹭了两块锅灰样的东西，好像刚从乡下回来。其实她家和乡下并没什么瓜葛，她父母都是县人民医院的医生，手和衣服都是白净的。她一天到晚在外面玩，常常忘了回家。她母亲下了班的第一件事就是站在医院门口大声地叫她的名字：曼曼，回家了！曼曼，回家吃饭！许久许久，才见她拖着鼻涕从某一条小巷里磨磨蹭蹭走出来，很不情愿地跟在母亲后面回家。那时县城似乎很小，只要大起嗓子一叫，全城都能听到。如果叫了很久她还没有出现，母亲便要生气了。这时她母亲的声音就很尖利，根本不像是一个医生，或者说，更像是一个医生了。她手上的蓝血管窜动起来，发出扭曲绞动的声音。母亲是一个严厉而有条不紊的女人，她用给病人做手术的办法来管理孩子，一切都是有规章和有时间的。她从不给孩子买花衣服，因此小时候，曼在外表上看起来和一个男孩子没什么区别。当时曼唯一的一件花衣服是姑姑送给她的，白底红花，洋溢着一种节日的气氛，但母亲很少让她穿。母亲把它藏在箱底，在上面压了父亲的中山装、毛线衣和白衬衫，她找到它费了不少工夫。这时她已经在中心小学读书了，穿着男孩子的又大又长又严肃的衣服，她很不自在，像是没脸见人。她多么羡慕那些家庭自由的孩子啊。

她从父母房间的大木箱里翻出了那件花衣服，在陈旧的穿衣镜前比画个不停。在一个静寂无声的中午，她终于大起胆子把它藏在书包里，然后赶快逃离了家门，一阵猛跑，担心母亲在身后赶来。她的胸口剧烈地起伏着，小小的心脏撞得骨头生痛。当时她还是一个丑小鸭，谁知道将来她会美丽得像一只白天鹅呢。在一个隐蔽的地方，她迅速地换上花衣服，把旧衣服塞在书包里。细心的同学一定会发现她的书包突然变得鼓鼓囊囊的。放了学，她又换上原来的衣服。这些事，她一般在公共厕所里进行。那时公共厕所不收费，使得她这个小小的"诡计"顺利施行。换上花衣服走出厕所，她感觉自己像换了一个人，呼吸到的空气清新而甜美。她无比热爱穿着花衣服的自己，她感觉自己特别的饱满。走进校园，她的头就不知不觉扬了起来。也就是那一年，她开始喜欢镜子了。镜子真是一个好东西啊，它让人能清楚地看到自己，让人自爱自怜。假如没有镜子，所有的人是不是都会活得稀里糊涂懵懵懂懂。因此，之后曼的书包里除了她塞进去的那件衣服外，还有一面小圆镜。下了课，她会把它拿出来，飞快地照上一照。她想，你快点漂亮起来快点漂亮起来吧。

曼爱上诗歌源于一次事件。在那次事件中，她受到了不为人知的伤害。那是她读高中二年级的时候——我们在追溯一个人的过去的时候，总免不了要提到她或他的学生时代，因为学生时代的经历往往会影响一个人成长过程中的性格或爱好养成。我们的成分也是学生，记得初次填履历表的时候，填到个人成分那一栏我很困惑。我们的成分到底是什么？因为我们已在前面的家庭成分一栏里填上了"贫农""中农"或"富农"（反正我从没见过有人往里面填"地主"），我想现在这个问题肯定没那么简单。我问旁边的同学，他说，学生。什么？我大声问。学生，他头也不抬地说。从此我知道凡是读过书的人，他或她的成分都是学生，原来学生也是一种成分，难怪有人喜欢把读书人叫作学生。无论是大学的教授还是小学的老师，无论是学者专家还是落榜青年，他们的成分都是学生。

曼受到的伤害源于县里举办的一次文艺演出。在确定大合唱名单的时候，学校把她和班上另一个女生的名字搞混了，团支书把那个女生的名字念成了她的名字。手写的她们的名字在白纸上的确相像，就像一只白鸟和另一只白鸟。几乎班上的每一个任课老师都遇上过同样的问题，不过那又有什么要紧呢。但团支书是第一次碰到。不管什么事情，一让团支书碰到，就不一定是小事情了，即使是小事情，大概也会变成大事情的，至少当时曼的心里是这么想的。团支书一宣布名单，跟她要好的同学又跳又跑地来祝贺她——能参加全县的演出，毕竟是一件让人激动和虚荣心膨胀的事。谁也没想到那个团支书会把名字念错，因为曼的确是班上歌唱得比较好的女生之一，但在排练的时候，曼却被拒绝参加了。负责排练的老师说是团支书把名字念错了，但大家都知道，那位女生的歌唱得并不好，天生的五音不全，老是像电压不足或录音机夹了带。若干年后，曼的房间里有了一台录音机，每当磁带被夹住的时候，她就会想起那位女同学和那段时光。曼愣在那里，当时她捂住脸跑出教室，躲到没人处大哭了一场。如果团支书没在大会上宣布，她一点都不伤心，但这个事情全校都知道了，她以后还怎么见人呢？跟她不好的同学不知道要怎样取笑她，而跟她要好的同学是那么少，跟她不好的同学又是那么多。后来，曼越来越发现，她跟周围的人总是处不好关系。她不知问题出在哪里，然而那又是铁定的事实，她对它无能为力。事后曼才知道，并不是团支书念错了名字，而是有人故意要团支书说是念错了名字，因为大家都知道曼和那个女生的名字容易混淆。那个女生是一个副校长的外甥女，她哭着跟副校长说要参加大合唱，副校长没办法不答应。

　　正是这件事，使曼有了写作的冲动。晚上，她躲在被窝里，含着热泪，写下了她的痛苦、羞辱和不平。她写得很快，有一种酣畅淋漓之感。她用的是圆珠笔和作业本，写完了一看，见它们在一行一行地行进，如千军万马，如鼓角争鸣。从此她就爱上了诗歌这么一种独特的文体。

奇怪，自从写了那首诗，她的头就渐渐抬起来了。她正确地认识到，没能参加县里举行的大合唱，不是她的错，而是有人在嫉妒和阻止她，不是她没有这个能力。即使不能参加大合唱，也不要紧，她还有别人都没有的东西，那就是，她已经写了一首诗。她把它修改了好几遍，越来越喜欢它了。那些文字跋涉着，坚强不屈。她把它工工整整地抄在笔记本上，想看的时候，就拿出来瞅上一眼，用手把那洁白而柔美的纸张摸了又摸。那是她自己写的文字，它和老师布置的作文没有一点关系，完全是她想写就写的，她想写什么就写什么，不要别人同意或批改，那是多么自由的一种状态啊。有了诗，她都不怎么想好好读书了。实际也正是如此。此后，她的成绩不断下降，以至终于没能考上大学，成了一个带着学生成分的落榜青年。可她认为，她已经会写诗，这比读大学重要和有面子得多。副校长的外甥女，她会吗？

她对自己说，你要成为一个诗人！

曼在高中二年级那年，有了她终生的理想，那就是，成为一个诗人。

曼在医院的白色房子里一直住到了十九岁。后来由于医院在外面买地皮做了房子，他们才迁过了地方。从小住在医院里的孩子，和别的孩子多少有些不同。他们面色苍白，像是营养不良；皮肤下的血管特别的蓝，特别惊慌；他们的手总是突然伸出又缩回，像是被烫着了似的；他们爱惜自己身体的每一个部位，对周围的事物却不怎么关心。那时，曼正是这样的一个孩子，她似乎有一种与生俱来的幽闭症和孤独感。从医院大门到她家住的房间（一间小厨房和一个套间），要经过门诊部和急救室。每天进进出出，总能看见躺在担架上的病人，他们被人抬了进来，东倒西歪着，脸色惨白或乌黑，有的嘴角还流出长长的涎液，那一般是喝了农药的乡下人。过不了多久，就会听到突然撕裂的哭声——喝农药的人因不能抢救而死亡。为什么有那么多的人去喝农药？难道它有一种让人不可抵挡的诱惑吗？曼注意到，每来过一个喝农药的人，那几天，门诊部便飘荡着一股独特的味道。她蹑足走过的时候，既害怕又有些好奇，忍不住试着把那味道深深吸了一口。她注意起了医院或其他地方扔掉的农药瓶子。它们一般是深棕色，很难看清楚里面到底装了什么东西，这更增加了它的神秘感。有一次，老师组织全班同学郊游，她看到农田角上有一只，强烈的好奇心使她不顾一切地冲出队伍，把那只农药瓶子捡起来，打开盖嗅了嗅。她注意到，喝农药的一般都是女人，有的还很年轻漂亮。她们不知道经历了什么样的艰难生活。

在急救室的后面，有一间红色的小平房。母亲说，那是太平间，专门放死人的地方。它经常关着门，窗子也遮得严严实实的。但在一个白亮亮的中午，她惊讶地发现太平间的门半掩着，黑暗像水一样从里往外"咕咕"冒，一阵阵凉气吹在她的脖子和胳膊上。她不知不觉朝里面走去，看见了一块白色的、微微鼓起的床单，它在黑暗的中央，像是漂着。她忽然想走近它。她想，死人有什么可怕的呢？死人又不会动，不会打人和咬人。她走上前去，慢慢把床单揭开。一个老人张着嘴巴，像是饿了。她想把他的嘴合上，她用力，它就合上了，但一放手，它又张开了，几次都是如此。谁说死人不会动呢，这时，她害怕起来了。白布从她手里跌落，重新覆盖在死者的脸上。他在吸气，因为白布明显凹下去一块，像一个陷阱。她跑了出去，并不停地跳跃，生怕跌进那陷阱里去。从此她不敢穿白色的衣服，不敢和喜欢穿白色衣服的人要好。可生活中，喜欢白色的人是那么多，他们说它象征着纯洁。但对她来说，它让她想起的是医院、太平间和太平间里覆盖着的尸布。看到白色，她就想把它揭开，看看它下面到底是什么。

　　所以现在想来，我有理由怀疑医院这么一种特定的环境对曼的心理健康产生了损害。甚至我也怀疑她在太平间里的冒险经历完全出自她的幻觉。长久生活在医院里的人，要么对生死麻木不仁，要么就惊人地敏感，一旦遇到些什么风吹草动，他们会像受惊的小鸟一样，从树枝上轰然飞起。曼无疑属于后者。她母亲大概也预先知道了这一点，因此对她管教一直很严，不许她在医院里到处乱窜，不许她晚上出去。她母亲或许没想过，这种管制反而在一定程度上刺激和放大了曼的恐怖感受。她被去加班的父母锁在房里，这个该死的房间，无处不渗透着医院里的气息。喝水的杯子散发着一股福尔马林味，甚至有一两个杯子干脆就是医院里的量杯，厨房里有化验室的镊子和试管，晾衣服的绳子是用吊盐水的塑料管结成的。冬天，母亲用盐水瓶灌上热水给她取暖。父母的白大褂经常挂在前房的门背后，就连洗碗的抹布也是包扎用的纱布。房里的床头、桌椅都用红笔写上了"××医院"的字样。经常有痛苦的呻吟声从急救室或住院部传来，空气中散发着浓浓的药味。窗外的几株夹竹桃终年是病恹恹的颜色。曼一被关在房间里就喘不过气来，她过早地体验到了末日来临，她哭喊，撕扯，当然，这丝毫不起作用。然后，她脸上挂着泪痕，在房间的一个角落里睡去。但她的身体并不能完全安睡，她不停地翻身，梦呓。她的手从梦中伸出来，像树枝忽然伸向了夜路。在梦里，她究竟看到了什么？我不知道。但可以肯定的是，她一定看到了什么。

一九八五年，县里的第一个民间文学社成立了。曼很快成为其中的一员。前面说过，我们县是一个水边的小城，像一只蚌壳似的在江边被风"呜呜"地吹了许多年。大多数时候，这里是兵家必争之地，文人骚客也多有登临，如苏轼和郭沫若。这样的地方，没有诗人的余风流韵是不可能的。时至今日，依然有几个人在外面靠手里的笔吃饭。除了早已有之的县文联，这个由几个青年人自己创办的社团是当时最令人神往的文学团体。它的发起人是县第三中学的语文老师臧挺。无论是他的名字，还是他的模样，看上去都像是一个诗人。天然卷曲的头发，白净的脸，修长的身材，清澈而略带惶恐的眼睛。后来我看到了顾城的照片，觉得他们神态上有点像。臧挺在省城读大学的时候就开始写诗了，快毕业那一年，他的一组诗在西北的 ×× 杂志上发表。该刊的"大学生诗苑"当时很有影响。曼还记得文学社成立那天，臧挺穿着咖啡色长毛线外套（她有点惊讶，一个男人，竟然可以这样穿衣服），坐在那里不紧不慢说话的样子。他的脑海里仿佛有一幅中国乃至世界诗歌地图，他对大家清醒地指出了当代诗歌未来的走向。他的声音低沉、磁性，不容置疑。曼一看着他，就心跳加快，几乎跳到脸上来了。她喜欢听他的声音，他对当代诗歌预言般的声音，像是一扇门，她毫不犹豫地钻了进去，站到了那语音的光亮当中。当时，她只有一个强烈的想法，那就是，坐到他的身边去，她要不顾一切地坐到臧挺的身边去。

从这时起，曼的形象开始在大家心目中定型。几乎每一次聚会，她都是扎着羊角辫，身穿背带工作服或牛仔裤。她也越来越喜欢自己以这种形象出现在大家面前。那是一个纺织女工的形象，也是一个未来女诗人的形象。那朴素的面貌适合于自己勤劳的双手。她写诗写得很刻苦，她强迫自己每天至少要写一首诗，并且不少于二十行。经过反复地修改，才誊到笔记本上去。她一个字一个字地琢磨着，渐渐地，她知道每一个词所发出的声音是不同的，就像每一种虫子的叫声都不一样。她要把它们和谐地组合在一起，让它们有深意存焉而又波澜不惊。那段时间，文学社几乎每天都有活动，时间一般是中午或晚上。为了第二天仍能穿上同样的衣服，她不得不连夜把衣服洗好晾干，因为这样的衣服她只有一套。如果是炎热的夏季，要做到这件事并不难，但在春秋两季，这却是很难做到的事情，曼只好用风扇把它吹干。有时候，她甚至是穿着半干半湿的衣服。湿衣服的颜色总是比较深，这更衬托出了曼超凡脱俗的气质。她脸盘略显圆形，比以前红润水灵。脚踝白皙，像刚在清水里漂过了一样。她更加有意识地打扮起自己来，不过这对于一个像她这样的女孩子来说又算得了什么呢。虽然当时离现在的物质化时代还有很长一段距离，但曼的打扮仍算得上超前。她穿的衣服其实很普通，背带工作服和牛仔裤几乎所有的织布厂女工都有，但那些朴素普通的衣服一到了曼身上，立刻就长出了翅膀，发出了光彩。她也懂得搭配，知道一种普通的款式和色彩与另一种普通的款式和色彩搭配起来，所引起的惊艳的效果。就像一个词遇见另一个词时所引起的情感和美学上的震撼。

当时文学社里经常见面的，除了臧挺，还有凌丰、许欢和苏南几个人，他们渐渐开始了不同规模的经常性的聚会。通常的情形是，两个人在街上见了面，双手紧握一下，然后边走边聊，不知不觉，后面就跟了一大串。有的是这个人的朋友，有的是那个人的朋友，互不相识是经常有的，大家每天都能结识新朋友。后来竟然有一个人，跟着跟着，也成了文学爱好者，这之前他根本不知道这帮人聚在一起到底在干什么，他本来是想找人打牌的。不过聚会的中心还是那几个人，曼是其中唯一的女孩。女性的矜持使她显得有些被动，而在他们看来，她本身就是诗，诗的源泉和象征。缪斯之神是女神，如果她还要写诗，那简直是锦上添花，当时大家就是这么开玩笑的。他们中不少人的诗稿上不时有偷偷或公开的诸如"致 M""为 M 而作"等字样，那个"M"是曼吗？如果一直追问，他们肯定会说，诗歌里的"M"就好像小说里的"K"一样，没什么大惊小怪的。文学适宜于狡辩，也适宜于隐藏。但毋庸置疑，曼的存在使得小县城的诗歌产量成倍地增长。为了博得她的好感，他们首先要超过的对象就是她。曼会瞧得上诗写得比她差的人吗？

同时，他们还极力怂恿她喝酒。后来有一次，她轻轻呷了一口，用舌尖和嘴唇，嚓着。因为臧挺喝酒，臧挺一喝酒，她觉得就更像臧挺了。常见面的几个人当中，许欢是县教育局的宣传干事，人长得很秀气，善于写比较抒情的长句。据说有一次大家去郊游，见对面走来一个穿裙子的漂亮女孩，他心里一动，在路旁摘了朵野花，上前去彬彬有礼地献给了对方，并吟诗一首（反正女孩子一穿裙子，便特别地像花朵）。令人感动的是，那女孩不羞不恼，不但没有把花摔下一走了之，反而像读过很多诗的女孩那样，对他说了声谢谢。临别，许欢还朗诵了一首徐志摩的《沙扬娜拉》，和女孩频频挥手。此事在文学社一时传为佳话。除了写抒情长句，许欢还擅长写系统内的新闻报道和其他公文稿。他写的这类稿子条理清楚，偶尔来几个比喻，显得很有文采，和别人的稿子很不相同。现在，他已是县教育局的局长。两年前，他把他的公文和散文放在一起结集出版，来请我作序，记得我当时不无道理又比较恭维地写了一句："许欢君是那种以公文来写散文，又以散文来写公文的人，总之，他是想让他的公文和散文同样优美，散文和公文同样有用。"在和我喝酒的时候，他的诗人本色频频露出。言谈间问起凌丰，还有曼，问到曼的时候，不知怎么回事，我有点吞吞吐吐。他说曼还不是那副老样子，疯疯癫癫的，她哥嫂一见了他，就拉着他叹气，不知道怎样才能把妹妹嫁出去。至于凌丰，只听说他被乡政府炒了鱿鱼。我们便很感慨。其实我一直认为，凌丰是当时文学社里除了臧挺外最有才华的人，我永远也不能否认他对我产生的深远影响，是他让我学会了构思，找到了通往诗歌抑或文学心脏的途径。其时，凌丰是地处偏远的一个乡文化站的站长，当然，说他是站员也可以，因为整个文化站只有他一个人。他喜欢朗诵，每当有了得意的新作，便坐车进城（漫长的车程延长了他的喜悦和某种隆重的仪式感，他眼望窗外，激情澎湃。但据说后来他也像其他乡干部那样撒赖，不肯买票了），到朋友们中间朗诵。他的声调极具感染力，这是我所缺乏的。现在，我仍难以当众写作和朗诵——我发现，那时候参加了他们文学社的人，都喜欢朗诵，而且都朗诵得不错，以至有一段时间，我以为朗诵本身就是一种文体。

　　他们用的是方言，大家很惊讶方言也有如此强的表达能力。朗诵使得他们从方言的生活中上升。在朗诵中，他们用方言改变了方言，朗诵，使得方言变为诗歌，变为酒，变为天蓝色的水。那些饮着诗歌的人啊，在诗歌流经的地方，眼睛湿润，胸脯起伏，两岸的植物气息芬芬，叶子哗啦作响。他们都是单独朗诵，从来不会两人或多人同声朗诵。他们有的一边饮酒一边高歌，有的把纸垫在膝盖上写些什么，有的在一旁独自吟哦，时而支颐蹙眉，时而恍然初觉。他们看起来像是浑然一体，却互不干扰。凌丰的记忆力很好，他能把他的一首长诗一字不漏地记住。若干年后，他还记得他十八九岁的时候在一首题为《孤山》的诗中写道：

> 你，不是山／你要以男子汉的个性／以及民族气质向苍天起誓／你更不是一堆死亡的石头／你的体内曾奔涌着大湖／赋予你的血液／你是船，是船／是船就要远航／你满腔的激情在强悍的／嘶啸中扩张着／随着狂吠的汹涛／你那野性般的欢腾／在雄性的浪尖上／奔涌成一尊令人嫉妒／而又痛苦的雕像……

许多人都没意识到，他们的命运，即将被这个文学社改变。

曼蔑视平庸是因为她从小就窥见了它的琐细与丑陋。它像是一条狗，毛发蓬松邋遢，老是跟着她。它的身上爬满虱子，癞皮，散发着怪味。她对它跺脚，摇着拳头，尖叫："滚开，滚开！"可它根本不理会她。它紧紧跟在她身后，嗅着她的脚跟，咬她，以至它终于成为她不可分割的一部分。她像是陷在沼泽地里，看着自己慢慢下沉却无能为力。她叫不出声。当时她经常做的一个梦是，脚下的地面忽然塌陷了下去，为了避免掉进去，她只有张着嘴巴舞着两手不停地跳动，奔跑，不敢有丝毫的停止。

这条狗就是生活。

其实，从很早以前，许多人就在教导我们要对生活感恩，企图把现存的认知固执地注入我们体内，他们巧妙地偷梁换柱，以平凡代替了平庸，以命定代替了认命。也就是说，一个人如果不甘平庸，那他（她）不但是和绝大多数人作对，而且，他（她）还不懂得平凡，不懂得伟大蕴藏于平凡之中的颠扑不破的真理。他们——他们是谁？我张皇四顾，他们无影无踪而又无所不在，每一个人都是，每一个人又都不是——他们苦口婆心地说，生来平凡，知足常乐，不然，你就不正常了。你的想法，为什么要和大多数人不一样呢？这叫标新立异，见异思迁，得陇望蜀，好高骛远。这不是别人不对，而是你自己的思想出了问题。当时，曼似乎并不知道她顺着这样的思路走下去的危险。有一段时间，她甚至像很多青年人那样，把"不甘平庸"当作时髦的标签而引以为荣。也许，每个人在年轻的时候，都有过不甘平庸的念头，都曾不自量力地想过去改造这个世界，他们为此而激动澎湃。但这种浪潮维持的时间又是多么短暂啊！就像霞光，浪漫绚丽却转瞬即逝。像曼那样执拗的，除极少数取得了所谓的成功（他们是否发现，所谓的成功和他们的初衷相去甚远），其他的，不是疯就是傻。这让我们的身上生出寒意。你瞧，现实的力量是多么强大啊。那时，曼一定要活得不平常，活得和别人不一样。她蔑视别人的生活，不管是平常还是平庸，她都蔑视。蔑视，是她超越他们的起点。从小，她就是个既自卑又高傲的孩子，她一直想引人注目，不能忍受别人对她的忽略。

大概是从读初中二年级时起，她就开始自觉地写日记了。虽然，她还不知道写日记有什么作用，但写总比不写好。这时离她写出第一首诗还有三年。除了那件她紧藏在书包里的花衣服，她只有一支圆珠笔可用。她在日记里记下她受到的感动与伤害。曼以后会发现，作为一个漂亮的女孩子，她随时都可能受到伤害。她还在日记里，记下了她的梦，她做过的每一个梦。这件事让她找到了乐趣，她想，假如一个人能把他（她）一辈子做过的梦都记下来，那也是一件很有意思的事情。这些记录能赋予日常生活一种不寻常的光辉。

然而，生活像是一个庞然大物，让人简直不知从哪里下手。它又像是一条蛇，随时都可以反咬你一口。哪里，才是"生活的七寸"？反正，终于有一天，曼感到它完全向她反扑过来了。它被激怒了，嘶叫着，扭拧着。据说有一种蛇，不咬人，不放毒汁，就能活活把人缠死。待它一松开，人体内的骨头就成了一堆碎渣，而皮肉完好无损。她蔑视别人的结果是使大家都离开了她，她完全被置于孤独当中。平庸也许是祥和的，而孤独十分尖锐，它深深地插进曼的身体然后划开，使她感到了某种敞开的锐痛，她似乎被完全抛弃了。从某种意义上说，她挣扎着爬起来是想再一次搏斗，生活抛弃了她，她也要抛弃生活。虽然从表面上看是彼此离开，但实质上是完全不同的。后来她化繁为简，那就是，不管是什么事情，她都反其道而行之，或者说，她开始了逃避，哪怕明明是对的，她也要拒绝。谁能剥夺一个人拒绝的权利？这比和生活短兵相接要简单和轻松得多。她一下子从纷繁复杂里面跳了出来，开始变得超脱和飘逸。她旁若无人，我行我素，就好像链条正在运转，忽然一个环节不合作，整个机器便咯哒咯哒响起来。这个简单而行之有效的方法很快让曼找到了一种胜利者的快感。她蔑视存在，蔑视常见，也蔑视友谊和爱情。甚至，蔑视母亲。是的，她蔑视她的母亲。

那时她还小。一次，她一个人在医院的小花园旁边玩，忽然口渴了，便向家里跑去。钥匙串在她的脖子上发出了金属的轻微撞击声，系着钥匙的是一根红头绳。母亲怕她掉了钥匙，便想出了这么一个办法。她轻轻打开家里的门，忽然听到屋里有动静。她走到里间一看，见一个男人光着身子和她母亲抱在一起。她眼前一黑……那个男人捞起裤子慌忙跑掉了。她认识那个男人，是她的同学于小虎的爸爸。母亲哭了起来，说，曼，你不会明白的，他是我的领导，他有那个要求，我没有办法。曼说，恶心。曼不想喝水了。奇怪，她已经没有了口渴的感觉。临出门，她又说，我要告诉爸爸。

她心想，张永慧，你也有今天，我终于找到打击你的理由了，看你以后还那么颐指气使不？看你还给不给我买花衣服？她始终不理解母亲为什么不让她穿花衣服。她义愤填膺地跑到爸爸的门诊室，像立了功的小英雄那样，大声对爸爸说，我看见妈妈和于小虎的爸爸睡觉！爸爸正在和一个姓刘的医生下棋，刘医生跷腿坐在桌上，爸爸坐在椅子上。她看见爸爸的手哆嗦了一下，棋子掉到了地上。然后，爸爸站起身，狠狠掴了她一巴掌。

爸爸说，你放屁！

爸爸说，你给我滚！

她懵了，哭着说，爸爸，是真的，我不骗你，我真的看到了！于小虎的爸爸从妈妈的身上爬下来！她忽然冒出了这么一句。刘医生尴尬地说了一声我那边有门诊，便赶忙溜了出去。

爸爸坐在那里，铁青着脸，像死了一样。

晚上，她被爸爸的哭泣声惊醒。她还是第一次听到一个男人的哭声，像一棵老树，掉光了叶子，风吹在上面，那么空洞又绝望。爸爸是一个瘦弱的男人，她有点惊讶爸爸竟然哭了那么久，仿佛用尽了他全部的力气。不知什么时候，母亲挪到她身边来了，她感觉到，母亲是想贴着她，但她往里面移了移，没让。她不想母亲碰她，她几乎是无师自通，觉得这是惩罚母亲最好的方式。

但是第二天早上醒来，她惊讶地发现爸爸和妈妈和好如初。她揉揉眼睛，心想昨天发生的事情难道是做梦吗？她一下子觉得这个房间陌生起来，不能断定她到底是不是在家里，也不能断定她是不是她自己。她的目光划过那几件陈旧的家具，量杯、试管、注射用的塑料管，还有床头和椅子上的字。她还看见，父亲像往常一样，以为她没看见，在母亲的上半身抓了一把。

她的眼泪很快流下来了。她感觉自己被完全抛弃了。

她不知道父亲和母亲之间达成了怎样的协议，反正，母亲和于小虎爸爸的关系此后倒有些半公开起来了。那段时间，父亲对她不冷不热的，仿佛她戳破了他那不该让人知道的秘密，尤其她是他的女儿。父亲对她的冷漠，大概是从这个时候开始的。之后，于小虎的爸爸偶尔会到她家里来打牌。他明显带有取悦她的意思，给她带来了糖果，并且伸出手，想摸她的头。她却一扭头，从他的手下逃了出去。她对着他们大声喊道：我什么也没看见！

然后跑得没了影。

从此，她一不高兴，就会说，她什么也没看见。

这简直是撒手锏。她看到，一听这话，父亲和母亲就哆嗦起来。他们那副生气和受打击的样子，令她十分开心。

所以有一段时间，父母在她面前总显出低声下气的样子。他们事事都要征求她的意见似的问她：曼，这样好不好？或者：曼曼，你看这样行不行？把"曼"叫成"曼曼"让她恶心，就像一条虫子在她的喉咙里爬。她知道，无论怎样，都遮掩不了她和父母的紧张关系了。他们不明白，她对他们厌恶的原因，早已超越了母亲与人偷情这么一件事。让她受到伤害的，远远不止于此。但要她说得很具体，她一时也说不出来。她只是模模糊糊觉得：1. 父亲和母亲不该那么快就重归于好；2. 父亲不该和于小虎爸爸成为朋友并让他来家里打牌；3. 母亲和于大头好，仅仅是为了占公家的便宜往家里拿些东西吗？此事被父亲发现后，母亲反而没有了顾忌似的越干越欢，父亲也睁一只眼闭一只眼。她为他们感到羞耻。

如果让她那样活着，她不如死。

从那时起，曼就在极力摆脱那种羞耻的感觉。她不愿回家或尽量少回家，总是磨磨蹭蹭地沿着墙角踟蹰，脚尖踢着路边的石子，成了一个孤僻的孩子。她怕别人笑她。她喜欢冬天，因为那时便可以没来由地捂着耳朵。有一次，有人居然笑她和于小虎是一对，因为他们的家长都在县人民医院上班。她上前去和那个同学厮打，自然，她输了，脸上挂了彩。回到家里，母亲问她怎么回事，她不说。母亲如果细心一点，应该会发现，曼已经不肯和他们走在一块儿了。每天放学回来，她总要故意咳嗽几声，才慢慢开门，开了门，也还要过一会儿才进屋。

与此同时，母亲对她的管教更严了，不许她擅自出门，不许她和男孩子交往，不许穿花枝招展的衣服，不许像别的女孩子那样搽脂抹粉，总之要使她不像是一个女孩子。母亲为什么要这么做，曼不想深究，她已经从和母亲的作对里找到了乐趣。她偏偏不听母亲的。她偷偷把自己打扮得花枝招展，把母亲的雪花膏搽在镜子上、墙上，还故意和男孩子去逛街。她在不同的时期有不同的异性朋友，而同性朋友几乎没有一个。所以有人说，她后来的放荡其实是早就露出了端倪的。后来，不知是出于一种恶作剧还是其他什么心理，她把她的初吻献给了于小虎。她说，于小虎，我想你吻我。那时，她已经高中毕业了，于小虎走后门做了医生。于小虎早就爱上了她，偷偷给她塞求爱信。听曼这样说，他不禁大喜过望，就笨拙地凑上前来，吻了她。但这时她忽然又想起了十多年前的那个黑洞，于是朝于小虎的嘴巴里吐了一口唾沫，然后跑开了。

曼出落得越来越漂亮，这让母亲深感不安。她已经从女儿的眼睛里预知了即将发生在曼身上的故事。她像是提前进入了老年，越来越唠叨，越来越爱管闲事。但是曼根本不把母亲的担忧当作一回事，她对老是像幽灵一样把目光围着她转的母亲说：

我蔑视你！

作为一个容貌出类拔萃的女孩子，曼迟早会遭到异性的围追堵截。其实从很早的时候起，她就得到了许多男孩子的求爱，但她从来不把他们当回事。她总是神态冷漠地把求爱信揉作一团，扔进垃圾篓，而不像很多女孩子那样惊惊乍乍大呼小叫，表面上惊慌失措，其实是生怕别人不知道有人喜欢她而要故意炫耀。曼感觉到随着纸团呼的一扔，后面某个男生的脸便抽搐了一下，这时她的心里便升腾起一种莫名的快感。她看到那个男生几次走到垃圾篓旁想把纸团捡起来，但一时又不知怎么弯腰。后来她觉得这样还不够洒脱，她太瞧得起他们了。凭什么她要看它？它们千篇一律，也没什么特别的文采。再收到类似信件，她就用糨糊原封不动地贴在黑板上，这样一来，老师就会在全班同学面前找到那个写信人。

时间长了，曼几乎有了一种癖好。她喜欢和男孩子搭讪，和他们出去玩，开玩笑，等他们陷进去了，她抽身便走。这是她自编自导的游戏之一，她喜欢。

也许，曼加入文学社的根本原因，除了诗歌本身的诱惑之外，还因为那里聚集着许多有才华的异性，她喜欢跟他们在一起。她不一定爱他们，但喜欢跟他们在一起，事实就是如此。对于她来说，异性也许是空气，人离不开空气，但不可能和空气相爱，道理就这么简单，她才不在乎他们用怎样露骨的眼光看她。曼最先觉察到的，是许欢和凌丰看她的目光有点异样。曼注意到他们，是因为她对他们的感觉也不坏，他们的文学才华让她钦佩。许欢浪漫清秀可爱，凌丰有棱角，气度洒脱，但如果要她选一个做朋友，她会选择凌丰。她不喜欢太清秀的男人，这会让她想起父亲，因为父亲也是一个清秀的男人，但却让她受到了伤害。现在，她不再想别人为她打架了。究竟是什么原因使她变成了这样，她一时也说不清楚。好像有一双眼睛在看着她，或者说，她希望有一双眼睛在看着她。为了那双眼睛，她应该虔诚和认真起来。许欢像一只蝉，"垂緌饮清露，流响出疏桐"，兴致来了便叫上一阵：热啊，热啊。他对外表的修饰跟对句子的修饰一样雕琢，但不管怎么用力，也还是轻飘飘的。凌丰的才华却像一阵风，从远处吹来，浩浩荡荡横扫大地，经久不息。风过处，大气磅礴浪尖高起。凌丰的语言和动作里都灌满了激情，他的诗句和他挥手一样有力。但如果要建立更深一层的关系，凌丰的力度明显还不够。他不能到达她内心的顶点，不能让她不由自主。也许凌丰把她看作了顶点，但她不能。当然，也许还有一个原因是，凌丰是乡下人。她从小生活在城里，并且在医院门诊部的走廊里见过了太多的乡下人——疾病、饥饿、邋遢。她不喜欢他们，哪怕他们会写诗，哪怕他们再有才华。

凌丰没有仔细体会她的感受，开始发了疯一样给她写情诗。他几乎隔一两天就要搭车进城，捧着厚厚一沓诗稿，每一首都是"致M"。开始曼还带着好奇抽出来看看，但后来看多了，觉得也没什么新鲜的东西，反倒对他的才华怀疑起来。在这里凌丰犯了一个致命的错误，那就是，在另一个诗人面前，不断地以同一种风格出现，便把自己的长处变成了短处，把自己变成了"合订本"。假如是在一个和文学不相干的人面前，这一招也许会迷惑住对方，但在女诗人曼面前，这一招便毫无杀伤力。再说，作为一个诗人，他还远远不够成熟，读过古今中外许多诗歌的曼，要挑出他的毛病是轻而易举的事。后来，她看也不看就把诗稿还给了他。凌丰稍有犹豫，她就转身离去扔下他不管了，而凌丰依然不肯醒悟，还把这当成了爱神或缪斯女神对他的考验。他将忧伤和痛苦化为力量，反而越写越勤奋，越写越多。没有痛苦，哪里来的诗歌？他想，说不定他凌丰留传后世的作品就会在这个痛苦的熔炉中产生。他看过许多诗人们的传记，他相信他的诚心会感动曼，谁能否认，若干年之后，他们的爱情故事不会成为一段诗坛佳话呢？自从入了文学社，知道自己是个诗人胚子的时候，凌丰就比较在意自己的一言一行了。他的一举一动都不是简单的，他觉得自己的举动随时都可能定格成后世的榜样。这是凌丰意气风发、非常自信的时候。哪怕曼拒绝他一千次，他也会一千零一次追她。于是终于有一天，他听到曼几乎是歇斯底里朝他尖叫：你怎么不拿镜子照照自己！

平心而论，曼并不是刻意要去伤害凌丰的。她对凌丰这样的朋友和对别人还是不一样的，但凌丰的纠缠实在让她喘不过气来。有时候，诗也是一种可怕的东西，类似于偏执狂的象征。从此，在她的生命中，凌丰就成了一个局外人。

在追求曼彻底失败后，凌丰接受了乡政府一个打字员的爱情，两人很快同居并结婚。此后，他来县城朗读时，手里拿的就是散发着油墨香味的诗稿了。曼从鼻子里轻轻哼了一声，似乎越发认为自己的选择是对的。

曼一心想爱的人是臧挺。臧挺儒雅的外表，发光的才华，深刻的思想，以及卓尔不群的个性，无一不让曼倾倒。每见到臧挺，她都有一种莫名的激动。她看着臧挺，眼睛便开始慢慢变得湿润。她的手在胸前绞着，发出了轻若烟尘般的叹息。这时的曼是温软宽阔的，她屏息凝神，不敢轻易出声。她与其他异性周旋的手段，在他面前一点都使不出来，而且也根本不想使出来。在他面前，她情愿自己是一张白纸、一只迷途羔羊。她希望自己什么也不懂，然后他过来引领她。

那段时间，曼的生活显得有些奇怪。一方面，下班后她足不出户，另一方面，她又是那么渴望见到臧挺。白天她在房间里埋头写作。深夜里却像个幽灵一样急匆匆走在大街上。她的脚步在空旷的街道上清脆地响着，像一些简短的句子。

从新建的医院宿舍到中学的路程为整个县城街道的一半，她得穿过许多或明或暗的灯火和已经打烊的店铺。这时，谁知道有一个叫作曼的女诗人在大街上匆匆走过呢。她在中学门口徘徊，最终还是没有进去。她仿佛听到了臧挺弹吉他的声音，想象着他修长的手指拂过琴弦，好听的弦音像星星一样在夜空纷繁闪烁，想象着他的额头像天空一样明亮宽广。是的，每次面对臧挺，她都有一种仰望星空之感。她仰脸抬颌，情不自禁。

小时候，她最想知道的事情是天有多高。从医院的楼房群望过去，天空就好像是贴在房顶上。那是江南的雨季，蜻蜓飞得很低。等她一口气跑到房顶想伸手摸一摸天空的时候，天空却纵身一跃，反而离她更远了。她不明白为什么她站在房顶上天空反而离她更远，远得她无法企及。她沿着原路失望返回，天空又慢慢落回到屋顶，似乎盖得密不透风。那样的夜晚，她必定通宵不眠。她给自己泡了一杯浓茶，开始了写诗。她喜欢用圆珠笔，觉得这样写出的字有一种珠圆玉润的美感。她强压住自己想要见到臧挺的焦渴，对自己说，难道你连这么一点自制力都没有吗？再说，不见到臧挺就一定是什么坏事情吗？你可以把对他的感情用诗表达出来呀！于是，她把爱情的痛苦化作了创作的灵感。她没意识到在这一点上，她和凌丰其实是殊途同归。他们像许多诗人或文学爱好者那样，喜欢让自己吃些苦头，这有点类似于心理学上的自虐。一吃上苦，他们马上便浑身是劲，还会自我暗示：不要紧，这是上天要安排一首诗产生了。"天将降大任于斯人也，必先劳其筋骨，饿其体肤。"没有痛苦，哪里来的诗歌呢？作为一个诗人，甚至要主动去寻找一些痛苦，才能使自己的灵感源源不断。写到这里，我忽然产生了疑虑：是不是爱好文学的人，在某种程度上，把文学当成了宗教？至少是通往快乐的一条途径。凡知道我在写作、自己也懂得一点文学的人，都把我的一举一动当成了体验生活，这使我对作家的身份很是讨厌。曼是一个认真的人，认真得近乎机械，她太喜欢诗歌了，在诗歌面前，她可以说是诚惶诚恐，要规规矩矩地把她的痛苦化作文字。

对，她就是规规矩矩地写她的诗歌，她是生活的叛逆者，却是诗歌的良家妇女。

在对臧挺的感情日益加剧和诗歌的推波助澜下，曼向臧挺表达感情的念头越发强烈了。她为他魂不守舍，夜不能寐。但究竟怎样向臧挺表达呢？这个问题让她颇为苦恼。县文联的老诗人公车曾对她说过，诗贵含蓄。公车说这话的时候，微仰着头，手指在光滑如镜的办公桌上抑扬顿挫地敲击着。从此曼开始若有若无地用这个标准要求自己，把诗歌处理得很含蓄，正如给一位漂亮女子戴上面纱。这时曼才发现，向自己喜欢的人表达感情并不是一件容易的事。诗歌，让她积蓄了感情，但她却缺乏表达的能力。诗歌的表达和日常生活的表达，在方式上完全不同。她不知道这两者怎么过渡，认为这简直比翻译外国诗歌还难啊（这句话来自于臧挺，他说过，诗歌是不可翻译的）。再说，臧挺是不是喜欢她，她也没有把握。在一次郊游时，她模仿古代叙事诗的风格，在一棵槐树前停下，含情脉脉地对"风格秀整"的臧挺说（臧挺推荐她看《世说新语》，她却在里面尽看到臧挺的影子，比如"风格秀整"这个词，她就觉得很适合他），臧挺你看，这树的叶子为什么都像小虫子的翅膀一样是一对一对的呢？臧挺愣了一下，但他马上说道，说明它们对仗比较工整嘛。

如果是以后，曼肯定会知道臧挺是在拒绝她。但当时，她并不明白。她把这看作是臧挺说话幽默的一种表现。有时候，臧挺会为了某种和情境相吻合的幽默而故意舍弃说话的意义部分。臧挺会在众目睽睽之下矜持地保持他的风度，哪怕那件事足以令他号啕大哭。顺便说一句，在凌丰、许欢他们为文学史上的著名事件或深刻的细节而痛哭的时候，臧挺总能适时地比较深沉地控制他的情绪，坐在那里一言不发。

所以曼只是不在意似的一笑，轻声对臧挺说，真巧啊，为什么是槐树而不是别的树呢。臧挺说，有什么不同吗？曼红了红脸说，槐树是传说中的媒人树，你没看过《天仙配》吗？臧挺说，我不喜欢戏曲。曼说，还有一首民歌也是和槐树有关的。臧挺问，哪一首？曼说要不要我念给你听听？臧挺说，你念。曼就吸了口气，念道：高高山上一树槐，手攀槐枝望郎来；娘问女儿望什么，我望槐花几时开。曼念罢，不禁低了头。臧挺眼中掠过一丝异样的光芒，他神情有些复杂地望了曼一眼，说，这真的是一首很不错的民歌，从某种程度上说，好诗的确是来自民间的，你怎么突然对民歌感兴趣起来了呢？曼说，我也是偶然听了收音机里的广播，才忽然喜欢起来了，觉得它特别美。

两个人挨得很近，在一个地滑的地方，曼适时地抓住了臧挺的胳膊。她感觉出臧挺的胳膊很瘦，但正是这条瘦弱的胳膊，却写出了许多掷地有声的诗歌，人的精神，是多么坚强而伟大啊。曼不知道，臧挺在骨子里是一个知识分子，他要写出一种知识分子的诗歌，和传统的民歌完全不同。他要做的事情是，给中国当代诗歌换血。二十世纪八十年代，是理想主义时代，也是虚无主义时代。臧挺和很多有志气和血性的诗人一样，在诗歌创新的路上不顾个人成败披荆斩棘。曼和他挨得是那么近而实际又是那么远。

由于种种原因，曼对这一切无从知晓。曼对诗的理解，一直停留在《诗经》《楚辞》抑或拜伦雪莱的层次上，而当时，臧挺已大量地阅读了西方现代主义诗歌。里尔克、艾略特、金斯伯格，国内的海子更不用说。我不知道这是不是阻止他们走向一起的原因。从根本上来说，臧挺对曼这样的写诗者是很排斥的。越是个性化的诗人，也就越挑剔。所以当曼鼓足勇气、紧张而又急促地对臧挺说，臧挺，我爱你，我要和你好的时候，臧挺只是不以为然地笑了笑。他说道，曼，我们是不可能的。我不想那么早就谈恋爱。我要先成名，在当代诗歌中占有一席之地。曼依然傻乎乎地说，我可以等你！在这里，曼暴露出了她不聪明的一面，而臧挺是很难容忍别人的愚蠢的，于是他有些厌恶地望了她一眼。

十九岁那年，曼终于摆脱了弥漫在整个空气中的药味和防腐剂的气味，还有病人牵扯不断的咳嗽声和呻吟。在搬到医院的新宿舍楼之后，曼把她的衣物尤其是书籍晒了很久。这里远离住院部、急救室和太平间，也不用再神经兮兮地穿过门诊部的走廊。为了驱逐医院里的"白气缭绕"，曼在阳台上种了很多红色的花朵。曼把脸埋在花朵的中央深深地嗅着，仿佛那里是她呼吸的另一个通道。曼尤其喜欢那种叶子小而稀少但朵面异常硕大热烈的花卉。它们张扬而灿烂地开在那里，像是巨大的惊喜。

这时，她哥哥已经谈恋爱，未来的嫂子是县啤酒厂的工人。隔三岔五地，哥哥会带她来家里住上一晚。父母已经默许了这件事。而对于曼来说，这个哥哥也好像是从天上掉下来的。小时候，她甚至根本不知道有这么一个哥哥。哥哥大她三四岁，十二岁之前，他一直寄宿在乡下伯父家里。所以哥哥一出现，就是初中一年级的学生了，不像她，要一个年级一个年级地往上爬。哥哥给她带来了一种全新的感觉。家里忽然来了一个陌生的男孩，并且长住不走了，这是多么叫人向往和激动的事情。那时，她最希望的是家里忽然有了什么变化，比如她放学回家，有一个陌生人在家里等着她，对她说，你是我的女儿，孩子，你现在跟我走吧。那她会多么高兴啊。她盼望已久的事情始终没有出现，现在却来了一个哥哥。他是那么英俊而神气活现，曼激动了好几天。母亲要她叫哥哥，她毫不犹豫地叫了，像只小鸟似的在屋子里飞来飞去。开始母亲还担心她和哥哥会相处不好，但事实上，她和哥哥好得不得了，像对小恋人似的，整天形影不离。哥哥跟父母不一样，甚至一点相像的地方都没有。他是一个全新的人，和她家的过去没有一点关系。当时她并不知道哥哥只能是哥哥，不可能是别的什么。她幻想着和哥哥永远生活在一起，她要紧紧地靠着他，亲密地叫着他。他是一棵大树，她像一只小鸟在树上面叽喳跳跃。她梦幻的破灭来自于父母的一次闲谈，他们在说着医院里的一件怪事，好像是一个乡下女人在妇产科生下了一个畸形婴儿，听起来那模样很可怕。母亲说，很多人都去看了，她也去了，现在，她一想起来便觉得恶心，吃不下饭。曼问母亲，为什么会有这么古怪的孩子呢？母亲说，还不是大人作的孽，生孩子的那两个人，是表兄妹，按道理，是不能结婚的。曼吃惊地问，那亲兄妹呢？母亲毫不犹豫地说，那更不能。母亲没注意到曼在听了这句话后为什么脸色煞白，并在之后的很长一段时间里，一直闷闷不乐。看到哥哥，她的眼神就开始涣散游离。她想象着他们将来会生出一个什么样的孩子而恐怖地瞪大了眼睛。她不能嫁给她的哥哥，不能嫁给眼前这个英俊漂亮、个子高高的男孩，她感到了莫大的失落。她恨她母亲，是她说他是她哥哥的。当哥哥要她再叫他哥哥的时候，她不叫。她说，你不是我哥哥，然后飞快地跑开。两个人在度过一段友好相处的时光后，开始没完没了地吵架、互相攻击、咒骂和厮打，让母亲很是头疼。

所以当哥哥把未来的嫂子张兰芝正式领进家门的时候，就遭到了曼的冷眼。未来的嫂子为了减轻初到一个陌生地方的窘迫，想拉起曼也是未来小姑子的手，而曼想也不想就把她的手甩开了，或把自己的手缩起来，只剩下张兰芝的手很多余地停在那里发呆。这次初见在她和未来的嫂子之间埋下了不和之根。这件事后来传了出去，人们肯定是责怪曼的失礼，她母亲说，有什么办法呢，她和她哥哥一直是打来打去的，对她嫂子，自然也好不到哪里去。可谁知道这件事的根本原因呢？以后也是这样，张兰芝一来，曼就扬着头，理也不理似的从她面前昂然而过。曼到阳台上读书，或到房间里听音乐，总是砰的一声关上房门，把音量开到最大，还在屋子里弄出各种声响。

曼的房间紧靠阳台。不知道夜深时，能不能闻到阳台上的花香，但曼自认为是闻得到的。在她的诗歌里，常有"花香昼伏夜行"或"花香如藤，攀缘在我窗前"这样的句子。曼曾想从阳台上搬一盆花到房间里来，放在临窗的桌子上，但因为浇水和采光等诸多不便，只好作罢。她虽然喜欢花，但和花同处一室，就像和一个同性同居一样，有一双一样的眼睛在盯着你，感觉很不舒服。为了隔开户外强烈的光线，曼拉了一道厚厚的窗帘。它像是人的睫毛，眼睛的美在很大程度上取决于睫毛的长短。曼不喜欢太强烈的光线。人一置身于太强烈的光线，就像是在演出。她即使要演出，那也是自编自演的，在没人观看和鼓掌之时。她喜欢房间里的阴暗和宁静。窗边的桌上放着一个书架，还有一些化妆用品。单人床边的桌上有一盏台灯、一个笔筒、一个浅绿色封皮笔记本和一台小型收录机。墙上挂着那件当时很流行的粉红色女式风衣。秋冬季节，曼就穿上它，在夜晚的街道上漫步，冷风吹起她的衣角和长发。不写诗的时候，曼就歪在床上，一边听音乐一边看书。看着看着，她就睡着了，拜伦或雪莱从她手中滑落，而收录机里的声响却越来越大了：

我从垄上走过

垄上一片秋色……

曼对嫂子的冷漠态度，终于激起了哥哥的愤怒。在一个适当的时机，他恰如其分地打了妹妹一个耳光，伴随着那个耳光的，是一句：神经病！

这是曼第一次听到有人骂她神经病，而且是她热爱的哥哥。

她把收录机的音量调至最大。它们像一蓬乱草，突然从窗户里轰了出来，把树上的小鸟吓了一跳，惊慌地飞走了。

不久，哥哥就到外面租房子去住了。虽然曼在哥哥刚搬走的那段时间里，着实高兴了一阵，她毫无道理地把哥哥腾出来的房子给占住了，但后来每当她独自在空旷的房间里踱来踱去时，却不免悲从中来。

当时，曼大约就是这样一个奇怪的女孩。一方面，她受到了许多异性的恭维和围追，另一方面，她又不断地被拒绝和抛弃，被她暗恋和崇拜的对象，被诗歌。

曼的偏执的一面很快就表露出来了。随着诗歌时代的日渐萧条，曼对诗歌的热爱越来越成为许多人眼里一件好笑的事情。她很着急，焦虑的气息已经从她的神态里不可遏制地显示出来了。若干年后，我在一本诗集上看到了一位女诗人的照片，她穿着风衣站在一面沉重的砖墙前，枯瘦，没有光泽的头发分开在两肩上，眼泡有些浮肿，嘴唇干裂，眼神若有所待又漫不经心。不知道怎么回事，我一下子就想起了曼。从此，曼一直就以这样的形象出现在我的意识里。她越来越尖刻孤独了。这时，文学社遭到有关部门的干预，解散了。其实即使不这样，它大概也维持不了多长时间，毕竟已经到了人各有志的时候了。热闹聚会的场面已经一去不复返，谁还会在路上吟诵诗歌呢？如果碰上了你喜欢的女孩子，你最好是请她吃西餐，然后陪她去购物美容，而不是在纸条上写一首小诗送给她。这使我想到文学衰落的原因。在很多人哀叹文学的繁盛局面今非昔比时，他们都在呼吁文学加入市场经济的大潮。好像一市场化，文学就会重新繁荣。其实问题的关键是，热爱文学已经不再是一种值得骄傲的时髦了，既然不时髦，他们自然就没有理由去热爱，去购买。许多搞文学的人都不一定热爱文学，干吗要求其他人非热爱文学不可呢？当年文学社的盟友，如今在街上碰了头，也许会拍拍肩膀握握手，但他们都已经忘记或羞于提起曾经爱过文学那么一档子事了。好像那不过是青春懵懂期的一次暗恋。

　　文学社解散后，虽还有几个散兵游勇不识时务，但已经不能成为景观了。许欢已经从诗歌创作完全转为应用文写作了，在写材料和新闻报道上，他越来越显出是一把好手。凌丰还在爱文学。他说他们那乡下实在没什么高尚的东西，只有文学还值得去爱一爱。由于和领导没处理好关系，他的编制问题依然没有解决，而比他后进去的，都早已解决了。对此，凌丰也没什么怨言。他说领导肯定有领导的想法，下属应该听从领导的安排。臧挺几次想提醒他领导是不是在耍他，可话到嘴边又出不了口。凌丰说他要写一部数十万言的长篇小说，来表现乡干部们真实的心灵世界。他们在扶贫、计划生育、抗洪救灾、移民建镇和日常办公中表现出的高尚情操让他深深感动。我后来看过其中的几页草稿，说实话，我很心酸。当一个人在努力说服自己去喜欢某种事物的时候，如果他没有什么功利的目的，那他就只能成为令人怜悯的对象。他始终要为自己找一个虚无缥缈的梦想，他完全被那种生活奴化了。是不是因为他曾经是一个诗人，就必得为某一种存在而唱赞歌呢？正如他当初朗诵那首慷慨激昂的《孤山》一样。难道诗人都有一种唱歌的天性？他们不能忍受无歌可唱的日子。因为这种本性，他们特别需要找到歌唱的对象。臧挺也已经离开县城去了海口。他永远是一个前卫的人。他为自己的离开找到了理由，那就是，做一个弄潮儿。而海口，无疑是最适合弄潮的地方。他在海口一待就是多年，与人合办过文化公司，编过报纸，端过盘子，变过戏法。有钱过，也穷潦过。但不管混得如何，有一点是可以肯定的，那就是，他要永远走在时代前列，不在前沿中心也要在前沿阵地。这样，他也就不可能再回到小县城里来了。

　　正是在这时候，曼开始了疯狂的写作和投稿。她像一个濒临落水的人，而要拼命抓住最后一根树枝。浪头一个个地打过来，她只有抓得更紧，一刻也不敢放松。我后来才认识的朋友林道齐跟我讲，当时曼到邮局里寄稿，几乎人人皆知，大家都把它当作一个笑话来讲。从医院的新宿舍区（顺便说一句，曼的终身大事越来越让她的父母为之不安，他们不知道怎么越是出色的女孩子似乎越不容易嫁出去，让大人操心越多）到县城正中心的邮政大楼有很长的一段路。很多人看见曼夹着一个很大的牛皮信封在路上匆匆向前。这时，织布厂里效益不行，工资发不出来，曼也不愿去上班了。她每天做的事情就是在街上闲逛，然后回到房间里写诗。由于昼伏夜行，她的脸色越来越苍白，眼睛眯缝着，像是在梦游。她脸上搽了些粉，嘴上抹了些口红，这使得她看上去有些轻浮和挑逗的意味。哦，不，我怕是把几年后的曼和当时的曼混为一谈了，这是不准确的。当时，曼的额角应该还比较光滑，皮肤也有弹性。只是她的模样与众不同，才引得路人侧目。她夹着的牛皮信封好像是一个炸药包，她像是要去炸掉什么。人们看见曼走在路上，旁若无人目不斜视。她径直走进了邮局，在营业员已经熟视无睹的斜视里把那个"炸药包"往她面前一推。营业员也懒得检查，然后是过秤、挂号、收钱。曼总是等在营业员的下一个动作前面并适当地纠正她的上一个动作。

然后是等待，等待。在那些日子里，曼像许多诗人或文学爱好者那样，望眼欲穿。她在报亭翻看报纸，匆匆翻到副刊那一栏，眼睛飞快地掠过，又把报纸合上了。正是这时，曼对报纸副刊产生了一种病态的依赖，以至她形成了一个习惯，看报纸都要先翻到副刊。来跟她睡觉的那些男人，知道

了她的这一嗜好，后来只要带一版报纸副刊就行了。看到了
副刊，她便眼里放光，以身相许。她才不在乎她已经成了男
人们的副刊。她投出去的那些诗稿，竟然没有一丝消息。她
把报纸抓在手里仔细翻找，然后呆呆地盯着。有几次，她看
见自己的名字"跳"了上去，她的诗作发表出来了！她欣喜
若狂：我的诗歌发表了！我的诗歌发表了！但眨眼间，她的
名字又不见了。

　　县文联的老诗人公车说，把你的诗拿给我看看，我给你
往省里推荐一下。于是，曼两眼发赤地在自己的诗作里选了
好几十首，一齐交给了老诗人公车。仿佛是为了表示她对诗
歌的在乎，她几乎把身体的重量也压到了稿子上面了。

　　有人说，曼和老诗人公车的故事迟早会发生。因为这样
的故事太多太滥，太容易发生了。几乎是从曼在市报副刊发
表那首歌唱纺织工人的小诗起，就有人推测曼和老诗人公车
之间会有故事发生。

　　在那个光线晦暗的午后，公车刚从午睡中醒来。他下了
床，活动活动了手臂，踢踢踏踏走了几步。下午他不用上班。
作为一个老诗人，他很注意保养身体。他觉得自己的身体是
值得保养的。五十岁的人了，面皮还很光滑，没有一丝皱褶。
眼睛像两粒养在水里的黑色玉石一样，漆漆有光。他是一个
激情澎湃的人，浑身都像是急促而感情充沛的标点符号。他
激动起来的时候，手挥动着，像是破折号。眼睛则像问号那
样张开着。脚如顿号和逗号交替着跺动。整个人，则像是一

个惊叹号。他爱憎分明，嫉恶如仇，做人也很清高，不与他认为的小人交往。正因为如此，他的日子过得并不舒心。妻子没什么文化，在某个单位的食堂干着一份粗活。两个女儿也没有考上大学，在家里待业过很长一段时间，妻子要他找人帮忙他也不去，后来只得让她们在街上租了门面做些小生意。但他始终认为，他是诗人。既然是诗人，其他的一切艰难困苦都算不了什么。试想，在这个小县城里，是谁经常在省报上发表东西？他的名字，他的诗句，他的才华，都白纸黑字地印在那里。才高被人妒，自古皆然，他没什么不平衡。在文学上，他崇尚古典和传统的现实主义，谈起它们来他面色红润，口若悬河。他不喜欢现代诗，连个标点符号都没有，让他浑身都不舒服。他也丝毫不隐讳他看不懂臧挺的诗。他说，我是一个诗人，连诗人都看不懂的诗，那叫什么诗！这样的话，他甚至当着臧挺的面也讲过。他劝臧挺珍惜自己的才华，走到艺术的正道上来。他说，你看，文学作品浩如烟海，可真正能传世的，还是那些现实主义作品。虽然他不喜欢臧挺的"怪里怪气莫名其妙"（公车语）的诗，但对臧挺的那个文学社，他还是尽力扶持的，该做和能做的事情他都会做。他不是那么小肚鸡肠的人，也丝毫不嫉妒年轻人的才华。他说，我嫉妒他们干什么呢，他们做他们的事业，出他们的名，而我的地位是已经奠定了的，难道因为他们的才华超过了我，我马上就要下来？搞文学又不是下象棋。

公车很喜欢曼的诗，说她的诗轻柔曼丽，清新可喜。当时县文联办了一份内部小报，他看到曼发在市报副刊的那首小诗之后，就向曼约了稿。他到处跟人家说，又出了一个写诗的，还是一个女孩子呢。那份激动，就好像他女儿考上了大学。他曾经想培养他的两个女儿往文学的路上发展，结果他悲哀地发现，她们都像他妻子，一点文学细胞都没有。每收到曼寄来的诗，他都要把诗稿举起，离眼睛远一些，摇头晃脑地吟诵一阵。他把她的诗作发在显要的位置上。而臧挺和凌丰他们对这份小报则嗤之以鼻，他们看不起曼和它打得火热，认为这是没有艺术追求或才华平庸的表现。他们把公车这样的诗人形容为羊，一辈子待在羊圈里不知道还有比羊更高级的动物。但不管怎么说，公车在曼的诗作里找到了一种久违了的知己之感。他很久没有这样愉快过激动过了。而曼，那时候也正需要这样的安慰和鼓励。臧挺的诗歌让她望尘莫及，恐怕她是一辈子也写不出那样天马行空飞扬跋扈的诗歌了。面对臧挺，她只有绝望。但是她不甘心。她要强的个性注定了她会在文学这条路上越来越绝望地走下去。再说，她为什么要写臧挺那样的诗歌呢？臧挺读过很多外国书，是现代派，而她不是。有些人注定是现代派，而有些人永远也成不了现代派。这是没办法的事，任何事都要顺其自然不要强求。难道传统的现实主义就不能写出好东西吗？曼被公车的一番话打动了。也许像很多其他阵营一样，文学也永远有着保守和新锐之分。曼和老诗人公车在心理上不知不觉走近了。在公车这里，她有安全感，被呵护感，成功感，没有她无法承受的压力和失败。公车让她对自己的才华充满了自信。他们后来的矜持和疏远是因为有一次公车情不自禁在谈诗之余拉起了曼的纺织女工的手，曼从公车那已有些老年斑的手里逃了出去，和他保持着一定的距离。此后他们就一直隔着这道距离说话。公车似乎有激动起来就喜欢拉对方的手的习惯，等他意识到曼是一个年轻女性时他也有些难堪，因为从来没有如此年轻美丽的异性跟他谈过文学，而他早已不在乎听他谈论文学的对象是男是女。于是，他也自觉地后退了一些。这样，曼反而又不好意思了。为了怕公车老师见怪，她又往那边挪了一点。说不定人家公车老师是无意的，你何必那么神经过敏呢。这种彼此都小心翼翼的来往他们有过几次。

这一天，公车午睡后，像往常一样在水池边洗了把脸。自来水清爽怡人，每天午睡后都是他精力最充沛的时候，他的很多诗作都是在下午完成的。这时屋子里只有他一个人，十分安静。而到了晚上，老婆下了班，女儿也回了家，想安静就不是那么容易的了，他只能躲在房间的某一个角落里看看书。他的目光都快像狗舌头那样舔着书了。年纪大了，思维就不那么敏捷了，诗句的跳跃性就差点，但语言肯定是越来越洗练。像一件经常洗的衣服，越来越朴素和整洁，但如果多用了力，就很容易把它洗破，少用了力，又觉得没洗干净。到了下午，公车有一种习惯性的激情澎湃。正是这时，他听到了敲门声。他听到了曼轻柔温婉的声音：公车老师在吗？他忙把衣服穿整齐，开了门。曼像一条泥鳅那样一闪身，从门缝里溜了进来。

不知怎么回事，公车忽然用力把曼抱住了。同时他伸出了脸，准备去挨曼甩过来的耳光。但他等了很久，曼依然没有动静。他有些奇怪地睁开了眼，看到了曼的脸上满是泪水。

那个下午，曼把她的身体绝望地交给了公车老师。她刚刚收到了退稿，省里的那家杂志社把公车帮她推荐的几十首诗一字不动地退了回来。这是曼有史以来受到的最大打击，她终于承受不住了。哪怕是用一小首也好啊，可是竟然只字未用！这说明什么呢，说明她的诗作毫无价值。她这么多年来的努力都是白费。拿着那么重的退稿，她几乎掩面而泣。她跟跟跄跄地离开了传达室，太阳白花花的她什么也看不清楚。她的身子虚脱了一般，浑身没有一丝力气。等她有些清醒过来的时候，她发现她已经在公车老师的楼下了。

公车的拥抱使得曼免于跌倒。难道公车已经知道了一切？她终于控制不住自己了，放声痛哭。公车慌了手脚，说，怎么啦，你这是怎么啦？曼想拿出她刚收到的退稿信，这时她才发现，她手里只剩下一个空信封，牛皮纸的，那么大。从此曼一看到大信封就感到恐惧。在路上，看到插在邮递员自行车架后面邮袋里的大信件，她总要没来由地觉得是她的，忍不住上前去看看。公车明白了原委，曼的伤心欲绝使他也十分难过，其实很久以来他也在遭遇着和曼一样的挫折，他的作品也越来越难发表了。熟悉他的，还多少会给他一点面子，不知道他的，根本就连信都不回他一封，把他当成了一个蹩脚的诗歌爱好者，而不把他作为某一地区或某个时期也曾有点名气的诗人。正因为如此，他才在曼的诗歌里找到了知己之感。他认为曼还年轻，只要沿着这条路坚定不移地走下去，是一定会写出好诗歌来的。现在，曼完全碰壁了，这也等于是有人抽了他一个响亮的耳光。于是他也不由得悲从中来，和曼抱头痛哭了一场。他们在痛哭中互相安慰和寻找。他们想，这究竟是怎么回事呢，难道他们真的不是做诗人的料子吗？可他们，是多么的热爱它啊，很久以来，他们一直把自己当成了诗人，以一个诗人的标准和骄傲处世行事。可为什么，他们的诗歌就只能遭受被人遗弃的厄运？这种互相安慰使他们得到了安慰，最后，他们都成了"行为艺术者"。

这次行为艺术，彻底摧毁了他们已有的精神联系。此后，他们形如路人，曼再没有找过公车。即使在路上碰上了，她也装作不认识的样子昂首而过。公车也因为自己做了这么一件不可饶恕的错事而羞于见到曼。他觉得，在曼面前，他已经体无完肤，永远低人一等了。

其实，按照曼的天分和她对生活的独特体验，写出深刻一些的诗歌并不是难事。可她为什么舍近求远，老是写那些和自己的内心无关的东西？这里面肯定存在着某种误区。它使得她无病呻吟，为赋新诗强说愁，人云亦云地赞美。比如她和她母亲。她们之间其实一直存在着一种紧张的关系，但曼对这些关键性的问题视而不见。她在诗里写和母亲的亲情，写和母亲的离别，写母亲的无私。在一首诗中她这样写道：

　　登程的日子／在明天／密雨洒满窗前／洒上我的头发／洒落妈的双肩／我在祝愿妈在祝愿／希冀／随那弯弯的小路飘旋／妈，你祝愿明天晴吗／我祝

愿今日的雨烟溢满明天／愿盛满乡情的春雨／沁入
我离别的心田

或许曼希望在诗里找到那份失落的母爱，梦是愿望的达
成，诗也是。但不知什么原因，她越写离自己的内心越远。

曼虚构了母爱，却丢失了自己。她为什么要这样做？并
没有人逼她，但她就是那样心甘情愿，自作自受。她不知道
还有别的出路。面对诗歌，她不敢轻举妄动。她想做一个诗
人，但也许她真的不知道诗究竟是什么，或许，她仅仅把它
理解为竖着排列的一组句子。她对雪莱诗歌的了解，仅仅限
于西风和云雀，以及"冬天来了，春天还会远吗"之类。她
写诗的冲动大多数时候来自于读诗。读了别人的诗，她就想
写。比如读了普希金的《假如生活欺骗了你》，她马上会写
出一首差不多的诗。春天到了，她就写和春天有关的诗。秋
天到了，她就写和秋收有关的诗。还有立春、芒种、五一、
国庆、元旦。还有祖国、理想、蓝天、大海。还有雷锋、欧
阳海、焦裕禄。还有花朵、蜜蜂、友谊、爱情、青春。多少
年来，诗人们不都是这样做的吗？她是一个没有个体精神的
诗歌写作者，她的体验来自于现成的事物，她不知道作为一
个有成就的诗人或艺术家，最重要的是把个体的体验表达出
来。现代艺术和传统艺术的分野正在于此。梵高的向日葵震
撼人心，是因为它喷吐的是梵高自己内心的火焰，他笔下的
颜料早已超出了色彩学的范畴。如果把曼这么多年来写的诗
歌放在一起，会发现除了句子渐渐变得流畅以外，看不出其

他任何的挖掘和进展。她的心灵的指针只在一个很小的平面上滑动。这使我想起她曾是一个爱打扮的女孩，这和她当初把那件唯一的花衣服藏在书包里、快进学校时忙找个地方飞快地换上如出一辙。与其说她在写诗，不如说她在按她想象中的诗人的样子表演一个诗人。

秋天到了，曼独自走在大街上。本来，街道两边栽种的是常绿乔木，但依然有一些阔大的叶子飘落下来。不知它们来自何处，它们像是季节脱下的衣服。曼又穿上了那件粉红色风衣和高跟鞋，涂着口红，眼泡略显浮肿。她的样子就像一杯劣质咖啡。不知从什么时候起，她开始往脸上搽粉，就好像往咖啡里放植脂末。实际上，她也就是这时候迷上了咖啡，但她喝的都是劣质咖啡，就像她读写的那些诗歌一样。秋风吹起她焦黄的发丝，为了避免寒气完全穿透她的身体，她不由得抱紧了双臂。织布厂倒闭了，没有了。她和许多人一样，一下子成了机器上散落下来的零件。满地的零件，它们还有什么用呢？除了那身她早已不穿了的背带工作服，已看不出她曾经是一个纺织女工的任何痕迹了。当然，她要想解决生活问题并不难。哥哥在街边开了一家私人诊所，需要人手。他曾打算送曼去学一下医护，嫂嫂也答应不计前嫌，但曼想也不想就拒绝了。

她说，我不要你们的施舍！

于是，曼依然在父母那里过着寄生的生活。父母越来越感到不安了，便四处托人为她介绍对象。有熟悉的人把自认为和曼般配的对象拿了出来。刚开始曼的父母还从中间挑选出一二，再让曼选定其中的一个见面。她的主动配合让父母很高兴，但曼与他们见了一面就没有下文了，就像她的投稿一样石沉大海，只不过这次由她做了主编。这种生杀定夺让她尝到了某种快感。后来父母失去了耐性，一有什么线索便要曼去见面。曼也没有拒绝。她像是从事地下工作的，去跟什么人接头，一见面便要说暗语：你好啊，欢乐的精灵！你住在哪里？我住在万年的深山里。假如生活欺骗了你，不要悲伤，不要心急，忧郁的日子里需要镇静。也许在我的心里还没有完全消亡，但愿它不会再打扰你。我是一个诗人，你懂诗吗？她自顾自话，目光迷离。这时，如果真有个懂诗的人和她在一起，一定会认为曼的朗诵本身就是诗。可惜他们不懂，他们没有听曼朗诵的耐性。于是等曼回过神来，她看到的只是她的影子和她自己。

曼在大街小巷游荡，她要寻找一个懂诗的人。只有懂诗的人，才会懂她，或者说，懂得她的人，也就懂得了诗。对她的接受，也就是对她的诗歌的接受。曼的这一举动，在小城的青年人或不仅仅是青年人当中，再次掀起了短暂的诗歌热潮。这时小城书店的文学柜台冷冷清清，当年热爱文学的人已经星散，再也没有买到了一本好书就奔走相告的热闹景象了。臧挺去海南后，回来过一次，只待了几天便匆匆离去。曼只是听说而已。凌丰已很少进城了，再说，即使进城，跟她又有什么关系呢。自从被她拒绝后，凌丰就不搭理她了。她伤他的自尊心伤得太厉害了。还有几个后起的文学青年，不过她和他们没打过交道。有一次，她路遇了其中的一位，她正想上前去和他说点什么，未及开口，他的女朋友忽然把他拉走了，一边走一边跟他低声嘀咕。她看到，那个人在街角转弯处回了一下头。就是这几个人，后来也远远地离开了小城。当然，曼当时掀起的短暂和局部的诗歌热潮跟他们毫无关系。

在这次热潮中，曼让很多人知道了诗歌和诗人这么一种东西。为了跟曼上床，很多人都乐于把自己打扮成一个诗人。他们是银行职员或小企业的老板，偶尔来几句汪国真或席慕蓉什么的。这是他们当时在书店里不费什么力气就能买到的诗集。为了赢得曼的芳心，他们开始了摘抄和背诵等一系列对他们来说艰苦卓绝的工作。曼使得小县城的文化事业出现了短暂的繁荣。那些人在背诵了几个押韵的句子后，就走到正在大街上游荡的曼面前诵读起来。但这毕竟是一件太费脑子的事情，他们做起来很不习惯。后来他们从实践中总结出了经验，那就是，在腋下夹一本谁的诗集或一张有副刊的报纸，打开来煞有介事地看一眼就行。那模样，像是钦差大臣传达圣旨，曼几乎想要在大街上跪倒。这时，他们全副武装，而曼手无寸铁，就这样成了他们的猎物，中了魔法似的跟在他们后面。她生怕他们一下子变得无影无踪。曼说，我也是诗人，让我们谈谈吧，我们来谈谈。或者说：把那报纸给我看看，我刚给它投了稿，说不定现在已经发表出来了，发表，你懂得发表对于一个诗人来说意味着什么吗？一个诗人不能发表作品就好像一棵果树不能开花结果。只要能发表，我什么都不要，什么都可以给你！曼急促地自言自语，目光发直旁若无人地跟着他们。很多人说曼得了花痴，有谁知道曼在那些男人身上窥见了诗歌的光芒呢？在曼看来，不是她跟在他们后面，而是他们围着她转。她是诗人，他们喜欢她是因为她是诗人，她要给他们朗诵她写的诗歌，到了他们的住所，曼就从衣袋里掏出她的诗集——一个暗绿色封皮的笔记本。她把她的诗工工整整抄在上面，有时候，她把她喜欢的诗也抄在上面。她开始朗诵了，胸脯起伏，眼含热泪。她的风衣飞起来了，头发飞起来了，整个人都飞起来了，她像一只鸟那样在天空中自由地飞翔。这时候她乐于做任何事情，她按他们的要求脱掉自己的衣服，从不同的角度展示自己，然后迎接他们，迎接诗歌的撞击……

曼从家里搬了出来，在外面租了一间房子。她已经离不开男人了，正如她离不开诗歌。有人说，曼向许多男人献身，其实为什么不可以反过来说，许多男人为她献身呢。从家里搬出来的时候，母亲长长吁了一口气。母亲一边把她的东西往外面扔着，一边说，你永远也别回来！曼由着母亲说去，她才懒得搭理。

曼开始自己养活自己了，她要的钱不多，每次大概相当于一首诗的稿费——一首十四行或十六行诗的稿费。

有一段时间，听说曼要离开小城了，听说她找了一个外地男人。许多人认为曼只要结了婚，有个固定的男人，她的生活就会渐渐正常起来。所以好心的人都希望曼快点结婚，找个合适的人把自己嫁出去。可在小县城里，谁会娶曼呢。

现在，终于有不明真相的外地人来"上当"了；大家不禁松了一口气。那段时间，曼真的是从大街上消失了。她不在租住的房子里，也不在她父母那儿，整个小县城都没有了她的身影。看来她真的是走了。小城里不再有男人喜欢读诗了，书店的文学柜台被各种教辅霸占了大半，也不再有穿着粉红风衣的女人走过夜深的街道了。

但是没过多久，人们沮丧地发现，曼又回来了，她的高跟鞋重新在夜晚的街道响起。

曼和林道齐的交往开始于那个春天的下午。在此之前，林道齐自然早已知道了曼的芳名，但他从未敢把自己和曼联系起来，虽然他在女人方面频频得手。他是以一个刻章师的身份进入县城的。那时候，文学社成员和麻将爱好者一起呼朋引伴互相渗透走过街道时，林道齐就把他那颗漂亮而聪明的脑袋歪在摆满了各种款式的图章毛坯的玻璃罩子上面瞅热闹，他们中的一位，说不定还窥见了这个从乡下来的刻章师坐的钢折椅旁边有一本摊开的《诗歌报》或《诗刊》。但这又有什么奇怪呢。林道齐有一颗硕大的脑袋而又必须靠单拐才能走路。有时候林道齐盯着他的单拐就会有写诗的冲动。他是那个时代典型的身残志坚的青年，刻章之余，还参加了自学考试。那时有一本很有名的杂志，叫《中文自修》，专门刊登优秀文学作品的赏析文章。对于文学的热爱使得他一下子从众多的刻章师和残疾人中凸现出来。似乎从那时候起，刻章越来越赚钱了，不少人来刻假公章。利润往往与风险同在。

有人凭这份手艺不但养家糊口，还在城里搞地皮做了房子。林道齐却把赚来的钱都挥霍在吃喝和女人身上。从街头到巷尾的每一个年轻漂亮的女人他几乎都认识，而且，也常有染指。他有一种天生的和女人打交道的能力，那些女人也乐于和他交往。跟他说话或调情的时候，她们都盯着他卷曲的头发、色迷迷的眼睛和能说会道的嘴巴而尽量不去看他的腿。如果不小心把目光戳到了他的腿上，也会马上乖巧地跳开。除此之外，林道齐就是大量地买书和杂志（其实有不少女人正是以借书为由到他这里来的）。买得最多的除了《中文自修》，还有《知音》《诗刊》和《小说月报》。它们足可以对付各种不同层次的女人。他还喜欢研究杂志上刊登的征婚广告和征文启事。几年后，我和他认识并有了交往时，他就把各种征文获奖证书抱出来给我看。那些证书放在桌上，都快齐到我的肩了。我想看看他的诗，他装模作样翻了半天也没找出一首来。他说，那些杂志社起初都说会出书或发表的，后来不知为什么，只寄来了这些获奖证书。

那个春天的下午，林道齐在租房里午睡。他已经不怎么刻章了，因为是残疾人，他找到了更好、更轻松的赚钱法子。别人找他合伙做生意，只要让他挂个名，就可以免税，对方再分一半应交的税款给他。这样，他的日子就过得很悠闲了，整天花钱或不花钱坐摩的，在大街上跑来跑去。不是打桌球，就是下馆子和陪女人打牌。当然，这种舒服也不是想有就有的，得跟工商和民政部门的领导磨嘴皮子，必要的时候还要用一点蛮劲，放下几句"你们的命比我值钱啊"之类的狠话。总之，在他认真刻章的时候，知道他的人不多，而当他不认真刻章想吃闲饭的时候，从县长到局长都知道他了，都会尽量帮他解决问题了。那天中午，他在外面吃了些酒，因惦记着晚上几个女人约他去打牌，就睡了一觉。忽然听到有人叫他的名字，而且是一个女人。他抓起手表看了看，打了个呵欠，说，不是还早吗？女人说，日头都要喝水了。他一听有点不对，一骨碌爬起来，看到了窗外的曼。他说，是你呀，你怎么知道我住这里？曼说，谁不知道你住这里。他滚下床，跑去开了门。

奇怪，他和曼像是早就熟悉了似的。其实他们之前并没打过交道，但一见面就像认识了好几年。虽然他经手过不少女人，但对于曼，他从未动过什么心思。曼是一个诗人，他怎么能轻薄她呢。他没想到曼一下子找上门来。"日头喝水"是曼的一首诗里的句子。县城西边是大湖，别的地方是太阳下山，我们这里是太阳喝水。这是曼独创的句子。

那天晚上，他没有打成牌。曼在他的租房里没有走。曼说，我听说，你写过诗，现在还写吗？把你的诗拿给我看看吧。林道齐就翻箱倒柜地四处找。曼坐在他的床头边翻杂志，翻《诗刊》，翻《中文自修》，也翻《知音》。她似乎刚刚洗了脸，很白净。睫毛长长地覆盖着，显出专注的神情。指尖和书页划动的声音响亮而悠长。如果不是口红和她的黑色紧身上衣以及她的苍白交织出的那种风尘味，这时，她几乎可算得上一个纯情少女了。林道齐终于找到了他的诗，是用钢笔一笔一画地写在信笺上的。那种红线条的信笺，很粗糙。

曼接过来把它们在桌上展开。曼说，你写的诗很有韵味，有时候还有点文言文呢。林道齐说，写着好玩的，让你见笑了。曼把诗放在一边，不看了。她看着林道齐，从上看到下。她甚至要看看他的那只因患小儿麻痹症而萎缩的脚。他就将起裤腿让她看了。她伸手去摸，像摸着一首诗的草稿。她说，你把裤子也脱了吧。林道齐有些迟疑。曼笑了起来，说，我又不吃你。林道齐就把鞋子脱了，再把长裤脱了。他感觉自己渐渐多出了什么，而且仍在不断膨胀。

曼在林道齐那里住了两个晚上，把林道齐的杂志和稿纸丢得满地都是，然后他们就在上面做爱。安静下来的时候，曼要林道齐刻各种报纸杂志的公章，蘸上印泥摁在她身上。她身体上很快就盖满了公章，有圆有方，有红有蓝。她说，真好，现在我身上都是用稿通知了，你快把我发表了吧。他说，没有稿酬你也发表吗？她说，只要能发表，我不要稿酬。他说，如果要交钱，要交很多钱，你还发表吗？她说，交钱也要发，不管多少钱！不发表，怎么能算得上一个诗人呢？他说那好，我就把你给发了！

这样的游戏让他们着迷。有一天，曼说，林道齐，你娶了我吧，我要嫁给你！林道齐流出了感激的泪水。还没有他喜欢的女人说过要嫁给他。她们喜欢跟他打牌赢他的钱，谁也不肯嫁给他。他说，曼，你真好，我是要娶你的！我要你天天有诗读，我们天天都可以写诗。第二天，他们像新婚的夫妻一样走出房门，脸上有淡淡的红晕。曼挽着林道齐的右臂，这样，他的单拐基本上就派不上用场。他们去逛街，买吃的，洗头发，买杂志。有人笑林道齐，他也毫不在乎。他们在外面吃了饭，回到林道齐租住的房子里，又开始了疯狂地做爱。起初林道齐没觉得什么异常，但渐渐地，他觉得不怎么正常了。曼跟别的女人不一样，在带给他极度快乐的同时，也让他极度虚空。而曼，似乎根本就没有餍足的时候。似乎她体内有一头怪兽，它越吃越饿，越吃胃口越大，迟早要把他们两人都吞下去。林道齐不由得害怕了。因为身体的残疾，他更加爱惜自己的身体，更深深懂得该如何保护身体。他想打退堂鼓了。终于有一天，他对正待跃跃欲试的曼说，我们不合适，还是分手吧。

然后他看到，曼愣在那里。

曼说，想不到，连你林道齐都不要我！

一天傍晚，一个便衣警察在街上巡查，看到停在路边的一辆小轿车轮胎微微起伏。他有些奇怪，上前去查看究竟，便模模糊糊看到了里面不能让人看到的图景。那是一辆漂亮的桑塔纳，有着线条流畅的外形和弹性极好的宽大坐垫。警察唤来了同伴，敲开了车门。于是他们看到了云鬟散乱的曼和一个衣着十分狼狈的男人。令他们稍感意外的是，车里的坐垫和靠背上有许多摊开的报纸，曼就把她的身子埋在那堆报纸里。不知警察出于什么目的，他拿起了其中的一份。警察眼力真好，居然看清楚了上面那两个瑟缩的小字：副刊，以及下面大片高耸入云的商业广告。

回乡偶书

"我的朋友李朝阳逃离那个千年古村是在他十九岁那年的一个中午。"他刚写下这么一句，手机就响了。

父亲说，是家训吗？你们今年回不回来过年？

他说，回啊，再过两天就去买火车票。

父亲说，我和你妈明天就下乡，明天过小年。

他说，是啊，过小年。他又说，妈还打牌吗？叫她少打一点。

父亲说，没打，这段时间没打。

他说，牌打多了伤颈椎。

母亲跟父亲住到县城里后，居然迷上了打麻将，前不久颈椎出了问题。他对母亲说，尽量少打牌，长时间坐在那里不动，对颈椎是最有害的。可母亲总是否认她打了牌。一个在他的印象里曾挑着湿重的谷担、头发上沾着金黄的草屑、在田埂上快步如飞的勤劳朴实的农村妇女，忽然变成了一个不打麻将就像掉了魂的人，他觉得不可思议。

父亲挂了电话。他是个没多少油盐话的人，从不问你们在那边好吗孩子们还好吗。有几次，是儿子接的电话，父亲在那头问你爸爸在不在家？儿子说爸爸妈妈到超市里去了，父亲二话不说就把电话挂了。父亲当过兵，说话的风格跟枪杆子差不多。哪怕父亲打的是他的手机，也仍然要问：是家训吗？是家训吗？他打父亲的手机，父亲也总是那么一句：喂，哪个？他很奇怪，即使父亲不看来电显示（父亲的视力出奇地好），怎么连他的声音也听不出来呢？他说话的声音其实很像父亲，不但说话，连走路、穿衣甚至一些饮食习惯都像。那些遗传性的东西经常像小动物似的从他身上跳出来，每看到它们，母亲便拿一种别样的、有些扬扬得意的目光望着儿媳方玉莲，仿佛它们是她特意喂养出来似的。这时，奥地利人弗洛伊德的部分理论在一个没多少文化的中国农村妇女身上得到了强烈的体现。可父亲怎么连自己的声音都认不出来了呢？于家训不禁怅然若失。

父亲今天打这个电话是有渊源的。去年，他和老婆孩子没有回去过年。本来是准备回去过年的，但方玉莲忽然跟他说，家训，我们来试一试，就说我们今年不回去过年，看看你爹娘怎么说。方玉莲这样想是有原因的，因为前年在乡下过年时，孩子们觉得乡下不好玩，没有电脑游戏，也没有体育频道，便说下次不回乡下过年了。母亲说不回就不回，这话刚好被方玉莲听到了。本来，母亲随口的一句话，她是没必要记在心里的，之所以往心里去，这又是有渊源的，那就是，方玉莲觉得他父母对儿子还有两个孙子根本不关心。不但不关心，简直称得上冷漠。方玉莲说，他们对我不好情有可原，毕竟我跟他们没有血缘关系，可对你和儿子不好就说不过去了，俗话说隔代亲，可他们，隔了代也不亲。于家训说，那爷爷怎么办？祖父八十多岁了，由于和家训父母处理不好关系，一个人孤零零地在乡下生活。方玉莲说反正我们过年后还是会回去的。于是他给母亲打电话，说在省城过年，没想到，他一开口，母亲就答应了，仿佛她一直在等着他这句话似的。他暗暗吃惊，看来，方玉莲真的比他更了解他母亲。母亲怎么会答应得这么快呢，按道理，她是要用很蛮很重的口气要他们回去的。但马上，他又为自己的想法内疚，毕竟是父母，他怎么能在他们头上使心眼子呢？他觉得自己过分了。其实这种内心的矛盾也由来已久，他既想知道父母是不是爱他们，但每次验证之后又深感后悔。方玉莲说，怕什么，他们把爷爷扔在乡下不管，我们没向他们学习，还对他们这样，已经算是不错了。他在心里说，不，这绝对不算好的。那么，究竟怎样做才算好的呢？在内心里，他还是想暗暗给父母一点惩罚，因为他们对祖父太不像话了，可他有这样的权力么？有时候他只有通过自虐来求得心理平衡，仿佛他是父母所生，虐待自己，也就从某种程度上惩罚了父母。

结果那个年就过得没滋没味的。那是他们在外面过的第一个年，他仿佛有一种被抛弃了的感觉。从腊月三十到大年初八上班之前，他哪儿也不愿去，只写了一篇几千字的小说，其他时间就待在那里看碟子。最终让他同意方玉莲的决定，还有一个原因是，他也嫌回去过年麻烦，挤车不说，还有许多应酬，他早想把这个陈规打破。就像他和方玉莲结婚时那样，叫来一帮同学，废除了村里野蛮地闹新房的陋习。可人就是这么怪，回去过年嫌烦，在外面过年又怕冷清。除了看碟子，他就是打电话。他莫名其妙地打出了许多电话，有的是可打可不打的，他觉得自己的的突兀一定会让对方觉得奇怪。他跟方玉莲说，不管怎样，今年下半年还是一定要回去过年。

方玉莲可能也感到委屈和无趣，后来在跟他妹妹通电话时不免把没回去过年的原因透露了一点点。消息很快传到了母亲耳朵里，她马上打来电话，又是哭又是闹的。于家训也很生气，讲了以往生活中的一些细节，并讲到在祖父和父亲的矛盾里，母亲起了很坏的作用。最后他根本听不清母亲在说什么，只听见歇斯底里的一团。他摁了电话，再听下去他担心自己会疯掉。他早就想心平气和地跟母亲谈谈家里的事，没想到却是以这种方式。事后他又很自责。过了一个多月，他才给父母打电话，虽然彼此间慢慢恢复了以前的那种正常语气，但似乎都在小心回避着什么。

决定回去过年后，在放假前的半个多月时间里，每天吃了晚饭，他就拉着方玉莲到各大超市和商场去买东西。祖父、父母、岳父母、姑妈、妹妹、外甥等等，都要买一点东西给他们。岳父母好说，他们从不挑剔。祖父也好说，只要买酒就行。让他为难的是母亲，她现在不但迷上了打牌，还迷上了商场里那些五花八门的口服液；她曾多次向他暗示了这一点。于家训虽然对这类保健品不以为然，但和方玉莲还是买了其中的一种，仿佛在和母亲赌气。

每天买一点，结果到准备动身时，已经有了一大堆东西，他和方玉莲看着发愁。他还带了两本书、一盒速溶咖啡，他把手提电脑也带上了，预备着回去写点东西。方玉莲说，像以前一样，拿的好看，结果什么都干不了。他说这次是下定决心了，尽量减少应酬，有空就看书，写东西。他想利用过年这段时间，把李朝阳的故事写出来。他们是很好的朋友，背景和道路都差不多，分别在不同的地市师范学校毕业，在乡下教过书，又从乡下走了出来。李朝阳的事情是发生在过年的时候，他觉得或许这样更容易找到感觉。

放假前半个月，县里一个叫童子京的朋友打来了电话，问他要不要车，他说到时候再说吧。快出发前，方玉莲怂恿他给童子京打个电话，他想了一下，给童子京发了一条短信，问他这两天是否来省城，如果来，他一家人想搭个便车回去。他觉得还是发短信好，可以让对方考虑，也显得自己不是那么火烧眉毛；如果对方万一不想来，还可以装作没收到短信。果然，童子京回短信说，这两天忙着跑上面，没空去省城，但市里是随时可以去的，他可以派车到市里去接。于家训后悔发了那条短信，但现在，既然开了口，不让对方来接一下，似乎又不好，会让对方以为自己生了气，于是他回复道：那好，我们坐明天的火车，到时再打你电话。

第二天，他们一家人拎着大包小包挤上火车。不用说，人很多，那么冷的天，他居然出了一身汗。还是当官好，不用挤车。是啊，他怎么就没有当官呢？他给童子京发短信：
火车十点半到站，我在出站口等。

　　他们站在出站口。风很大，他们想找个避风的地方，又
怕对方找不到。从乡下到县城要十五分钟，从县城到市火车
站要二十分钟，如果车已动身，很快就会到的。这期间不停
地有人来问他们要不要车。车站广场上全是包裹和人，有的
看上去不像是人在背着包裹，而像是包裹自个长了脚在顶着
风移动，行人脸上都是那种焦虑而急切地扑向什么的神情。
按道理，车子半个小时内会到，但足足过去了四十分钟，还
没见影子。他后悔不该要这个车，马上过年，人人都很忙。
如果他们到汽车站坐中巴，说不定早到了。那他为什么要麻
烦人家呢？他并不是一个喜欢麻烦人的人。早在他教书的时
候，二叔就跟他说，现在机遇这么好，我和教育局柳局长建
立了联系，你也表示表示，对你有好处。但他一直懒得去做。
可这次，他麻烦人家，一是因为路上车多人挤，二则，或许
他潜意识里希望有一辆小车送他回去，把他们送到村口，使
他们不必像普通打工仔一样背着大包小包狼狈不堪地出现在
村里人面前。

　　说起来，他还是有虚荣心的啊。

　　结果童子京弄了一大桌人来陪他。童子京一个劲地向人
介绍这是省里来的作家，让他很不自在。他想，以后再也不
敢麻烦这位仁兄了。童子京又说，他前不久其实去过省城，
是找省政府的一个秘书长，他们关系很好。于家训点点头，
他觉得童子京这话不是说给他而是说给其他人听的。在座的

也都是有头有脸的人物，有乡长、股长、局长和办公室主任。他们一个劲地敬于家训酒，如果不是方玉莲监督着，说不定他就喝多了。好不容易吃完了饭，童子京才放他走。从县城到村子里还有二十多里路，离村子越近，路越不好走，如果下了雨，车子根本无法进来。他不停地听到泥沙和石子飞迸的声音，车子几乎一直开到了家门口，孩子们喊叫着，围着车子看稀奇。大人也从屋子里出来了，倚着门框或站在路口。他带着老婆孩子在村里人的注视下从小车里走了出来。

虽然为自己那点可怜的虚荣心感到可耻，他还是不自觉地把动作放慢了一点。

祖父见到他们，一个劲地擦眼睛，好像担心看不清楚。祖父的粗布袖口，很快就把眼睛擦得红红的，像兔子的眼睛。有那么一会儿，他不敢正面看他。母亲在和方玉莲说话。他问母亲，爹呢？母亲说，今天去给单位上的退休职工送工资。他和方玉莲把给祖父还有父母买的东西都拿了出来。看到口服液，母亲的眼睛亮了一下。方玉莲笑着朝他努了努嘴，他装作没看到。

晚上，几个邻居来坐。于家训知道，表面上他们是来问祖父一些事情，实际上是来打听自己的情况的。他们抽着他敬给他们的烟，小心翼翼说道，家训啊，下午送你们来的车子是县里的吧？我们村里，还没有谁让县里的小车送过，你是第一个，为村里争了光，你在省里嘛，就是比他们大。

父亲想再次给大家续茶时，被母亲用眼色制止了。大家坐了一会儿，就告辞了。祖父每天这时候早已睡了觉，今天高兴，陪着坐了这么晚。送走村里人，家里人也陆续上了床。于家训冲了一杯咖啡。方玉莲说，今天你不早点睡啊？他说，我睡不着，你先睡吧。方玉莲往火钵里加了两块炭，说，别弄太晚了。

于家训用力吸了吸鼻子，闻到了记忆中熟悉和想念的家的气味。那是童年的气味，过去岁月的气味，亲情的气味。他小时候在梁柱上画的人头像还栩栩如生地在那里。将近三十年了，头像居然一点没变，像是隐藏在岁月深处的一个顽童，以恶作剧般的顽皮神态看着时间流逝，人物生疏，容颜衰老。于家训觉得鼻根发涩，但他及时控制住了自己的多愁善感。这天似乎过于漫长，从省城到乡下，从成年到童年，时空交错恍惚，真有一日百年之感。他迟疑着打开了那台手提电脑。

"我的朋友李朝阳逃离那个千年古村是在他十九岁那年的一个中午。"他重新看了看这个开头，觉得形迹可疑，让人想起曾一度流行的先锋小说。

李朝阳的那个千年古村，他也去过。那次李朝阳给他打电话，说，于家训，你不是一直想到我们村里去看看吗？刚好有一个机会，你跟我去吧。它有没有一千年我不清楚，反正现在一提到古村就必然要在前面加一个"千年"，好像也成了一种级别似的。这几年到我们村去考察、拍照的人不少，县里的领导经常带人过去，用的是公安局的那种越野吉普，其他的车子根本进不去，只能停在山外，听说那些专家已经把对我们古村的研究提到了民族文化和精神的高度。去吧，你去看看，说不定也会有些收获。他说，别以为我在跟什么风，我可不是一个喜欢跟风的人，我想考察的是另一种东西。李朝阳说你想知道什么？他说我想调查一下你们那里的孩子是怎么上学的，老师又是怎么教书的，然后写一篇类似于前苏联作家艾特玛托夫那样的小说。前不久他去了一个被称作"桃花源"的深山里，作协组织大家去采风。他对那些牵强附会的景点没有兴趣，却忽然被一件事打动了，他听说因有的人家不肯迁到山下，交通极为不便的半山腰上就还留了一所小学，一个没有正式编制的民办教师已经在那里待了大半辈子。他当时很想去实地查看一下，无奈其他人的兴奋点都不在这里，他一个人又不熟悉路径，便只好作罢，回来想到李朝阳的老家也是在深山里，便跟他打了个招呼，要李朝阳回去时带上他。他想两者肯定有相似的地方，再说那里不也走出了李朝阳这样的人物么？他把自己的打算一五一十告诉了李朝阳，谁知李朝阳忽然有些不耐烦地问，艾特玛托夫是谁？

　　他说，你当然不一定知道艾特玛托夫，但前苏联就是那么一个奇怪的地方，既出帕斯捷尔纳克、索尔仁尼琴和布尔加科夫那样的作家，也出瓦西里耶夫和艾特玛托夫那样的作家。用我们的话来说，是非主旋律的东西写得好，主旋律的东西也写得好。有时候，你不得不承认，高尚的、理想化的东西同样让人着迷，就像音乐中的高音。他是喜欢听西洋歌剧、宗教音乐，喜欢听高音的。李朝阳对文学了解得不多，虽然他也曾幻想过当作家。现在他感兴趣的是法律，他是省城少有的最具市民意识的律师之一。他是这么评价李朝阳的。正如李朝阳有时会跟他一起探讨文学问题，他有时也会跟李朝阳一起探讨法律问题。他说，促使司法进步的除了国家机器外，还有一个重要角色，那就是法律的蛀虫，不可否认，在一定程度上，是他们揭示了法律的盲区和漏洞。现在我们中国人缺乏的不是精英意识，也不是平民意识，而是市民意识，最有害的是农民意识和小市民意识。市民的数量虽然在急剧增长，市民意识却没有增长，甚至整个还处在萌芽状态。在他看来，市民意识的核心就是积极参政议政，关注公益和公共事业。没有强大的市民意识，所谓的民主与法制大概只有词语学上的意义。因此他一直很看重李朝阳这个朋友。作为一个律师，李朝阳没有背叛过自己的职业道德，向来以两类事情闻名省城，一是和政府部门打官司，二是义务帮民工打官司。法院和一些单位的领导看到他都头痛，尤其是那些企业老板和工程承包商。有一次，他听说一个民工在给一个老板卖了三个月苦力后，不但没拿到一分钱，反被老板叫人打了一顿，饥寒交迫，只能在立交桥下过夜。他怒不可遏，给一家报社打了电话，并协助民工要回了工资和相关赔偿。还有一次，他从报纸上看到，一个农村人因无力支付医药费，被医院赶出去耽误了治疗时机导致死亡，他找到受害人，提出义务帮对方打官司。为此他受到了医院的威胁和来路不明的袭击，一块石头击中了他的头部。李朝阳曾这样说道，他们都是从农村出来的，对农民，虽然许多时候哀其不幸怒其不争，但感情还是很特殊的。去年五月份，他差点和城管大队打官司。他下班时看到一位卖菜的农妇被城管人员在地上倒拖着，脸上有血，衣服也被撕破了。城管人员认为农妇卖菜有碍市容，会影响到创建文明卫生城市。李朝阳上前干涉，结果城管人员的拳脚雨点般落在他身上，而那位农妇在医院里住了一个多月。他冒着危险再次为农妇讨要说法，让他没想到的是，农妇和她的家人怎么也不肯跟城管大队打官司。本来市报要报道此事，但不知怎么，忽然撤了版。于家训后来听说了这件事，写了一篇题为《幸亏城管手下留情》的讽刺文章发表在广州一家报纸上，大意是说，城管人员大概认为那位农妇卖菜后不应该挑着担子而应该打的回去。不管怎么说，他感谢他们，因为他们手下留情，没有把李朝阳打死，不然这座城市会失去一位优秀的律师。

说真的，他还真的想去了解一下抚育李朝阳成人的那个村子，说不定李朝阳身上的正直因子和那里的淳朴民风大有关系。其实古村学近来这么流行，还有一个隐秘的原因是，有人惊讶地发现历史上几个大人物的祖籍，据说就在本省的某个古村，并遥（非谣）传大人物的后裔已经秘密地前来朝宗和祭祖了云云。

李朝阳那个村子，据说也非常了得。有一次，他问李朝阳，听说你们村里曾出过七位朝廷大员，最显赫的那位当到了宰相，状元及举人有五六十人之多，真的是这样吗？李朝阳漫不经心地说，那又怎么样？他笑着说，这可是你们村的光荣历史啊。李朝阳翻了一下眼皮，说，是吗？

他发现李朝阳对那个古村并没什么好感。不过这又有什么奇怪的呢，他们都是好不容易才从乡下跑出来的，贫困的乡村生活肯定给他们留下了不愉快的记忆。正如古老的乡村现在在许多人眼里是一种图腾，而对于他们来说，却好像是噩梦，是挣扎和反叛的痛苦。一个没有叛逆精神的人，只好原地踏步。游子和乡愁，热爱和叛逆，永远是赤子的困惑和两难，而赤子有时并不为人喜欢。作为高僧的唐三藏，也是被又馋又懒的猪八戒所蒙蔽，而不喜欢嫉恶如仇的孙悟空。这几年，乡村被许多人拆解为各种精神或文化符号，而后矫情地歌颂，乡村图景正在大面积地失真。正因为如此，他才把李朝阳的故事的重点放在他的"逃离"上。

　　我的朋友李朝阳逃离那个古村是在他十九岁那年的一个中午……

他把"千年"这个大而无当的词删去了。

且慢，真的就这么写下去么？是不是还要再考虑一下，比如题材什么的？一家权威文学刊物的编辑曾暗示他坚持写农民和民工题材，可他忽然对这个题材不感兴趣了。其实他从不刻意去表现什么题材，人类的普通体验是相同的。难道福克纳的作品是许多人所说的那种乡土小说？如此说来，卡夫卡也可以称得上"草根"了。

或许，他该放弃这略带先锋小说意味的叙述，把"逃离"那个词也隐藏起来，只是没有了"多年以后"。因为李朝阳已经不在人世。

这时他意识到自己已经冲了两次咖啡。他的大脑局部疲劳又局部兴奋，好像一边是冰块一边是火焰。年关的气氛肯定也不太适合写先锋小说，于是他没有让李朝阳逃离古村，而是让他和自己一道，重新回了一次古村。这样，小说的开头就变成了：

　　我和朋友李朝阳走进古村是在一个日光漫长的春日上午。

父亲起来小便，见堂前还亮着灯，说，还没睡？

他说，还有一会儿。

房门角落里放了一只尿桶。父亲在那里站了好一会儿，才有断断续续的声音出来。他猜想，父亲的身体可能不太好。作为一个复员老兵，父亲现在撒尿的状态跟当初端着步枪站在天安门前照相的时候已不可比。他想下次回家来，应该给父亲买两听花粉。听说花粉对前列腺和血管都有好处。

不一会儿，母亲也起来了。母亲迟疑了一下，拿电筒去了茅厕。他有些不安，对母亲点了点头，为自己给他们带来的不方便。

钟摆的声音越来越清晰，仿佛可以看得见钟勺上的纹路。刚才，他几乎没意识到它的存在。由于房间里加了一张床，他只好把电脑放到堂前的八仙桌上。桌子下有一只火钵。钟摆像船桨似的使时光倒流，他仿佛回到了在中学读书的时候，也是这般光景，他点着煤油灯在堂前做作业，父母在西厢房里翻身，然后是母亲的叹气。母亲的叹气像一个括弧，不过永远只有一半，这样，那只括弧便在无穷地扩大。他有些惶恐。他懂母亲的意思，母亲是想他早点上床睡觉，免得浪费灯油。

房子是祖父在于家训出生那年做的。这种大一统的房子有着诸多缺点，比如不通风，没有隔音，但父亲一直不肯改造它，并扬言不愿住城里那样的房子。那时祖父和父亲的意见是一致的。他们在很多方面，意见都是一致的。如果硬要说有什么区别，就好像院子里的那棵树，祖父想让它心无旁骛地长高便去掉了它所有的枝叶，父亲想让它长粗长壮而掰断了树梢。这不是象征，是实实在在发生过的事情。

他和方玉莲就是在这栋房子里结的婚。新房后面就是祖父母和妹妹们的房间。那段时间，他每次从单位回来，看到的都是方玉莲泪汪汪的脸。她带着孩子在家里整整生活了四年。她说，家训，你带我走吧，你再不带我走，我一定会发疯的。于是在那年暑假，他借口说孩子要上幼儿园，把方玉莲和两个孩子试探着接到了小镇上。那时他每月的工资只有三百多块钱，不知道能不能养活一个小家庭。父母急了，动用了很多力量来逼迫方玉莲带孩子回家。他后来才知道，他和父母矛盾的核心是，母亲希望他把每月的工资一五一十交到她手里，一切由她支配。那段时间，方玉莲一跟他提起这些杂七杂八的事，他就烦。刚开始，他也是从善意的角度去理解母亲的，他想到父亲在和母亲结婚后，一夜之间被征入伍，而且一去就是六年，那时他已经一岁了，那段空心岁月肯定在母亲心里留下了阴影。后来他明白，这只是他一厢情愿的想法。母亲的身上仿佛聚集着许多乡村生活的毒素，是谁把它们传给了她，她又把它们传给了谁？母亲不知道，为了挤出母亲遗传给他的毒素，他做出了多大的努力。他的人格特征，是在对母亲本能的叛逆中形成的，比如，母亲对人刻薄，他就对人宽厚，母亲为人小气，他就为人大方。忽然发现母亲跟书本上的母亲不一样，他很惊恐。他对母亲的理解一直还停留在书本上的描述里。之后他一步步看着一个母亲离他越来越近，而另一个母亲离他越来越远。母亲的自私、狭隘、冷漠、偏见甚至愚蠢，让他的心一阵阵痛苦地缩紧。

于家训上床睡觉时，听到祖父好像在后房里跟谁说话。起初他以为祖父是在梦呓，祖父梦呓时好像他的心脏是一只鸟，而他的两只手则把鸟紧紧地捂住。鸟奋力扑腾着，祖父嘴里发出呜呜的声音，他就去把祖父叫醒。这回他仔细听了听，祖父却不像在说梦话，仿佛祖父床边还有一个人。妹妹们早已出嫁，偌大的后厢房里阴暗而空荡。他不禁头皮发麻，脱了衣服吱溜钻进方玉莲的暖被窝。

第二天于家训起得很晚。外面亮得有些刺眼。见他醒了，方玉莲就催他起床，她要洗被子晒棉絮。棉絮很潮，两个孩子一早醒来就在挠痒，皮肤过敏了。她埋怨母亲没有帮他们把棉絮晒一晒。母亲一直留着他们房间的钥匙，仿佛握有某种特权。她不主动还给他们，他们也不好要。他们不在家的时候，母亲总要悄悄把他们的房间翻遍，每次回来，方玉莲总会发现有东西失了踪。

　　方玉莲在井边洗衣服，母亲在井边洗菜，她们偶尔说几句话。父亲还没放假，他是县城一家小企业的出纳。两个孩子在院子里打羽毛球，阳光附在羽毛球上明亮地飞来飞去，祖父在一旁看着笑。刚才方玉莲看到祖父换下的衣服没有洗，要拿来一起洗，祖父不让，方玉莲还是坚持拿来了。平时祖父一个人在家，自己做饭洗衣服。父母把祖父一个人留在乡下。祖父从院子里走回屋里，对于家训说，能再一次看到家训带着孩子们回来过年他很高兴，对于人世间，他已没什么舍不得的，除了高兴还是高兴，如果说还有什么其他想法，那就是，他希望自己早点死。于家训听得心惊肉跳。

　　作为晚辈和一个有知识的人，于家训曾想找个办法把家里的事解决一下。比如和父母推心置腹地谈一谈。不管怎么说，父母在对待祖父的态度上是过分的。

　　但那次，于家训一开口，母亲就哭个不停。母亲边哭边把眼泪鼻涕甩到地上，擦在鞋帮上。母亲这一招很厉害，她一哭，于家训就没办法再说下去。于家训又气恼，又悲凉，他皱了皱眉。方玉莲一看他母亲又开始表演，就下楼去了。于家训知道，如果他也跟着下楼，母亲马上会止住哭声。他感到滑稽。那还是他们住在镇上的时候，他明白了，他没办法和母亲谈这些问题。后来他去了省城，仿佛是为祖父抱不平或为了表示自己的不满，于家训对父母也渐渐冷淡起来了。

　　至此，于家训发现了一个问题，那就是，由于父母对祖父的不孝，他也成了一个不孝之子！忽然想到这一点，他不禁打了个寒战。他一直想保持头脑清醒，不让自己陷入人性的恶性循环，可不知不觉，他还是被循环进去了。

为此他又在做摆脱的努力。有一段时间，他主动给父母打电话，关心他们的身体，叫母亲少打牌，要父亲按时到医院量血压。虽然这样做心里很别扭。父母对祖父不好，凭什么还让他们享受到他的孝心？很早的时候，他就听说过一个故事，一个聪明的小孩子，看到爸爸和妈妈对爷爷奶奶不好，便对爸爸妈妈说，以后我也要向你们学习。这句话起了很大的警示作用，后来小孩的爸爸妈妈对父母就很孝敬了。小时候听了这个故事，他很佩服那个孩子的聪明，可现在，他觉得那个故事很幼稚，他不相信这个故事对他的父母有什么作用，或许只有用行动来以毒攻毒。难道不应该让父母的自私冷酷遭到哪怕是一丁点的报应吗？可作为儿子，他有审判父母的权利吗？去年在外面过年，像是惩罚父母，也像是惩罚自己，今年回家过年，也有点这样的意思在里面。

等方玉莲把该洗的洗了，该晒的晒了，他们就动身去方玉莲娘家。

村里人也都在忙着。两年没回家，少不了跟村里人打招呼，于家训非常主动地、热情地停下来和他们说话，或给他们敬烟，他想以此来缩短或消除彼此之间的距离感。他总觉得他和村里人之间隔着什么，这种感觉很早就有了，从他一考上外面的学校就有了。他想跟他们接近，又不知道怎么接近。甚至接近了，距离感反而更强烈。女人们还是很热情的，她们心无芥蒂地和他说笑。男人们似乎更狭隘，比如一定要他先跟他们打招呼，他们才会朝他点头或说话。如果他没来得及这样（他的眼睛很近视），他们就目不斜视，装做若无其事的样子与他擦肩而过。他感到好笑，笑过之后却是悲哀。或许，这正是在乎他吧，在乎一个外面的人对他们的尊重（的确，对他们而言，他肯定已经是外人了）。故乡是一个什么概念呢？他离它近，它就远，他离它远，它反而近。

在路上，他们碰到了跟祖父同辈的宗沂。宗沂曾教过他小学，偶尔也念几句老书，"父母在，不远游，游必有方"之类。他教了几十年民办，因每次考试数学都不及格，直到最后一批才转。宗沂读的是私塾，家里曾被划为地主。于家训认为宗沂是村里最开明的人，一个劲地把自己的儿女往外送（他生了五个女儿才生儿子），最差的也学了门手艺。他是村里最早送女儿学手艺的人。父亲经常冷嘲热讽的人就是宗沂，说他把脑袋削尖了往城里钻。但于家训对宗沂一向很敬重，虽然他也知道宗沂性格的狭隘之处。对他考上师范嗤之以鼻的是谁？是宗沂。在喝完他考上师范的喜酒的当晚，刚走出廊口，宗沂就摸了摸嘴说，不过是考了个师范。当时，于家训并不懂得师范是干什么的，要到入学一个多月后，他才知道师范是专门培养小学老师的。他后来忽然去了省城，跟宗沂也不无关系。那时每逢礼拜或农忙，于家训都要回家干农活，母亲说，你老婆孩子又没吃上商品粮，家里有你们的田地，你不回家干活怎么行？当初，源于自己对田园诗的热爱和家里人的"引诱"，师范毕业后不久，他就跟村小学的代课教师方玉莲结了婚。他和方玉莲是小学同学，读书时大家就笑他们是一对，他一直对她保持着少年时代的美好记忆。但繁重的体力劳动让他疲惫，毕竟他是个书生。他的背脊晒得又红又黑，身上满是泥水。他狼狈不堪的样子并没让父母觉得有什么，相反，父亲连假也没请，只在下班时带两只西瓜回来骑着摩托一晃而过。

有一次宗沂忽然站在田坝上对于家训喊道，你还在干这些活啊？我是没办法，都种一辈子田了，你不一样，你手里有金饭碗，你不应该种田。于家训吃了一惊。是啊，他比宗沂小几十岁，可他居然在和宗沂干一样的活。宗沂喜欢摆一点点教书的架子，但在于家训面前是从来不摆的。把儿女都送到城里，自己能转正，把田地种好，是宗沂的人生夙愿。当时，只有转正那件事还没有落实，在其他事情上宗沂都有得意的地方。可他于家训怎么也没一个更高的理想呢？他知道，宗沂说的金饭碗，不是什么正式教师，宗沂知道他发表了很多文章，这在全县也不多见。这次他终于忍不住提醒了于家训一句，于家训不由得醍醐灌顶。他洗了洗脚，上了田坝，抽了一支烟，对方玉莲说，他要离开这里。真的，真的应该感谢宗沂，不管他说那句话的真正用意是什么。下半年他听说省里一家杂志招聘编辑，就去报了名。他去省城后，就让方玉莲辞了教书的事。跟她一同代课的，通过"活动"都弄到了编，可以参加转正考试。于家训是书呆子，但不得不说在有些事上还有先见之明。他对方玉莲说，代课老师迟早是要被清理的，与其被赶出来，还不如主动离开。他说的没错，两年后，代课人员被全部清退，不过像宗沂这样教了几十年书考试又考不上的人，政府还是把他们转正了。转正后的宗沂红光满面，仿佛这一生已功德圆满。又过了两年，办了退休，不再种田，到儿女那里享清福去了。

与其他人的自卑和冷漠不同的是，宗沂看到于家训，老远就叫着他的名字一路疾走过来，热情地和他握手。这个不符合乡村习惯的动作让于家训有些不自然。但他知道，宗沂有时候会故意做出这样的动作，来表示他和村里人的不同及优越感。毕竟那些年，他没少受村里人的迫害。于家训把手抽出来给宗沂敬烟。宗沂咝咝地吸着烟说，好啊，越变越年轻了嘛，玉莲也变好了。他又拍了拍于家训两个儿子的肩膀，说，都长这么高了，家训啊，你有两个好儿子，好好培养！于家训说，明亮还好吧？是不是还在第一医院？明亮是宗沂唯一的儿子，当初为了生这个儿子宗沂想尽了办法，罚款之类都在所不惜。他知道宗沂最疼爱的是明亮，他懂得该挑让宗沂高兴的事情说。宗沂果然很高兴，说我儿明亮很争气，已经拿到了副主任医师的职称，也算得上是专家了，年轻的专家啊，不久前，他谈了一个女朋友，女方的爸爸在市委工作，我很满意。于家训忙表示祝贺。他问宗沂，您这是回家过年吧？宗沂说不是，他来接老妈子到城里去过年。他说，都在乡下过一辈子年了，也该知道城里人过年的样子了。你们去年在省城过年就很好，万事开头难，今年我也向你们学习学习。

宗沂说，在外面好好干，有机会我一定去省城找你，我们爷儿俩谈得来。

告别时，宗沂又使劲握于家训的手。仿佛他一定要在村里人眼中，把这个动作放大，再放大。

那次，他和李朝阳走进了古村。坐客车到了县城，李朝阳问他的脚是否吃得消，他说没问题，都是农村出生的。平时步行，也总是不知不觉把别人甩得远远的。

李朝阳说，既然如此，我们就要爬山了。李朝阳说本来可以找在县里工作的熟人，他们有的和他一个村，有的是同学，他们可以找到专门跑这条路的越野吉普。他们经常在电话里说，回来一定跟我联系啊，我找车送你回去。不过，还是不联系好。

于是他和李朝阳又坐车。还是中巴，但破旧，窗玻璃上满是灰尘，座垫油污黑亮。过了一个村寨，又过了一个小镇，他以为到了，可车并没停下来，或者车停下来，李朝阳却没有下车的意思。后来车就到了山边，过了一处山边，又过了一处山边。路越来越窄，有时候几乎没路了，正在他暗自庆幸到了的时候，可车又有了路。树叶哗哗地擦着了窗玻璃，他不禁把身子让了一让。车子颠簸得厉害，他抓紧了扶手，有些想吐，晕车了。他十分难受又有些高兴。很早的时候他是晕车的，后来慢慢不晕了。一则资料说，晕车的人身体敏感，是不是他的身体乃至内心已经迟钝了？他惊慌起来。还好，又晕车了。但晕车真难受啊，他脸色苍白，额角渗出汗珠，问还有多远，李朝阳说快了。可在李朝阳说快了之后，车子又跑了大半天。他看了看李朝阳，见他一门心思地望着窗外，不知在想些什么。李朝阳的样子似乎有些不自然。他们前面坐着一个屠夫模样的人，络腮胡子，面色红润。李朝阳似乎跟他熟，但刚才李朝阳想跟他打招呼，对方理也没理。他想这个人可能是个比较难说话的人吧。屠夫一般是比较难说话的，因为他知道别人都要吃肉。他被自己忽然冒出的一句话弄得笑了起来。都说古村民风淳朴，看来也不尽然。

　　车子正在经过一个山村，村头立着一个很大的什么，一栋房子门口隐隐悬挂着一块匾额。李朝阳忽然回过头来，对他说，那是××会议的旧址，当年××曾在那里住过，像这样有纪念色彩的村子，我们这边很多。他感觉前面那个人，回过头来满不在乎地打量了他一眼，好像他是一个从外面冒冒失失闯进来的傻瓜。他正被晕车折腾得难受，也懒得用目光去讨回自己被掠去的尊严了，就好像在田间做高强度的劳动，人慢慢变麻木变傻。车子嚓地刹住，胃里一阵翻腾，他努力抑制着不让自己吐出来。李朝阳忽然转过头，绷紧了身子，显得很紧张。前面那个人昂头挺胸地下车了，李朝阳紧盯他的背影，似乎希望那个人回头又怕他回头。看上去李朝阳有些可怜兮兮的。

　　中巴又一直往前跑。一个很长的陡坡，车吭哧吭哧吼叫起来，一股带着柴油味的浓烟冲进了车子里。奇怪，难道这辆车子烧的是柴油吗？上了坡，车松了口气。李朝阳忽然叫司机停车，他被李朝阳拉着从车上跳了下来。他真有些羡慕李朝阳，身手还那么敏捷。他大口地吸了几下山野间的新鲜空气，却见李朝阳在慢慢往回走，他说你干吗，李朝阳说看到那条路了吗，我们走那边。他顺着李朝阳所指的方向望去，见一条土黄马路挂在刚过来的坡道的一半处，往回走要好几分钟。他说，怎么刚才不下车？李朝阳说，车正在上坡，我不好意思叫人家停车，碰到性子不好的司机，会骂人的。他不禁奇怪，李朝阳固然是一片好心，但作为一个在省城以维权著名的律师，怎么会害怕一个客车司机骂人呢？

李朝阳说，现在，我们准备爬山了。起先他们沿着马路，李朝阳走前面，他跟着。这时他才发现，李朝阳还拎着一个袋子，里面有罐头、布料、方便面之类。他不禁笑了起来。都什么年代了，还买罐头和布料送人。李朝阳说，村子里只有一家小店，买东西很不方便。说着，很快便沉默下来，低着头，像是被谁绑架了似的。于家训不由得疾走几步，赶上了李朝阳，和他并排一起走。但李朝阳很快又把他抛在后面，仿佛他喜欢这种感觉。他说，老兄，你干吗老低着头啊，你走慢一点行不行？李朝阳有些惊诧地抬起头来，说，我低头了吗？他说你看你的影子，弯得那么厉害。李朝阳看了看被自己踩着的影子，说，也许是吧，这是他小时候养成的习惯，那时，他跟在父亲后面挑担子，父亲就经常提醒他把头抬起来。为此，父亲还很厉害地责骂他。可他仍然不知不觉把头低了下去。仿佛这样，肩上的担子就轻松一些。

在一个转弯处，李朝阳带他离开了马路。他问到哪里去，李朝阳说，马路是后来修的，方便走车的，要远好多，他要带他走小路。十几分钟后，他们就直接插到了刚才要仰望才能看到的地方。他说，你们这里的确不方便，农民要买个什么东西，很不容易，小孩子读书也不方便，真不知道你当年是怎么读出去的？李朝阳说，小学在村子里读，初中就要走几十里路到乡里读，我们村子里的孩子读书都很卖力，因为都想读出去，不想一辈子走这山路，实在读不起书的孩子才留在村里。李朝阳又说，等会儿你就知道了，我们那个村子，四面是山，当年连日本鬼子都没能进来。他笑着说，你们祖宗当年怎么选了一个这么偏僻的地方？李朝阳说，肯定是为了逃避战乱啊。他说，我从资料上了解到，你们村鼎盛时有一千八百户，怎么现在只剩下三四百户了呢？李朝阳说，也还是因为战乱啊，我们村子遭到最大的破坏有三次，一次是朱元璋和谁打仗，一次是太平天国时，还有一次是打土豪分田地的时候，大概是因为躲在深山里的缘故，地主也就特别多，当时，全县乃至邻近的两个县的大半土地，都被我们村子里的人买了。你说，那时，一个农民有了钱不买地买什么呢？就好像现在城里人买房买车一样。李朝阳叹了口气，又说，观念变得真快，他刚去省城读研究生时读到一篇文章，说中国的租赁时代已经到来，作者把它的好处狠狠夸耀了一番，他看了很激动，还特意去拜见了那篇文章的作者，没想到，几年后他再碰到他，对方说他刚贷款买了房。你看，一下子从租赁时代跳到了贷款时代，现在，城里人没几个不贷款的，而且一贷就是十几二十万。于家训说，的确，祖父最初听说我花二三十万买了房子，以为我买下了一栋大楼，后来听说我是贷款买的房子，他就吓得整夜睡不着觉，说没想到你在外面混了那么多年，还欠了一屁股债。再后来，我带他来省城看房子，谁知他更紧张了，说二三十万块钱只买了这么一点点地方？这在乡下可以做多少房子？我说这还不算贵的，有的地段要四五十万。祖父露出很焦虑的表情，说这房子悬在半空里他怎么看都不放心，不像乡下的房子蹲在地上踏实。其实祖父还不知道，就是这间不到一百平方米的悬在半空的楼房，他也只有七十年的使用权。刚买房时他以为自己终于安顿下来了，可后来他仍然觉得自己是漂着的，是像房子一样悬在半空中的。买房子时方玉莲看了很多楼盘都不中意，后来看到了一个新开发的小区，虽是八层以下建筑，但全是框架结构，这才毫不犹豫地拉着他去签购房协议，仿佛这种结构给她提供了一个什么保证。李朝阳说，其实你祖父的心理很真实，作为一个农民，只有蹲在地上的东西他才觉得是自己的，可问题是，即使是蹲在地上的东西，又一定是属于自己的么？其实我们从来就没有真正属于自己的东西。

　　现在，他们又上了马路。一辆摩托几乎是擦着他们的身子开过去。他说，这样的路也能骑摩托，李朝阳说，这算不上稀奇，在我们村子里，许多人家里都有摩托。它们几乎成了村里人和外界沟通的唯一交通工具。因为这个原因，村里的年轻人，骑摩托车的技术都非常了得，有几个人还因此进了城里的杂技团。他们村还有一个特殊现象就是，四十岁以下的人，要么是文盲，要么读了中专或大学，前者大多留在村里，后者都跑得远远的，在县里市里乃至更远的地方安家落户，此后很少回来，即使回来，也一定要带着车回来。漫长的山路让他们害怕，或者说，就因为怕一辈子走这山路，他们才拼命读书，好像山路像一条大蛇在后面紧追他们，使他们抱头鼠窜般没命地狂奔。

他说，既然村里有那么多人在外面，干吗不把村子迁到山外去？

李朝阳说，迁到山外去？哪有那么多空地？再说，村里人也不愿走，他们认为世代生活在一个风水宝地上，他们坚信祖宗在这里安家是有深刻用意的。尤其是这几年，外面经常有人到村子里来拍照、采访，陪同的都是县里的领导，他们更坚信了这个说法。

正在这时，一辆越野吉普从后面爬了上来，李朝阳忙拉着他躲避。接着一个下坡，吉普车的轮子擦着他们的裤腿疾驰而过，他不禁吓出一身冷汗。李朝阳说，你放心，那些司机都是退伍军人，又经过了特殊训练，县里专门安排他们跑这条线路的。不过也出过意外，有一次，吉普就轧死了一个在路边挖野菜的小女孩，有关方面拿了点钱就把女孩的父母草草打发了。我真搞不懂这村子有什么看头，有的领导在看了古村之后，会题一两句古书上的话，什么"大同""有仁"之类。后来才明白，县里正在大规模地招商引资，而我们村里有几个人在海外做资本家，据说那几个在祖上几代就已经出去的人思乡病特别的重，县里的领导就从这里攻心。越野吉普卷起一阵呛人的黄尘，他们的脸上身上落了一层灰。

他们屏住呼吸，等灰尘慢慢落静。

他问，你家里还有什么人啊，你这次回来干什么？不会是特意陪我吧？

　　李朝阳说，我家里还有哥哥，父母已经死了，在我离开村子那年，他们就死了，村里人说他们是被我气死的，活生生的证据是，我父亲死时吐了一大盆血。我也不知自己回来干什么。按道理，我逢年过节是不用回来的，可每次还是回来了，回来了马上又要走。每次回来，我都是住在哥哥家里。他们希望我回去，又希望我马上走。我进门时他们总是眼巴巴地望着我的手，如果我的手里没拿什么，他们就盯着我的包。嫂子会精确地计算出我拿去的那些东西可以相当于吃几天饭住几天宿，接近临界点的时候，她的态度就渐渐冷淡，希望我快点滚蛋。有时候，我住一天就走了，她很高兴，咯咯笑着把我送到村口，但有时候，我的心情和初衷会有些错位，这时哥哥便夹在中间为难。毕竟是兄弟，他是不好意思赶我走的。他是个懦弱的人，在村子里老处于被人欺负的地位。原先他们肯定寄希望于我，希望我在外面混得好，他们就可以扬眉吐气，不受村里人的欺负，可当大家知道我在外面没混出什么名堂，他们就照样欺负他了。他们不知道律师是干什么的，只懂当没当官。跟人吵架时，我哥说，你们别过分，我弟弟朝阳如今在省里，不像以前是个小学老师。村里人就会笑起来，说，省里顶个屁用，县官不如现管，在省里又怎么样？是什么级别的干部？开车到村里来过吗？后面跟过县里的领导吗？

　　李朝阳说，反正离村子里还远，不妨讲一点我的故事给你听听，说不定，哪天你写小说用得上。师范毕业后，我回村里教书。我是村小学的第一个公办老师，以前的民办老师老了，教不动了，就不教了。他没有退休金，也没有其他任何保障，有一天，死了，被人发现时，鼻子耳朵里全是蚂蚁。由于不会种田，他后来几乎连吃的都没有，两个儿子都不肯赡养他。他死后，村里的孩子几乎都辍了学。别看我们村这么大，读书的孩子却并不多。都什么年代了，还是复式班教学。没老师啊，交通不方便，外面的老师不肯来，总不会给老师配一辆越野吉普吧。本来我是分到镇中心小学的，我跟校长说，让我回村里吧。为这事，市电台和报社的记者还采访过我。我当时有个理想，那就是，让村里的孩子和大人多学点知识，不再那么愚昧和落后。我并不是要每一个孩子都走出去，其实，如果观念没什么变化，走出去了又能怎么样呢？无非是多了几个干部，或多了几个暴发户。这并不能从根本上改变村里人的面貌。即使他们利用职权之便或财大气粗捐送了建筑材料，把祖堂修得再高大气派也没用。仅仅教育孩子也没有用，家庭的潜移默化远远大于学校的教育。为此我还义务开了夜校，希望把成人的素质也提高一些。但我很快遭到了村里人的抵抗。他们不肯把孩子送到学校来，认为我是在误人子弟，由于是一个村子里的人，他们甚至认为我这样做是别有用心的。开始还有些人来上夜校，但没多久，就不来了。有人当面对我冷嘲热讽，说，你是处级干部还是科级干部？连个股级干部都不是。还有人去中心小学告我的状。别看他们文化不高，可他们对干部的级别十分清楚，告起状来也有条不紊。

中心小学派人来调查，自然，村里没有人说我什么好话。我心里真悲凉啊。没办法，我只有想办法离开这个地方。我准备考研，这是我唯一可走的路。可这时我已经和村里的一个女孩订了婚。她家里人是村里唯一不说我坏话的人。有一段时间，我们的订婚曾使她家在村子里十分孤立。她真的是一个非常好的女孩。但现在，我的理想破灭了。我承认这时我很自私，我抛弃了她，我找了个冠冕堂皇的理由。我说，知道我们村子为什么这么落后吗？就因为同村同族通婚，你看，只有我们村的女儿嫁出去，没有外面的女儿嫁进来，你说怎么行呢？有的还是近亲，就难怪生出傻子来，我们村的傻子为什么这么多？这就是原因。我胡乱发挥了一通人种论。她听着，一言不发，等我说完，她说，你走吧。我几乎是不相信似的瞪着眼睛，然后从她家里仓皇逃了出来。后来我听说她为此事哭了一天一夜。她的两个哥哥想找我的麻烦，都被她拼力挡住了。但他们还有她父母此后不再理我。只有一次，她父亲走到我跟前来，低声跟我讲了一句话：孩子，以后遇事先考虑周全些。这话足以让我的脸发烧至今。她父亲是读过一些老书的人，我在她家里看到过那些发黄的《六一词》《明史·解缙传》之类。年轻时，她父亲还喜欢在月下拉几曲二胡，吹几声竹笛。那时，他本来是有机会到外面去工作的，但因为家庭成分不好，他去了才一个月就被轰了回来。

我和她解除婚约，村里人就好像看着他们平时讨厌的两条狗终于互相咬起来了一样带劲。现在，他们更有攻击和排斥我的理由了。哥嫂也埋怨我。只要我一进屋，嫂子手里的东西便会发出响声，哪怕是一把扫帚，她也会让它振聋发聩。我整天心惊肉跳，经常做噩梦。有一次，我打开门，看到外面的人都变成了恶狗，还有一次，我明明看到前面是一条狗，可它忽然转过身来，变成了一个人。学生公然逃学，或在课堂上跟我对着干，打唿哨，扔纸团，射弹弓。我走进教室，扫帚从门上面掉下来。我的教本被谁吐了痰。这帮小家伙比大人更疯狂。不过这一切，只能加速我的逃离。不久，我考上了法律系的研究生。那个女孩，后来也嫁到很远的地方去了。刚才中巴上坐在我们前面的那个人，是她姑夫。她家的亲戚，自然也不会理我。我希望得到他们的原谅，可我明白，我永远也得不到。每次回来，我都会在深夜悄悄溜到她家后门口去偷听，希望听到她的声音，希望从她家里人那里知道一点她的消息。有一次，她家的狗忽然扑上来，咬了我一口。这条狗是她家新养的，不认识我。我顾不上疼痛慌忙跑开。她大哥拉开门大声问，谁？那晚，我欣赏着腿上的伤口，仿佛我一直希望被她家的狗咬上一口。

　　他们在一棵树下歇了下来。刚上了一个坡，他们大口地喘着气。他问李朝阳，你大概还爱着她吧？李朝阳说，离开村子后，我才知道，我是真的很爱她，我觉得离开她后，自己只剩下一边身子，另一边空空荡荡的。当我想表示对村子的爱的时候，她是代用品，而当我想离开村子的时候，她又成了替罪羊，我真傻，居然完全忽略了她这个人，没意识到我是多么爱她，本来，我完全有能力把她从村子里带出来，就像你和方玉莲一样。我希望她还没有结婚，或者结了婚并不幸福，那我们还可以从头再来。

他说，朝阳，照我看来，你还沉浸在你的一厢情愿里，即使你重新娶了她，或许，你还是会把她看作村子的一部分，从而让以前的悲剧重演。你现在的爱，只是一种内疚和自我安慰，乃至自欺欺人。

李朝阳忽然惊惶地抬起头来，说，不，不可能。

他说，乡情是怪东西，你离它近，它就看不见摸不着地抽象起来，你离它远，它又像小动物似的拱你，像炊烟在召唤你。

李朝阳说，你离它近，它会咬伤你，离它远，你又为它担心。

他说，说穿了，你还是把那个女孩子当作了故乡的一个象征，或者说，你希望她是故乡的一个象征，你希望自己对故乡感情的把握就像对一个异性那样轻而易举。

李朝阳说，也许你是有道理的。

他说，你别忘了，我对心理分析是很感兴趣的，刚去省城那一年，我差点兼职做了心理医生。

李朝阳问，那你怎么没做？心理医生是很有意义的职业。

他说，我担心自己也会染上某种心理疾病，据说，越是优秀的心理医生，他自己的心理病症也越严重，在人性的某些神秘的角落，或许，只有病人和病人才能相通，只有病人才能懂得病人。我甚至有一个极端的观点，一个心理医生，或许一辈子只能治好一个病人，而那个人，只能是他最爱的人。

他看到李朝阳眼睛里射出一道惊喜的光芒。李朝阳说，我觉得自己内心的隐痛，的确只有那个女孩医治得好——哦，她早已不是女孩了，但在我心目中，她还是一个女孩，我心里也只有她。现在，我的生活中不缺乏女人，但我并不快乐。我的爱情像一道铁轨，十多年前就断裂了。

他说，这就是你一直没有结婚的原因吗？

李朝阳说，也许是吧。

他说，难道你没意识到，你这是在自虐吗？你想用这种方式来表达你的惶恐和内疚？只有在自虐中，你才能找到快感？

忽然说出这些话，他暗暗吃惊，因为他也是一个自虐的人。或许，只有自虐的人才懂得另一个人的自虐。

他们起身赶路。黄昏的时候，终于望见了山底的村子。四面的山体像只巨大的陶钵，村子便蛰伏在钵子底部。房子像是蚂蚁似的沿着陶钵往上爬，它们一律的青砖黑瓦白檐，有着高高的兽头。炊烟从屋顶直直升起，几口池塘分布其中，像是钵底被砸破了几个洞。李朝阳指着村子向他介绍说，翻过那座山，是××省，翻过这座山，是××省。李朝阳又说，可是很少有人翻过去，解放前有人翻过，是因为他们活不下去，解放后也有人翻过，因为他们是地富反坏右，但那些人都没有回来，所以村子里说一个人死了，不直接说死，而是说他翻山去了，既像是幸灾乐祸，又像是诅咒。李朝阳说，别看他们村子这么大，别看刚才山外一路上都是红色旧居和旧址，可他们村子里没有一个烈士，也没有一个人在解放前参加过革命，倒是"文化大革命"的时候，莫名其妙地出了许多反革命。大家狗咬狗似的互相咬作一团。八九十年代至今，又出了许多干部。

　　从岳父家回来的时候，下了雨。方玉莲到路边的熟人家里借了两把伞，但脚下还是不好走，尤其是进村的那条路。一下雨，这条路就完全成了泥浆路。外面的车进不来，里面的车出不去。可它又是必经之路。这么多年，村里人为什么不在路上哪怕铺一层石子或煤渣呢？村里人看到他，说的则是，你看看，前村里的建国，一个人拿了六万给村里修了一条路，后村的荣庆，也到县里给村里要来了三万，你们在外面的人，要努力啊。可他们村里出去的，基本上都是做老师的，哪有本事拿钱修路呢？自己口袋里没有，也没那么大面子去要。以前在镇上教书，当他回家遇雨，自行车在泥浆里越陷越深最后完全推不动了，他不得不把它扛在肩上时，他仿佛看到了身后那些幸灾乐祸闪烁不定的表情。这时他们的赤脚便表现出了无比的优越性。他断定，如果他们村里出不了当官的，这条路大概只能永远这样泥泞下去。他们不会让像他这样的在外面工作的人在这条路上走得太轻松。他也似乎忽然明白，那些主动弄钱给村里修路的干部们，虽说确实造福了村民，但一方面也充分显示了自己的权力，另一个方面还不是为了自己的行车？没有一条好路，他们即使想满足自己的虚荣心，也不太方便。比如，让村里人念念不忘的，不远的孙家湾出了一个孙县长，孙县长退休后，他儿子小孙又当了县长。小孙县长不但修了一条大路通到村里，还把村里的祖堂、自己家的老屋都修缮一新，每年春节，他都要开车把一家人带到乡下来过年，与民同乐。这种饮水思源的作风让大家交口称颂。

回到家里，孩子的裤腿和鞋子上都是泥，最惨的是，于家训的一双皮鞋脱了帮。方玉莲说，说好给你买一双新鞋过年的，你不肯，现在你看，明天还是要上街去买的。他说，柜子里还有双旧鞋，拿出来刷刷油一样可以穿，不就是过个年嘛。

方玉莲说，别忘了，那一年，你穿了一双破鞋过年，结果那一年一点都不顺。

他想，事情就是这么怪，在省城过年，他新衣服也没买，甚至年画都没贴，总之是百无禁忌，不也平平安安过了一年？怎么到了乡下，又缩手缩脚起来了呢？

夜深，他又听到祖父在和谁说话。这次听清楚了，祖父不是说梦话，也不是在和已经去世的祖母和大爷说话，而是睁着眼，在和猫、老鼠，甚至桌凳、椅子、瓮缸、酒瓶说话。祖父原先一点也不喜欢家里养动物，于家训想养只小狗，祖母便把它偷偷养在柴草屋里，一旦没管紧，它跑到堂前来，祖父便大发雷霆。燕子来屋梁上做窝，它们衔着泥，飞进来时不作声，出了门才欢叫一声。它们手脚真快，祖父从田间回来，燕子窝已做好了大半。于家训希望不要被祖父发现。他坐在那里，紧张地盯着屋梁。但他越担心什么，便越会发生什么。祖父拿来一根竹竿，三两下就把燕子窝捅掉了。

于家训恨祖父的残暴和专制（那时，他从一本连环画上看到了这两个词，马上无师自通地把它们应用到了祖父身上）。养猫也不行。祖父把家里的谷子和大米收藏得很紧，使得猫看起来完全是游手好闲之徒。再说，祖父自己就是捕鼠能手，根本用不着猫。他在谷仓和米缸附近放了几只捕鼠夹，经常能听到老鼠被夹得吱吱叫着在扑扑地跳动。可现在，祖父居然养了一只猫，老鼠也不怕他了。平时，祖父一个人在家，他就跟它们说话。有一次，于家训回家，见祖父在东边堂屋用芦粟杆扎扫帚，他把它们扎了又拆拆了又扎。祖父把家里所有的钟都上紧了发条。祖父对猫说，你和老鼠怎么会是对头呢？这么大的屋子，没有老鼠，你连一个伴都没有，别指望我老跟你做伴，我已经八十多岁了，说不定哪天一觉睏过去就醒不过来，或者摔一跤就直接摔到老婆子那边去了，她为了让我早点到那边去，把大哥、三弟、远义，还有芳柏都叫来了，夜里他们拉我的手，扯我的脚，日里他们就在路上拉一根绳子，想绊我一跤，他们就得手了。

于家训恻然，他知道，这一切源于祖父内心的孤独。

他记起那次回家拿旧书。一个朋友在省城学习，有便车。到家时，已经傍晚，别人家都点了灯，只有他家里还是暗的。他忽然记起以前在镇上读书时，星期三回家来拿菜也是这样的，天都黑了，家里人还没收工。但现在祖母已经去世，父母都在县城，只有堂前收音机开得很大。他叫了几声祖父，没人应。他拉亮电灯，才见祖父从屋后进来。祖父孤寂的脸上露出无比的喜悦，像个孩子似的问这问那。他到哪祖父就跟到哪。他鼻头一阵发酸。

母亲曾在村子里扬言，祖父什么时候过世了，她什么时候才回乡下。也就是说，只要祖父活着，她就要让祖父独自一人生活。

祖父去睡觉了。他坐在空寂的屋子里，听祖父很快发出了鼾声，仿佛他回家让祖父分外地踏实。他想起了从前的快乐时光，童年，少年，祖母，在院子里浆纱和织布的母亲，墙角的桅子花树，石板下的小红蚯蚓。那时，他经常清早起来，跟母亲到城里去卖豆芽。由于起得太早，他口里有一股馊味。后来他一闻到这股馊味就会想起跟母亲卖豆芽的经历。有一次，卖豆芽的钱被扒手偷去了，母亲竟当街大哭起来，她坐在地上，身上手上全是灰尘。他被深深地震撼了，没想到在他眼中高大完美的母亲被人欺负时竟是这么可怜。这时他觉得大街上每一个人都是扒手，他的眼睛里射出了愤怒的火焰。此后，他每次跟母亲上街，总是不离母亲左右。他做作好了准备，如果再看到陌生的手伸向母亲的口袋，他会毫不客气地上前去用力咬上一口。那时，父亲还在河北当兵，逢年过节，家里总是若有若无地弥漫着一种淡淡的惆怅气氛。眨眼间，妹妹们从小姑娘长成了少女。她们扎辫子，戴花，唱歌，吵架，往身上洒花露水，穿着新衣服在镜子面前旋转。她们一个个从他教书的学校毕业。望着她们走出校门时的孤单背影，他的眼睛忽然一阵灼热。

有一天，他回家，发现家中有一个陌生男人。对方起身给他敬烟。不久，那个男人就娶走了他的一个妹妹。后来，另两个妹妹也被娶走了。她们像一只只小鸟，飞到别的树上去了，在那里生儿育女，垒巢下蛋。但她们少女时代的笑声和无拘无束的嬉戏，仿佛还在房间里回荡。这时，他忍不住站了起来，朝后房里走去。他打开电灯，嗅到了一股和日光隔离得很久了的气味。墙角的蛛网已旧，一两只蚊子在其间自由来去。妹妹少女时代的梳妆台还在那里，用完或没用完的润肤膏的瓶子还在那里，只是她们的手指和脸孔已不再像鱼或花朵一样出入其中了。

他不敢在堂前坐下去。他推开了自己的房门，在灯光的映衬下，这间房依然保存着他和方玉莲结婚时的样子。十几年了，窗子上的大红喜字仍依稀可辨。糊在墙壁和房顶上的白纸虽然破旧了，往事却似乎正藏在那些缝隙里，让人想伸手去触碰。床前的踏脚凳上，曾站立过他的新娘。方玉莲满面娇羞，他吻着她，把她慢慢放倒。他们身下是红色的烛光，还有民间仪式中撒帐的花生和五谷。锣鼓敲响，戏文咿呀呀唱着。她叫着他的名字，她不知道怎么表达爱情，只说了一句：看到你，比看到我亲爹还亲！结婚第二天，她无意中说了句想吃粥。他自作主张去跟母亲说，没想到母亲大发雷霆，说她这才过门，就指这要那的，以后怎么办？他吓坏了，母亲生起气来的样子是那么……难看。

这时，他忽然那么地想念方玉莲。如果她在身边，他一定会紧紧地抱着她，像抱着他的乌托邦，他最初的梦想。师范毕业时他已经18岁了，一个18岁的男人生理上已经成熟，而心理上越来越孤独。他口语木讷、迟钝，惊慌起来还有些结巴。和那些家庭条件好、有派头和风度的同学相比，他感到了深深的自卑。作为一个农家子弟，强者的自卑很可能带来破坏和摧毁，而弱者的自卑只能焚烧和毁灭自己。他不喜欢社交，不喜欢大规模的活动，总是独行独往，极想找到一个螺壳，然后毫不犹豫地躲进去。他必须自我保护起来。他终于找到了诗歌，一个月光普照的夜晚，缪斯女神光临了他的头顶。他躲在诗歌的螺壳里和外面的世界抵抗着。正是这期间，他大量地接触了古代的田园派诗歌（仿佛是命中注定不可避免），他从这里得到了莫大的安慰。诗歌在他乡与故乡之间给他开辟了一条新的道路，或者说虚构了一个精神乌托邦。这既多少满足了他因远离家乡而产生的强烈的思乡之情，又给他在浮华杂乱中找到了一处避难之所。在它的作用下，昔日丑陋的乡村也无比地美好起来：那不起眼的桃李和榆柳，犬吠和墟烟，原来也蕴含着人格的独善和艺术的美感啊！于是他开始构想自己的人生蓝图。他不知道，他早已犯下了大错——别人是从生活中虚构出幻景，而他，却要把这种幻景印证于生活！他是一个书呆子，一个诗歌教条主义者。他过早地接受了传统文化中沉静而阴柔的一面，它们刚好投合了他性格的弱点。18岁的他，面对唐诗宋词里吹出来的悲凉秋风和萧萧落叶，心境竟深沉得如同一位垂垂老矣的长者。他想好了，毕业后，读书，写作，教书，娶一个农村女子为妻，过一种朴实而自给自足的生活。

不久，有人来做媒，对方是他的小学同学方玉莲。那时，大家经常笑他们是一对。他让儿时的戏言变成了现实。

两年后，他们结了婚。就是在这间老式的厢房里，她成了他的新娘。他下定了决心，要勉励自己过一种与众不同的生活，也要让她过上一种全新的乡村生活。

当时，家里种了三亩多田，四亩半地，劳动量大。父母希望他经常回家干活，可他要挤时间读书和写作，有时回来得不那么及时，父母甚至祖父就拿玉莲出气，把分给他的劳动量加在玉莲身上。他们也有过分家的念头，但父母和祖父要面子，绝对不会同意。就这样，双方虽然从未吵过架，可矛盾却越来越深。这是一种深刻的内伤。他既要忍受肌体的劳累，又要忍受精神的折磨。他终于明白，田园之乐只可远观，不可近握。故乡和家乡是两个完全不同的概念，农村和田园诗也是两个完全不同的概念。很简单的问题，他居然用了那么长时间经历了那么多琐碎的折磨才明白。

祖父的鼾声还在继续。他忽然掏出手机，给省城的家里打了个电话。他说玉莲你听到了吗，这是爷爷打鼾的声音，像头老牛一样，你看到牛角了吗？还有钟勺摆动的声音，鸡啄米的声音，秒针切割的声音。爷爷把家里所有的钟都紧上发条，堂前的，房里的，新式钟，老式钟，挂钟，撞钟，而且它们的时间都不一样，有的是三点，有的是十点，有的是七点。爷爷根本不在乎指针上的时间，他也看不懂。你再听听我们房子里的声音，壁纸在风中沙沙地响，箱子上有母鸡什么时候下的一只蛋。蚊帐虽然上了灰尘，但流苏还是那么鲜艳，是我们结婚时的样子。你还记得你做新娘子的样子吗？那时的你仿佛就在我眼前，那段时光仿佛就在我眼前，你站在踏脚凳上，我刚把你从花轿上抱下来，听听，你听听吧，听听你自己的声音，听听我们结婚时的声音，听听我们老家的声音……

那次，他和李朝阳在古村过了一夜。山村，万籁俱寂，寂静好像头发丝一样，是一根根可以摸得到的。李朝阳的哥哥是本分木讷的人，他嫂子似乎要灵活一些。她很快把李朝阳带来的东西拎到房里去了。他们一共有两个孩子，女儿到广东打工去了，儿子才读小学。吃饭的时候，孩子不吃饭，贪婪地吃着李朝阳带去的方便面，他吃得是那么香。他睁着黑黝黝的大眼睛，羡慕地望着家里的两个"客人"。李朝阳的哥哥陪他们喝酒，嫂子一个劲地劝他们吃菜，他们的热情就像那盘红烧肉里的糨酒，颜色鲜红得让他很不习惯。就像他在家里，父母老是客气地对他说，吃啊，吃啊。客气像是一段不可逾越的距离，横亘在他们中间。他的心似乎变成了一只刺猬，过度地敏感。他相信这只刺猬，李朝阳也有。为了驱逐这只刺猬，他忽然自虐似的大口喝起酒来。

很快醉了。

蒙眬中，他听李朝阳嘀咕道，这家伙今天怎么啦，醉得比我还快。李朝阳的哥哥说，他跟你一样年龄吗？看起来比你要小好多。

他嘴角咧开一丝恶作剧般的笑。他知道，李朝阳哥哥的言下之意就是说他不懂事。喝醉了酒的人，脑子其实最清醒。他想起堂弟水勤结婚时，他也喝多了。正是国庆节，他从省城特意赶回去。他和亲戚还有村里人坐在一起，他想用酒来增添欢乐的气氛，把他和他们之间的沟壑填满。他也是很快就醉了，蹲在院子外，背对着大路呕吐。先是三叔经过，他听出了三叔的咳嗽声。他以为三叔会停下来，问他要不要喝水之类。可三叔似乎瞄了他一眼，就放轻脚步，裤腿擦着他的后背径自过去了。后来是宗沂，宗沂正和一个人边走边说话。他想宗沂肯定会问他几句的，宗沂一向关心他，每次碰到都问他在外面混得怎么样。宗沂说，我欣赏你这种个人奋斗的精神，不像那些在官场上混的人。他控制着自己继续呕吐的欲望，想抬头跟宗沂打个招呼。作为村子里都比较有文化的人，下午他们还抽空谈了好一会儿，刚才去宗沂那桌敬酒，宗沂叫得那个亲热。他的脸已经抬起来了，朦胧中他看见了宗沂脸上和衣扣上的闪光。但宗沂有些蔑视地望了他一眼，仰起脸和那个人扬长而去。家训认出那个人是水木。他听水木说，那是家训吧？好像醉了酒呢。宗沂说，有人照顾他的，不用管他。水木说，家训调到省城里去了，本事不小呢。宗沂说，不就会写两篇文章嘛，再来一次运动，准倒霉。他激灵了一下，不由得酒醒了大半。他曾自诩对人认识深刻，现在看来，还只懂了个毛皮。再仔细一想，宗沂虽然嘴上说瞧不起当官的，可实际上，他家的很多事情却和权力脱不了干系：大女儿嫁给了县法院院长的侄子（有轻微的智力障碍），三女儿嫁给了市里一个什么局长的儿子，其他几个女儿，都是通过这些关系再建立其他的关系把她们弄出去的。宗沂在村里人面前夸口说儿子的老丈人在市委工作，于家训偶然听人说其实不过是在市委负责邮件收发的。

　　所以有时候他会故意让自己醉酒，再听别人怎么议论他。

　　大概，这也是一种自虐吧。

　　半夜醒来，他口渴得厉害，起来找水喝。他记得从天井过去是一条甬道，院子里有棵桃树，旁边是一口井。进门时他闻到了空气中残留的桃花香气，现在他想循着这香气找到那口老井，但白天闻到的桃花香气，到了晚上似乎完全洇开了，而且味道越来越浓，空气中到处都是。他转来转去，好像迷了路。他伸着手，想找电灯开关，也没有找到。房子似乎是回形的，到处都是甬道和走廊。脚下的青苔有些滑，一只什么小动物从他脚上跳过去了。他口里火烧火燎的。在一个地方，他差点被门槛绊了一跤。门槛是木的，很高。转了一圈，他又回到天井里来了。他听李朝阳说过，小时候，有一次他挨了打，忽然异想天开，想从村子里跑出去，他睁着眼睛到半夜，等家里人睡着了，他就下了床，朝着一个地方猛跑，结果怎么也跑不到头。他想村子怎么会有这么大呢？如果大得跑不到头，那村子里的人怎么出去呢？他就这样跑了一夜，天亮了才发现自己居然围着自家的屋子跑了一夜。据说他们村子里从来没有贼，也没有狼或其他野兽进来。即使有贼，也是家贼，而村里人对家贼的惩罚是很严厉的，做贼的最终一定会羞愧投井或在树上吊死。即使有野兽进来，它们也会因为迷路而惊慌失措，乖乖地被村里人擒住。他有些害怕了，难道他也要在这个院子乃至村子里转上一晚？每一条甬道看上去都差不多，都是青石板铺的路，一边是墙一边是深沟，沟里有水，沟边长着青苔。甬道两端是一样的转弯，上方则是屋檐下的兽脊，夜空下它们显得有些张牙舞爪。他气喘吁吁地从一条甬道跑到另一条甬道，从一个屋檐下跑到另一处屋檐下。他真的迷路了，他叫了起来。奇怪，他居然没听到自己的声音，他的声音仿佛被藏在暗处的什么东西给吃掉了。他的额角在什么地方磕了一下。村子里越来越暗，似乎天空的月亮被越来越黑的云团完全遮住了，风披上了一件黑衣，衣角碰在脸上，掀起阵阵凉意。他在地上摸着，忽然摸到了一团滑溜溜的东西，他大叫了起来。

李朝阳找到他的时候，他完全醒了过来。他像一条狗那样，把脸贴在地上，吸着地上的潮气。一条粘粘虫爬到了他手上。他打了个喷嚏，觉得鼻孔和嘴巴里有青苔的腥甜味。李朝阳把他拽到屋子里，说，还好，没爬到井里去。是啊，如果他爬到井里去了，那李朝阳真不知到哪里去找他了。想到这里，他不寒而栗。

早饭后，李朝阳带他在村子里四处走了走。村子实在太大了，走了半天，李朝阳说还只走了一小半。李朝阳说，就是他自己，村子里也有许多地方没去过。他忽然发现了李朝阳的矛盾之处，一方面，他曾是那么费心尽力地从村子里逃了出去，另一方面，他的言辞间也隐约为它而自豪。也许，这样才更能显出古村的神秘力量吧。他仔细地打量着那些老宅，它们的外形和构造都差不多，墙头都有兽脊，都有粉墙和图画，院内都有天井、甬道和回廊，还有老树，青苔。其实大又说明了什么问题呢？村里人的生活似乎几十年未变。

他们晒在竹竿上的衣裤，看上去跟几十年前也没有区别。他不由得奇怪，没有人关心一个曾有一千八百多户的村子怎么变成了三四百户，也没有人关心他们的生活为什么几十年没有变，却有那么多人对粉墙、兽脊和天井感兴趣。前不久他被组织到一个地方去采风，东道主说他们那里也有一个古村，请他们多宣传。他一看就知道那是一个伪造的古村。他是从农村里出来的，知道村子里那股特有的气息，而在那里，他只闻到了类似于拓片上的浓郁的甲醛气味。

有几处宅子，里面没有住人。高高的门楼上写着"状元及第"或"福泽乡里"之类的斗大的字。李朝阳说，这都是过去高官的旧宅，他们搬走后，这些旧居就成了祠堂。这样的祠堂，村里现在还有十几处。

正说着，从一处"状元及第"的门楼下跑出一个人来，他不怎么理会李朝阳，却径直奔到于家训面前来。那个人自我介绍，说他是村长，自愿给上面来的领导做向导。仿佛为了得到确认似的，这时才用余光掠了李朝阳一眼。

李朝阳倒是心无芥蒂，朝于家训点点头，说，对，他就是我们村长。

村长笑了起来。李朝阳跟村长介绍说，这是我的一个从省城里来的朋友，在省委宣传部门上班。他朝于家训眨了眨眼睛。

村长忙跟他握手，说，我就知道，我们这村里，要么没人来，来了就不是一般的人。

他想对李朝阳表示不满，但想了想，他现在上班的地方，的确是归省委宣传部管，也就一笑了之。

村长责怪李朝阳：省里领导来了，你也不打声招呼，幸亏我眼尖，一眼看出来了。那样子，仿佛他是一笔什么财产，村长担心被李朝阳独占。村长继续说，告诉你小子，我现在天天猫在这里，等上面的领导来，上面的领导来得越多，我们村里的风水越旺。

他说，我不是领导，我只是——

村长说，我知道，你是微服私访，连县里都没有惊动，难怪没看到吉普呢。根据我这么多年的经验，越是大领导，就越不肯说自己是领导，倒是县里和镇上的那些人，派头比省城京城的领导还大。

他听出村长话里有话，村长故意提了一下京城的领导，大概是想在他这个所谓的省城领导面前表现和炫耀一下自己。他只好继续装糊涂。

村长说，朝阳啊，不是我讲你，自认为读了点书，就了不起了，别怪我在领导面前批评你，你带领导瞎逛什么？要看就看有说服力的东西，有分量的东西，你刚才带领导看的那些地方，根本就不值得去看的，来吧，我们去祠堂看看。

村长说着，不由分说领着他们往另一个方向走去。李朝阳低着脑袋。在一个路口，村长让他和李朝阳走前面。看上去，像是村长在后面押着他们。

他没想到一个村子里的祠堂可以这样高大华美，可以说比他刚才看到过的那些房子都要气派得多，而且很新，不像那些老房子，大多已露出破败相。飞檐和画栋之类使它看上去像是一座宫殿。宽大的匾额，粗壮的门柱，巨大的铜环，浮雕，拱石，无不彰显着它的贵气。村长首先为祖宗们上了一炷香，然后回头看着他和李朝阳。李朝阳示意了他一下，他们一同走了过去。李朝阳似乎感觉到了他的为难，在他点燃香柱之后巧妙地帮他完成了余下的动作。这时他听村长对祖宗们说了一通什么，大意是多亏祖宗们的洪福和荫庇，致使山外人屡屡造访，今天又来了省里的领导，然后就盛赞祖宗威名远播流芳百世之类。祖宗的牌位两边，供奉的是菩萨。他不知道，如果菩萨真的有知，对这样的安排是否满意。牌位前有一列长长的粉壁，画卷似的，有各种人物，还有文字和布告之类的东西。他上前细看，原来是各种各样的委任书、调令和录取通知书的复印件。每一张复印件的旁边，都有相应的喜报，比如："各位祖宗在上，今有××小儿×××，被本省××市××专科学校××专业录取，特向祖宗报喜，望祖宗保佑小儿出人头地，学业有成。××叩首。"或："列祖列宗台鉴，今村里有为青年××，调任县委办公室主任，正科级，特告知先祖，愿各位祖宗助佑他飞黄腾达，平步青云。"

村长说，村子里的气脉是越来越旺了，以前，村里曾出过七位朝廷命官，最大当到了宰相，状元及第和中了举的有五十八人之多！尤其可喜的是，这二十年来，从村子里出去的正科或正科级以上干部已有七十四人，副科级干部有三十三人。村长朝李朝阳努了努嘴说，还不包括像他这样、在省城里上班但什么级别也没有的家伙。

他看到，李朝阳不安起来。

他敷衍着跟在村长后面看祠堂两边的祖宗功德画。这祠堂跟他去过的一些庙宇差不多，讲述的都是祖宗们生前的光辉事迹，比如怎么仁义处世，怎么悬梁刺股，怎么寓教于乐，怎么忠君保家，并于右上角配有相关名言。他记得其中有一句"温流别遗矢"，遗矢大概就是拉屎，但整个句子，他想了半天，也不知道是什么意思。

参观完毕，村长说，朝阳啊，要不，你给我和省里的领导拍个照吧。

他抱歉地笑笑，说，我们没带相机来。

村长似乎有些不高兴，对李朝阳说，这可是你的责任，难道你不知道，省里的领导来一趟不容易，不照个相留个念怎么行呢？朝阳啊，别看你如今在省城里混，可我觉得，你在为人处世上，还没什么长进。

他只好为李朝阳解围，说，李朝阳本来是要带的，但他没让，他不喜欢照相。

村长说，你这个领导哇，就是太廉洁，照个相要什么紧嘛，以前那些领导，没一个不带相机的，有的还带了摄像机，摄了像之后，叫我看，我吓了一跳，跟电视里一模一样。村长说着，大声地笑了起来，继续说，我猜，你起码是个处级，可以当我们县太爷。

他模棱两可地笑了笑。

村长更认定他是个大干部。大概在他看来，只有大干部，看起来才不像当干部的。村长说，你等等，我马上就来。然后往门外一闪，没了踪影。

他看了看李朝阳，李朝阳看了看他，都没有说话。

没多久，村长重新出现，手里拿着一只相机。村长笑得很灿烂，说，幸亏我上次叫解元给我买了一架，我不怕别人说我是傻瓜，来，朝阳，你帮我们照。解元是他儿子。

他只好和村长站在祠堂门口让李朝阳"傻瓜"了一下。第一张没闪光，村长不放心，叫李朝阳再摁一张。

村长说，我要把这张照片放大，挂在家里。

李朝阳问，现在去哪儿？

村长白了他一眼，说，肯定是去看龙脉啊。

村长蹦蹦跳跳的，很高兴。碰到人，便介绍说后面是省里的领导。他发现村子里的人都用敬畏的眼光打量着他。他们指着李朝阳说，他也成了省里的领导？村长拍了一下那个人的肩膀，说你这家伙。

在经过一个水潭的时候，李朝阳忽然附在他耳边说，二十多年前，那里沉过一个人。

李朝阳说，背上绑了石头，那个人偷了生产队里的一根黄瓜。

前边有棵大樟树。李朝阳悄悄跟他说，那里曾同时吊死过五个女孩子，我怀疑，有篇很有名的小说，就是以我们这里为背景写成的。

李朝阳苍白的脸上好像有一团幻影在闪烁不定，额角沁出了大颗的汗珠，像是癫痫病人发作前的样子。他担心李朝阳失态，便用力握他的手，谁知他的声音越来越大，说，什么龙脉，不就是一条田埂么？其实好几年前，我就在半夜里用铁锹铲断了它的筋。

他有些紧张地望着村长，谁知村长一点也没生气，说，难怪啊难怪，你这个小子在省城里混了这么多年什么也没混到，原因却在这里，你想想，你一个凡夫小子哪有那么大本事铲断全村人的龙脉？跟你说，不但你伤不到龙脉，龙脉反而会伤到你，连蛇被踩了都会回过头咬人，何况是龙？照我看，你就是被龙脉回过头来打伤了。

村长说，省里的领导你来看看，我们村子里的气运，全在这龙脉上，平常人是动不到它的，只有真龙天子经过，才会伤到它，所以我们村子也遭过几次劫难，日本鬼子够凶够狠了吧？可他们是畜生。

他顺着村长所指的方向望去，可他也是肉眼凡胎，没能看出哪是龙脉。为了不扫村长的兴，他只好装出很惊讶的样子来，说，果真果真。

村长还要带他去参观别的地方，他坚决拒绝了。村长搓着手，说，那就请领导先去休息一下，等会儿再来用餐。

他说，不麻烦，午饭在朝阳哥哥家里吃。

村长说，村里已经准备好了，你无论如何也要赏这个脸。

村长又解释说，知道领导们要常来，村里就常有准备，都是现成的，方便得很。

他忽然感到脊背一阵发凉。这个村长，仿佛把什么都计算好了，即使他真的是省里的领导，恐怕也只得恭敬不如从命。

大年三十晚上，家里依然没有出现和谐的气氛。按道理，这天晚上应该团团圆圆皆大欢喜，以前，即使父母和祖父过年前有什么矛盾，但到了除夕夜，他们叫一声祖父，敬祖父一杯酒，祖父的老脸便悲喜交集，祖父是个容易被感动的人。可父母，已经很久没有叫过祖父了。起先是母亲不肯叫，后来父亲也跟着不叫了。方玉莲事先跟于家训说了，如果今晚他父母不肯叫祖父，敬祖父的酒，她也不会敬他父母的酒。对此，他又能说什么呢？祖父坐在那里，很可怜，像是在等着什么。为了让气氛热烈一些，他已经和祖父喝了好几杯酒。方玉莲和两个儿子也说了许多祝福的话。祖父高兴了一下，眼睛红红的。但祖父没有等到他要等的，笑容就一直紧绷着，像提着一张网，还没有撒开。有几次，他提醒母亲，可她没有反应。他只好说，现在，从我开始，大家轮流给祖父敬酒。轮到父亲和母亲，父亲说，我血压高，不喝酒。母亲说，我胃不好，也不能喝。他说，那就表示一下嘛。父亲说，表示一下也不能。

他心想，刚才你们不是都喝了？刚才，听他说这酒很贵，父母都主动尝了一点。但这话他怎么说出口？作为儿子，他怎么可以把父母顶到墙上去呢？他只好自己转了个弯，说，那你们喝饮料吧。父亲说，饮料是冷的，我也不喝。

方玉莲倒是爽快，她说，既然如此，我也就用不着敬你们的酒了。

方玉莲忽然冒出的这句话让他出了一身冷汗。但也不能否认，这让他心里有了一种类似于报复的快感。

村子里的爆竹声越来越响，孩子们放的烟花把璀璨的光芒从黑暗的窗子里送了进来。祖父觉得无趣，大概他以为家训父母今晚肯定会叫他的，可他还是失望了。他说，你们守岁，我去睏觉。于家训不禁一惊，祖父本来是最讲究口彩的，比如神福（猪头）顺风（猪耳朵）之类，睡觉要叫享福，直接说睏觉就不吉利。在正月，如果一个老人过世了，家里人就说老人睏觉了、走路了。现在祖父这样说，无疑是希望自己早点去另一个地方。刚才，祖父再次话中有话地说，于家训这次能带玉莲和孩子们回来过年，他已经很满足了。

于家训心头涌上一层不祥的预感。

父母也睡得很早。村子里的风俗，贴了门神，晚上各家是不宜串门的。于家训仔细听了听，这次，他没有听到祖父和谁说话，也没有听到祖父的鼾声。外面的爆竹声零零落落，他和方玉莲还有孩子们坐在有些冷清的屋子里。两个孩子在玩扑克，方玉莲站在旁边看着，偶尔发出那种很突兀的笑声。他开了一会儿电脑。邻居家传来春节文艺晚会的歌声和掌声，这种声音十几年未变。

他的小说，快写到李朝阳出意外的章节了。原以为这一章有很多东西要写，里面似乎有很沉重的思想和很重大的主题，可等电脑的光标终于指向这一章的时候，他却发现没什么可大写特写的。他的朋友李朝阳死得很突然也很平常。李朝阳每次都不愿回家过年可仍不得不回家过年，他讨厌那个古村却又一次次止不住地像幽灵一样潜回村去。春节的前一天，他去参加村里一户人家的什么宴席，喝多了酒。他脸色苍白，呕吐，冒虚汗，头痛，一会儿抱着肚子一会儿抱着脑袋。他躺在地上，其他的人继续喝酒。等有人发现他脸色发青嘴唇发紫的时候，已经来不及了。村里的赤脚医生束手无策。他哥哥找了几个人把他放上担架，准备送到山外的医院去，可路太远了，走到半路，他就死了。他哥哥掐他的人中，喊他的名字。有人翻了翻他的眼皮，说，瞳孔已经散了。他的瞳孔已经飞走了吗？他们又把他抬回来。不管他的瞳孔飞到哪里去了，他的整个身体还是在这里的。马上就是过年，按俗规，他的尸体不能停放到明天，明天就是新年。他中午醉酒，下午死去，在黄昏到来之前，村里人匆匆把他埋了。

　　他的事情，于家训是后来听说的。他打李朝阳的电话，怎么也打不通，就到律师事务所去找他。他还记得，他和李朝阳最后一次见面的时候，李朝阳说手头的一个帮民工维权的案子已经结案，他胜诉了。过了一会儿，他又忽然想起来什么似的，说他准备恋爱了，正在装修房子。他说家训你知不知道，我这边刚帮民工打赢了官司，那边就被装修的民工骗了一笔钱，不过也没什么，人都有复杂的一面，谁受的苦最多，谁就最复杂。

　　可是，他总觉得李朝阳没有死，或者说是误死。他很想再到那个古村去看看，找到李朝阳的坟（他不知道有没有墓碑），说不定棺盖被顶了起来，坟上有很厉害的抓挠的痕迹。

小时候，他听过许多这样的故事。或许，李朝阳半夜从那里爬起来，跑掉了，不过他没有跑向省城，而是沿着村里那些逃跑的先辈们的路，跑到另外的省份另外的地方去了。可是，那又怎么样呢？

回省城后，他就开始牙疼。在乡下吃多了腊味，又天天喝白酒，火气重。他叫方玉莲炖了些雪梨吃了，仍不见好。他忽然想起母亲也是有很顽固的牙疼的毛病的。有一次，他跟母亲打电话，他的声音仿佛也像牙龈一样有些红肿，但他没告诉母亲自己正在牙疼。

讲真话游戏

怎么说呢，有一个人，姑且叫作马凯，活得不耐烦了，决定跟自己开个玩笑（是啊，他没想去针对别人），因为有一天，他忽然（其实也不突然）惊讶地发现，自己每天都在说假话，或者说不得不说假话，说了许多许多假话，所以他决定试试说真话，决定从现在开始，跟每一个人、对每一件事都说真话。他不是想看看这样做能不能行得通，因为他知道，肯定是行不通的。他这样做的目的，仅在于事情本身，也就是说，他一定要这么做一回。

现在，他从床上醒过来了，觉得眼角分泌物较多，便用手去抠了抠。他先去了一下卫生间，回来，见老婆阮玲也起来了。阮玲正在照镜子，见他进来，忙抓住他问，她这身衣服好看不好看。阮玲对自己的体形不自信，便把信心完全寄托在衣服上，每天要花许多时间来反复建立她的自信。如果是以前，他也就打个马虎眼，说，还行，或很好，再或真的很好。反正只要是好听的，阮玲都会深信不疑照单全收。但现在，他冷冷地瞄了她一眼，把早已想说的话说了出来，说，不好。

阮玲一下子没反应过来，说，怎么不好？

他说，不好看。

阮玲说，哪里不好看？

他说，哪里也不好看。

阮玲生气了，说，我就那么难看啊？

如果是以往，他会递上台阶，说，不是你难看，是衣服不好看。并为了证明这一点，而从各方面找理由，找论据，直到阮玲心服口服完全打消怀疑坚信自己是个美人为止。但现在，他懒得费那个力气了。其实他知道，到目前为止，阮玲仍没有真正地生气，他说，"哪里也不好看"，可阮玲说，"我就那么难看啊"，她从衣服一下子跳到人，明摆着是故意出错，等着他去拨乱反正，说，不是说衣服吗，谁说你了。可这次他居然装糊涂，或者说一点也不糊涂，而是一捅到底：衣服没什么好看不好看之分，关键在于它是否适合你。好看不好看难道你自己不知道吗，怎么老来问我？你以为我说好看你就真的好看了？

阮玲脸红了，终于开始真的生气了。因为这跟他经常挂在嘴边的"情人眼里出西施"的口头禅背道而驰。客观地说，阮玲的长相是普通了点，但在他这句话的蒙蔽和鼓动下，她一直以为自己是个美人，从而生活得容光焕发兴味盎然（作为一名市社科院文学研究所的科研人员，她怎么忘记审美的客观规律了，即使她是个天大的美人，也总有让他审美疲劳的一天）。这时，阮玲肯定想起了他说那句口头禅时油腔滑调的样子，原来这么多年来他一直在欺骗她啊！哎呀，这可严重了。

阮玲的联想是丰富的，洞察也是深刻的，她马上由此及彼，问道：那你每次说爱我，是不是也是假的？

他说，跟你说实话吧，现在，我在说这个词的时候，早已不知道它是什么意思了。对我来说，那个词已经成了一个空壳。

阮玲被什么呛了一下似的忽然咳嗽起来。她说，难怪，难怪我每次问你，你总显得那么被动，那么不情愿，散步时，我挽着你的手，你总是故意找个理由甩开，接吻时，你总暗示要我去漱口，原来你早嫌弃我了。没良心的东西，你肯定喜新厌旧移情别恋了！

一番上纲上线后，阮玲掩面而泣。

马凯怀着恶作剧得逞的愉快心情，从家里溜了出去。看着阮玲在有模有样地耸着肩膀，他心里竟然升腾起一种莫名的快感。以前，他太在乎她的感受了，无论是说话还是做事，都怕她不高兴。她不高兴，整个家里就昏暗得透不过气来。可要她一直高兴也不容易，他得一直以她为中心让她开心。有时候，还真的很费脑筋，比如她说，我瘦了吗？他马上想，她这是什么意思呢？如果电视里正在播模特大赛，说她瘦了她会高兴，如果她刚看了一期谈健康与疾病的节目，那就不能说她瘦了。她有个同事，本来胖胖的，一直想减肥，有一天还真的发现自己瘦了，高兴得很，后来才知道是得了癌症。所以，究竟该怎么说，要看具体语境，搞不清具体语境，当然不好回答。就好像她站在门口问他，她是要进来还是要出去，他怎么回答呢。但他急中生智模仿电视里的腔调说，肥瘦在你手中，或者，不管是肥是瘦，只要是你就好。诸如此类。如果把她逗笑，就算过关。实际上，她是瘦了一点，都有点难看了。为了让自己瘦，她吃的蔬菜都是很苗条的，比如豆角、黄瓜、蒜苗之类。可他更喜欢丰满一点的女人，他喜欢吃南瓜、土豆、洋葱和红薯。可他能跟她说，你瘦得很难看吗？或许是跟她在一起时间长了的缘故，他发现自己几乎有了一项特别的功能，哪怕她稍不高兴，他也能马上知道。从她的一句话，一个轻微的动作，甚至一声呼吸。一旦发现风吹草动，他就及时去扑救。在她面前，他进一步学会了察言观色，学会了赞美，学会了说假话不脸红，并且还安慰自己说那是善意的欺骗。因为他的努力，他们的婚姻顺利地度过了七年之痒。在家庭生活里，当他们意见相同时，她听他的，意见不同时，他听她的，什么都好说。她说不生孩子，说生孩子会在她美丽的肚皮上（她从不吝啬对自己使用好听的形容词）留下一道难看的疤痕，那就不生孩子。她说她是优秀的女人，她的普通话考试过了二级，她的论文获了奖，她既是女强人又小鸟依人，她还可以炒菜炒股炒基金唱歌跳舞劈大叉当模特，任何衣服到了她身上都会大放异彩，他说是是是，是是是。散步时她一直紧紧挽着他的手，不许他的眼神旁逸斜出看别的女人，更不能在她们身体的某个波段稍有停留。他觉得她不是挽着他而是押着他，实在难受了他才故意装作系鞋带的样子让自己解放出来，为此他喜欢穿系带子的鞋。他故意好几天才洗一次头，这样他就可以经常抬手去挠头皮。他庆幸自己戴了近视眼镜，那样，阮玲就不至于马上发现他虽然目不斜视，可实际上，还是在眼镜反光的掩护下斜视了的。他看其他女人的漂亮脸蛋、胸脯、屁股和腰身。如果被她发现，他马上要滑头，说，那个女人的什么地方如果像你一样，就好多了。她不禁冷笑了一声。

他最害怕的是她缠着他问：你爱我吗？这时，他像是被一把刀架在脖子上，样子非常被动和狼狈。他能说"我不爱你"吗？她的所有问句其实都是反问，答案都包含在问号之中，只不过一定要他挑明，就好像要他把一枚鲜荔枝剥开送入她口中。每次回答这样的问题，他都觉得受了侮辱。像他小时候，每次家里来了客人，母亲都要吩咐他做这做那，可实际上，即使母亲不吩咐，那些事他也知道去做的，但在母亲的吩咐下去做那些事情，就感觉自己是个机器。如果他不愿正面回答，只是嗯，嗯，阮玲就会穷追不舍说你嗯什么，到底是爱还是不爱？有一次他因拒绝正面回答而被她拒绝上床。后来他只好偷梁换柱，把"爱"字换成其他动词，好让她放松警惕，同时辅以身体动作，企图蒙混过关。比如可以把她的嘴巴堵住，这样，她还怎么拷问他呢。不知是不是由于她喜欢吃鱼（据说多吃鱼使人聪明），她嘴巴里总散发着一股水族动物腐烂的气味。接吻时他及时关闭了邻近的嗅觉器官，就像关闭手机屏幕的某个窗口。说起来令人伤感。他还记得若干年前她作为一个少女留在他枕头上的香气，他深深地嗅着。后来她的体香日渐式微，直至荡然无存，身体被其他各种不好闻的味道占领。第一次闻到她唇齿间的异味时，他吃了一惊。他委婉地劝她多刷几次牙，说那样有利于保护她牙齿的纯洁（他加重了语气）。可他后来发现，即使她刷了牙，他仍然会不时地闻到她的口臭。一个女人，不抽烟不喝酒不吃大蒜，怎么也有口臭呢？转而他又想到，自己是不是也有口臭呢？一个人能不能闻到自己的口臭呢？他知道他不能说她有口臭，说不定她也这样想。他不得不跟她接吻，说不定她也一样是出于无奈。但为了掩盖生活的真相或漏洞，他们彼此心照不宣，继续相敬如宾地用谎言的花环来伪装。

现在，花环摘除了，他反而一下子轻松了。他发现，生活之累，其实很大程度上来自于语言。语言是人们用来编织生活之网和模塑自己面具的主要材料，所以人们在无话可说时便会面面相觑，有时由于害怕这样尴尬的局面出现，只好继续胡说下去。

公交车上人很多。但到了一站，下去了不少人，他找到了一个座位。再下一站，又上了不少人。一个五十岁左右的高个女人拎着刚从超市里采购来的大包小包，站在他旁边，颇有深意地望着他。他知道，她在等他让座。可今天，他忽然不想让了。五十上下的人，按道理也算不上老人。如果他以后老了，就是有人给他让座，他也不一定坐。人又不是瓷器，哪那么容易碰碎？见他没有让座的意思，女人开始不停地咳嗽，顿脚，更近地靠近他，给他无形的压力。她把塑料袋放在他脚边，每放一只，便望他一眼，可他故意装作没看到。他想看看书。自从打算坐公交上班，他就在包里放了一本书。从家里到单位要坐四五十分钟的车，够他读几十页的。是让一个年纪并不老、身体也还结实、说不定还天天跳广场舞的女人坐下还是让自己读几页书更有意义呢？这样的问题，答案也是明确的。很多时候，行为的形式本身会掩盖它的意义，或者说，形式就是意义。女人已经不满了，她的咳嗽伴随着细微的液态粉末洒落下来，还故意装出腰酸背疼的样子。她旁边有一个秃顶男人，看来他们是夫妻，男人也用那种胁迫的眼光望着他。夫妻俩互相用难听的方言指桑骂槐，一个抱怨道，现在的年轻人，真不懂事，居然没人给老娘让个座。一个说，以老子当年的脾气，可没这么好说话。马凯笑了笑。塑料袋已经顶着了他的裤腿，袋子上都是"××超市"的字样。可以想象这女人在超市里的样子：目光炯炯地扑向刚上市的新鲜水果，飞快地剥了一颗荔枝或龙眼放在嘴里，因为历了险，味道也就分外地甜美；解开已经过了秤的包装袋再偷偷放进两只苹果或换掉上面的价目标签，比如把三块多的换成两块多的；超市里的导购员经常抱怨香蕉被掰得到处都是，那一堆被掰下来的香蕉让她们不知如何是好；水蜜桃和苹果上有她指甲的划痕；至于梨和橘子，她会很快分辨出它们的公母，不用说，她挑的全是母梨，剩下的公梨则像一群找不到老婆或老婆跟别人跑了的单身汉；在卖炒货的柜台前，她会每一样都尝一点，绝对不会买……这样的女人他见得多了。她们的脸上始终挂着那种诡异的笑容。至于那个男人，也可以想象他是如何的蛮不讲理。他会把没有大人在身边的小孩子挤在一边，说孩子的屁股小，不用占一个座位。有时甚至干脆把小孩子赶起来，说，来，让个座，难道你们老师没给你们讲，在公交车上要主动给长辈让座吗？这样的事情他在公交车上见过好几次。

所以这次，他偏偏不给他们让座。给这样的人让座，让他们自以为得计，简直就是在助长他们邪恶的内心。他们似乎张着一只布袋站在他旁边，在等着他钻进去，然后一把拎起，哈哈大笑。

等他终于站起来准备下车时，那个男人马上把座位抢了过去，并朝他狠狠瞪了一眼。

下车的地方是一个大站，车基本上被腾空了。没走多远，有个人鬼鬼祟祟跟上来问他：要不要手提电脑？说着，把一个公文包样的东西朝他扬了扬。

他摇摇头，他可不想给人家销赃。当然，也有可能是被人骗，包里或许是一堆没用的塑料，或把他骗到什么地方去洗劫一空，甚至还猛揍一顿。这样的事情天天在太阳底下发生。如果被他碰上了，主任还不笑死，会说，活该，谁叫你贪便宜呢？

路过二楼局长办公室门口时，他不知不觉放慢了脚步。有好几次，他亲耳听到主任在向局长打他的小报告，说他不遵守纪律，或做事偷工减料之类。这样的小报告永远是有效的，因为他的工作性质，是谁也不能断定怎么是偷工减料，怎么是没有偷工减料的。至于纪律，那更是弹性很大的东西，就好像商家的解释权一样，是根本不用拿什么证据的。主任忌讳他，担心他对自己的上进有妨碍。可这恰恰说明主任成不了大器。成大气候的人，会聪明地把下属的功劳记在自己身上而不是排斥他们。主任喜欢鬼鬼祟祟地跟局长头碰头，嘀嘀咕咕的，搞得挺神秘。以前碍于面子，他不想跟主任闹翻。主任不了解他，不知道他其实并没有那方面的上进心，所以也根本不在乎他跟局长打什么小报告。打了又怎么样？他才懒得去辩白。主任是从一个县城机关调进来的，据说这样的人最可怕，一身小吏习气，做事没有底线。单位上，主任这样的人现在有好几个。奇怪的是，局长似乎完全被这些人控制了。据说局长在没有当上局长时，是清醒和警醒的，说他最讨厌打小报告的人，说那样的人虚伪、庸俗。可当上局长后，他还是不知不觉重用了主任那样的人。当然，他换了个说法，把打小报告叫汇报工作或交流思想。局长说，人与人的交流是很重要的，大家如果能够互相交心，什么事情都好办了。他批评马凯缺乏与人交流沟通的能力。要交心哪，局长说。

可是，心不是在自己的身体里吗，怎么好交给别人呢？

马凯放轻了脚步。他想好了，这次，如果他听到主任又在向局长打他的小报告，那就推门进去，毫不客气地揭穿他的把戏。

不过今天局长办公室的门关着，大概出差去了。局长经常出差，参观学习，交流经验，出国考察，等等。

没想到，他今天来得最早。他看了一下时间，八点还没到。他打开电脑，然后开窗，烧水，拖地板。已经有一段时间，他没主动做这些事情了，因为有一次，局长跟他说，为了改善他和主任的关系，他可以在办公室放勤快一点，比如烧开水啊扫地啊都主动一点。他便知道主任又打了他的小报告。列宁说，托尔斯泰是俄国革命的镜子，在单位上，局长也是各路小报告的镜子。局长的话里总是及时反映出他作为领导得到的最新秘密报告。其实在办公室里，这些杂事马凯做得最多了，可主任仍然这样讲他，所以他打定主意，此后他再也不主动烧开水拖地板了，看主任能把他怎么样。反正他不愿争什么，更不愿求什么。主任上班时，摇了摇空空的水瓶，又重重地把它放下了。主任经常没来由地嗷嗷叫唤，马凯也懒得理他。他以前的反抗还是太温和了，仅仅是沉默、承受，像当年的甘地。但甘地的斗争方式，大概也只适用于大英帝国，如果换一个对象，或许完全是鸡蛋碰石头，早就一败涂地了。现在，他打定主意和主任直来直去，不再逆来顺受嬉皮笑脸了。他多次发现自己的办公桌被翻动过，一些文件不翼而飞，椅子上有肮脏的鞋印，是只有主任那样的小个子小脚才有的鞋印。作为报复，他曾偷偷往主任的茶杯里吐了一口唾沫。

再这样下去，他猜想自己的心理也会变得和主任一样阴暗。或者说，他的心理已经很阴暗了。

水开了，他在把水从电壶里注入水瓶的时候，同样心情愉快。

不一会儿，几个同事陆续到了，只有刘家杰，平时是不怎么来上班的。办公室一共五个人，主任独占了窗台那边，其他四个人把办公桌拼在一起。大家谈论起昨晚的一个电视节目，奇怪，频道这么多，可那个节目他们似乎都看了，好像谁给他们布置了家庭作业。后来又谈论起市里刚刚落马的一个官员。坐在他正对面的李建平说，这些贪官啊，真不像话，要那么多钱干啥子呢？要养那么多情妇干啥子呢？葫芦挂在壁上不好挂在颈上。李建平是作为文职干部从部队转业分配到单位来的，虽然负责新闻报道，但说话还免不了夹带一些方言俚语。其他人也附和着，不过观点也比较平面。还是主任高屋建瓴，说，可见，欲望是害人的东西啊。这语气，大有得了局长真传的架势。有一次，有人在会上提意见，说单位有些福利没发到位，其他单位都发了。局长语重心长地说，欲望是无止境的，它就像一头猛兽，你喂得越多，它胃口越大。没多久，上面来了文件，那些单位都把发了的钱收了回去，大家不由得佩服局长的先见之明。局长说，这不是什么先见之明，而是关于欲望的辩证法。

这时马凯忽然说道，如果我在他那个位置，说不定也会成为一个贪官的。大家惊讶地望着他，接着有些幸灾乐祸，好像他真的成了贪官。他继续说，那么便利的条件，他不贪污谁贪污？他不受贿谁受贿呢？这些年，为什么银行里屡屡发生失窃案呢？一个县银行的科长都可以在外面包空姐，就因为管理有漏洞，作案太方便了。就好像一个钱袋子老是在你眼前晃动，而且还没扎紧，也许你都没注意到，自己的手就伸出去了。谁能抵挡住这样的诱惑呢，设身处地，人跟人都差不多，没有谁比谁更高级。

他看到，主任沉下了脸。主任总想显示自己的道德优越感，经常把责任、担当、使命这样的词挂在嘴边。

其实，有一段时间，主任和他的关系似乎变得融洽起来。他知道，那完全是因为主任和其他几位同事的关系紧张起来了。同科室的几个人都比较有个性，或者说，都有自己的专业和特长，而主任，最害怕的就是这些，似乎他的职责之一就是要把大家的特长去掉，把个性抹平，他几乎跟科室里的每个人都吵过架。他在背后说年轻漂亮的宋湄，就是给他做小老婆他也不要，而宋湄是单位上公认的美女加才女，主任这样说，就显得滑稽了。因为他自己的老婆，大家都见过，说实话，才貌都不敢恭维。有一次，宋湄叫着名字指着主任的鼻子骂道：你是个什么东西，也不撒泡尿照照自己！至于李建平，仗着和局长的老乡关系，居然拍了主任的桌子。另一个同事秦炜生，因为挺有女人缘，主任就不高兴了。最可笑的是，同样是当过兵的刘家杰居然跟主任打了一架。主任自然不是对手，抱头撅腚地喊道，打人了，打人了！大家也只是礼节性地叫道，别打了，别打了。等主任的脑袋结结实实挨了几拳，大家才装模作样地把他们拉开。

说实话，当时主任的样子挺可怜。在大家纷纷和主任对着干的时候，马凯一直没和主任撕破脸。有时，主任也真真假假地拍着他肩膀说，马凯，你不错，跟着我，好好干。他故意显得受宠若惊。每周例会上，主任说什么，他都说对，对，弄得其他人莫名其妙。他甚至成了主任拿来打击别人的工具。那段时间，主任经常不吝啬地表扬他，说，马凯，你干得很好。或说，马凯，跟我去一个饭局。主任说宋湄的那句话，就是跟他在饭桌上说出来的。主任说，在他家乡，人们以为他在省城里当大官，有什么事都来找他，让他很烦。当然，主任说这话时，表情又是炫耀的。主任还喜欢炫耀他的孝道，比如说，在学校读书时，母亲去看他，他当着同学的面吃下了母亲的剩饭。而很多同学都认为出身低微的父母给他们丢了脸，不希望父母去学校，即使去了也尽量不见，见了也尽量不带到宿舍里来。马凯发现了装傻的好处，他一装傻，主任的许多可笑和可爱之处就毫无保留地露出来了（李建平极力反对他用"可爱"这个词）。他故意把自己漫画化。他知道自己有时候表演得过了头，以至让主任信以为真。懂得一些心理学的朋友曾尖锐地指出他的这种行径存在某种程度的自虐。因为这些，其他同事也当面嘲笑他，甚至敌视他了。不过他究竟为什么没跟主任吵架，他自己一下子也说不清楚。或许，是因为他的善良和软弱吧。有时候，善良也是一种软弱。别看他在心里把话说得很硬，可实际上，他还是容易心软。比如有一次他下决心不理主任，可当他跟主任狭路相逢并且对方还主动向他微笑时，他还是磨不开面子跟主任点了点头。说到底，他还是个脸皮薄的人。单位跟家庭一样，里面的人都是要天天见面天天在一起的，他白天献给了单位，晚上献给了家庭。他不敢想象跟主任闹翻后，又天天待在一个办公室是什么感受，他做不到李建平那一点。不知什么时候，李建平又莫名其妙地和主任和好了，有人看到，主任的丈母娘来省城住院时，李建平还趁黑拎了东西去探望。他和李建平不一样，他是要么不闹翻，闹翻了就决无讲和的道理。至于其他同事，秦炜生的岳父在政府要害部门上班，刘家杰则有过硬的社会网，他们是根本不在乎什么主任的，倒是主任挺在乎他们。

所以当他看到主任脸一沉，还是禁不住心慌起来。他想，如果主任指责他，他真的要破釜沉舟或破罐子破摔跟主任大吵一场来给自己壮胆了。这个主意很好。他要把主任平时的荒唐言论批个片甲不留。比如主任把贪腐的一切责任推给了欲望；比如主任说大家一定要团结，无敌最是抱成团（典型的小农意识）；比如主任说他想写一篇文章，叫站起来的美丽（好像平时都是爬着的）……

可主任并没有马上指责他，他伸出去的矛扑了个空，于是他又不知道怎么办才好。

主任大概一下子还没反应过来吧。其实别说主任，就是他自己，也觉得有些陌生。他对自己的角色转换一时还不适应。有那么一会儿，他什么也没干，坐在那里发愣。

过了好一会，主任才把他叫过去。主任说，马凯，你过来一下。

主任说，马凯啊，我仔细想了一下，觉得你那个想法是有问题的。

本来他已经像往常那样，不自觉地把腰弯下来了，但就在腰快要弯到一定角度的时候，他猛然清醒过来，马上又把腰挺直了。他换了一副表情，有些嘲讽地望着主任。他想，主任大概还不知道，他要彻底跟他闹翻了。

主任说，你刚才说的那些话，不是赌气吧？如果是赌气，倒也可以理解，现在人心不古，世风日下，社会上有各种想法的人多了起来，也难保我们这些人没什么想法。主任的样子，似乎要准备给他政审。

马凯说，我不是赌气，我没有气要赌，我是很认真说的，那是我内心的真实想法。

主任说，马凯，不对啊，你怎么换了个人似的，跟老婆吵架了？

马凯说，没有，只不过跟她说了几句实话。她问我，身上的衣服好不好，我说不好，她问哪里不好，我说哪里都不好。她说那我以前说的话都是假的了，我说都是被你逼的，她问我还爱不爱她，我说我已经对这个词没有感觉了。她哭了起来，我就来上班了。

主任说，你怎么能这样呢，女人嘛，哄一哄就过去了。

马凯说，可我打定主意，从今天开始，不哄她，跟她说实话。

马凯又说，不但跟她，跟你，跟所有人，都这样，不再讲假话了。

主任说，诚实当然是一种美德，不过诚实得过了头，也是不行的，有一句话怎么说，过犹不及嘛。

马凯说，我已经决定这么做了，其他我不管。

主任说，人是一切社会关系的总和，你怎么能不管呢？不管就会出问题。

马凯说，我不怕。

主任说，不会是你自己出了什么问题吧？

马凯说，我有什么问题？恰恰相反，我是从未有过的正常。

主任说，不是这样的，即使你出了问题，自己也是不知道的。就像一个人喝醉了酒，反而会嚷着自己没醉，对吧。有一次，局长醉酒，人事不省，当着许多人的面，主任抱住局长放声大哭。还有一次，局长和司机都喝醉了，本来主任和局长同车，但看到他们都醉了，就找个理由上了另一辆车。

毕竟，局长快到退休年龄了。

马凯说，你这个人，怎么什么都拿喝酒打比方？马凯非常讨厌主任在酒场上油腔滑调、左右逢迎的样子，不过局长很欣赏，认为那是交际能力的体现。

这时，看到马凯和主任有吵起来的迹象，其他几个人都装作有事的样子及时地溜出去了。那个李建平，居然还聪明地把门都轻轻带上了。

主任有些心虚地把门打开了，说，马凯，你不会像他们一样，也要与我为敌吧？我还以为你是个老实人，一直很看重你呢。

马凯又犹豫了一下。说实话，主任那副可怜的样子，让他有些心软。他一直认为从本质上来说主任是个可怜的人，别看他表现得那么独断专行甚至有些飞扬跋扈。正因为可怜

171

才战胜不了人性的弱点，被他人或他物所利用。为什么领导喜欢重用有缺点的人？因为在领导看来，下属的人格缺点就是把柄，有所掌握才好把握。领导不喜欢完美的人。他听说，主任刚调进来的时候，局长还曾窃听过他的电话呢。

可是可怜就该值得同情吗？俗话也说，可怜之人必有可恨之处。他老家那边的方言，竟然把"可怜"叫作"造恶"，太有道理了。他决定跟主任把话说得彻底一点。

他说，老实？你以为我老实吗？跟你说实话，我一点也不老实，其实我一直在观察你，你那点小伎俩我都看得一清二楚。你看重我？笑话，你忘了你是怎么向局长打我的小报告的？我了解你，你不了解我。你在乎的那些，我向来是嗤之以鼻的。我唯唯诺诺，我嬉皮笑脸，不过是在你面前表演。遗憾的是，我有时候表演过了头，让你信以为真。你把我的讽刺当成了恭维，把我的敷衍当成了赞美。说起表演，你当然比我更厉害，你可以把局长哄得很舒服。局长醉酒倒地，你抱着他痛哭，你知道一个人虽然醉了酒，可他脑子是清醒的。果然，局长后来每说起此事都还很感动，把眼镜摘下来擦了又擦。可他和司机都喝醉了的那次，你忽然露出了真面目。你不想陪葬，甚至巴不得他们出点事。我知道你的阴暗心理，也知道你想早点当上局长。你忘了吗，有天中午，局长下班了，我亲眼看到你溜到他办公室里，坐在他的转椅上，眯着眼，陶醉地转了一圈又一圈。

主任额角冒汗，说，你还有什么话，都讲出来吧！

马凯说，请你不要用这种命令的口气跟我说话，就像每次来了人，你都要大声叫嚷，马凯，倒杯水！哪怕对方明明是你的私客，和工作无关。告诉你，我不是礼仪小姐，更不是你的佣人。我知道该怎么做，用不着你下命令。说到底，你无非是想显示你的权威，你也知道我好说话，不好意思拒绝。可是我跟你说，我一点也不喜欢你这样，也希望你以后不要再这样，不然，你会碰钉子的，我会让你下不来台。

主任说，好，好，你再说。

马凯说，我知道你这是在引蛇出洞，你又会向局长打小报告，可我不怕。我已经做了最坏的打算。哪怕是被单位开除，我也不怕。开除就开除。再说，开除也不是由哪一个人说了算，有相关法规在那里。

主任说，别把我想得那么坏好不好。

马凯说，要说坏，你也不是什么大恶之人。你不过是喜欢耍弄点小聪明。这也决定你在从政的道路上走不了多远。你的聪明都写在脸上，而从政从到很高很远的人，大都是似忠实奸的，你缺乏那个"似忠"。如果我也从政，肯定会比你厉害。很多事情，我不是不懂，而是不愿去做。

主任说，唉，兄弟，感谢你指出我的缺点。你这是对我真好！

马凯说，我没准备对你好。再说，我也不喜欢"兄弟"这个词，虽然曾经有一段时间我喜欢。可后来，我看电视剧里那些强盗土匪贪官伪君子都开口兄弟闭口兄弟，便忽然对这个词恶心起来。

主任说，既然如此，那你刚才怎么说，你也会成为一个贪官呢?

马凯说,不是说了吗,人性这个东西,每个人都差不多。我刚才说的是真心话,如果我当了官,很可能也是一个贪官。我也有各种各样的欲望,如果有什么漏洞,它肯定也会钻营。每看到电视里站在那里低头垂首等待审判的贪官,我都有一种恍惚,以为他们是我自己,他们是在代我受过。因此我对他们不但没有任何憎恨,反而充满了同情。我在心里说,瞧,又一个牺牲品。就像一个人骑着一辆没有闸的自行车下坡,此前没有人提醒他,他自己也没有注意,结果是,他要么独个儿摔死,要么会撞到更多的人。每看到银行里有人挪用公款被抓,我想除了当事人应承担相应的刑事责任之外,银行的管理者或相关制度的制订者也是应该被起诉的。他们应该堵住银行本身的漏洞。

主任说,马凯,你把事情想复杂了。

马凯自顾自说下去:再比如,那些匿名举报之类,你说吧,谁都知道,告密是可耻的,是小人行径,无论在东方还是西方,圣贤们都是反对的,要举报就光明正大地举报,如果不能,就不要鼓励人家匿名举报,更别说还以丰厚的奖金来利诱了。这本身就是怂恿人们破坏道德和做人的底线。

主任说,什么事都有个是非曲直、正义和非正义之分,如果它维护的是正义呢?

马凯说,问题正在这里,如果维护正义的手段是非正义的,那它首先就失去了合法性。就好像战争,谁都会说自己发动或参加的战争是正义战争,那究竟什么是正义?它究竟又由谁说了算？

主任说，正义就是正义，这个还用说吗？

马凯说，你之所以这么说，是因为你自以为掌握了正义的解释权。可实际是这样的吗？谁赋予了你这个权力？这个权力又是否合法？

主任说，哎呀马凯，你把我绕糊涂了！你这不是玩文字游戏吗？俗话说，与其空谈不如干点实事，与其严格要求别人，不如严格要求自己呢。

马凯说，所以我才决定从今天起，对所有人都说真话。

主任说，你敢肯定你对所有人说真话吗？你以为你能走多远？你以为你能行得通？

马凯说，我知道行不通，但我就是要这么做一回。

主任说，那好，我就来当一回你的试验品，你告诉我，你对我是怎么想的？

马凯说，起初，我非常讨厌你，憎恨你，因为你经常到局长面前打我的小报告，无中生有，别有用心。你心胸狭隘，嫉妒心和控制欲强，想把什么好处和权力都抓在手里。为了报复你，我甚至偷偷朝你杯子里吐过痰。可后来，我觉得你可怜，甚至还有些可爱。你耍的小聪明，像虾米一样蹦蹦跳跳的，清晰可见。你的手腕，和官场老手相比，简直是小菜一碟。你是小县城里来的，别忘了，我也是小县城里来的。只是我不愿跟你计较，而且有一份同情。你比我活得痛苦，你处处提防，时时担心别人威胁你，超过你。这个办公室里其实并没有谁真正在乎你，只是你需要别人的在乎。你把每一个人都当成了敌人，说明了你骨子里的自卑和极端的不自信。你越趾高气扬，也就越低微自卑。你打击所有人，而不是团结一些人再对付一些人。我可以断定，在以后的关键性竞争中（不用说，那是迟早的事），你必输无疑。

马凯说，当然，我也有阴暗的一面，我为曾经往你杯子里吐过痰向你道歉。

过了好一会儿，几个同事才蹑手蹑脚回到办公室。在马凯和主任激烈交锋的时候，隔壁办公室有两个人从门口一闪而过。不用说，是受了宋湄或李建平他们的怂恿，来探听一下虚实的。马凯可以肯定，这时他若走出门去，就会发现走廊墙壁上紧贴着几只耳朵。其实与主任相比，他或许更讨厌这几位虚伪的同事。李建平奴性十足，仗着和局长是老乡，神气活现。秦炜生个子大胆子小，为人又吝啬。据说有一次，一个女网友跑来跟他约会，他居然为找一家便宜宾馆折腾了好久，结果对方拂袖而去。至于宋湄，虽然有才，但为人刻薄，嘴巴不饶人，总是一副别人欠了她什么的表情，有强烈的补偿心理。她对主任的蔑视，不是拉开距离，而是想取而代之。她从一个广告公司的业务员摇身一变成为公务员，完全得益于她的"摇身"，她的一个情人是市电视台的副台长，对方一个电话，她就像个应召女郎似的欣然前往。但在单位里她一本正经，有时候李建平他们想开个玩笑，她理都不理。

大家自觉地与他和主任保持了距离，似乎谁都不想得罪。这时，马凯忽然有了一种奇怪的感觉，好像他和主任倒成了战友，与其他人倒成了敌人。

其实这也有道理。刚才的交锋，让他和主任敞开了心扉。他们已经是彼此说过真话、毫无保留的人了。

主任也似乎跟他心照不宣。

如此，说明真话能让人拆除不必要的屏障，有利于同事相处。它可以化疏为密，化仇为亲。

但这是不是局长所说的那种"交心"呢？肯定不是。局长说的"交心"，更多的是一种精心掩饰过的"真话"，说到底还是假话。因为那些话，或许他们自己都不信。

后来等主任出去了，宋湄一反常态，凑近问马凯：你们刚才聊什么了，那么开心。她故意把声音放低，但那是一种有意让其他同事听到的那种低。

马凯大声说，我跟主任说，从今天开始，我要对任何人说真话。

宋湄说，那好啊，现在你在想什么，告诉我。

马凯说，真的？

宋湄说，当然。

马凯说，我在想，你身上的香水不好闻。

宋湄脸上僵硬了一下，不过马上又松弛下来，说，还有呢？

马凯说，还有，我在想，昨天下班后，我在公交上看到你坐在一个男人的摩托上，你抱着他的腰，他不是那个传说中的副台长，也不是你的丈夫。

那个副台长是宋湄公开的秘密。有时候，别人不说，她自己还说。她老公也来过他们单位几次，热天送阳伞下雨送雨衣之类。

宋湄脸一红，说，你无聊。

马凯说，是你要我说的，不然我不会说。

宋湄说，你流氓。

马凯说，你看，事情就是这样，明明是自己流氓，反而说别人流氓。

宋湄说，马凯，我跟你没完。说着，气呼呼地站起来，挺直腰杆，把头扭向一边。

另外两个人低头不作声，生怕引火烧身。

上午快下班的时候，马凯的手机显示了一条短信。是艾约，她说，你今天有空吗？

他回道：没空。

她又问：想不想我？

他说，不想。

他估计手机马上会响起来。果然，不到半分钟，他的手机真的响起来了。

艾约说，你怎么啦？吃了枪药？

他说，没怎么啊，只不过我今天下决心跟每一个人说真话。

她说，你有毛病啊你。

他说，我说的是实话，如果你认为说实话是毛病，那就算我有毛病吧。

她说，你为什么不想我？是不是不爱我了？

他说，我能每时每刻都想你吗？每时每刻都爱你吗？你自己说说，这可不可能？有些人就是这样，情愿听对方说爱她一万年，而不愿听对方说爱她一天。可实际上，爱一万年明明是假的，爱一天倒可能是真的。

她说，那你把现在的想法告诉我。

她急促的喘气声通过电波传了过来。电波是个奇怪的东西，居然可以让看不见摸不着的喘气都纤毫毕现。

他和艾约是在一次开会时认识的。本来，那次会议轮不到他去，但主任要参加另一个会议，而且那个会议比这个会议的规格更高一些。他带了本书，可他很快发现这次开会同样不适宜看书（明知道这一点，每次开会他仍要带本书去）。这让他郁闷，索性把书扔了，转而寻找起其他打发时光的法子来。他开始观察会场上的女人们。他发现有几个女人一边开会一边在下面使眼色搞点小动作，时不时一阵窃笑。他不喜欢太循规蹈矩的女人。在把她们暗暗比较一番后，他瞄准了其中的一个。那是一个不那么漂亮但看起来有味道的女人，嘴边挂着游离的微笑，这样的女人既入世又出世，既超拔也不失烟火气。最迷人的是她的腿。会后有一个参观，他主动跟她套近乎，他们故意落在队伍的后头。当参观的队伍行进到某处山坡，他趁机掸了掸她裙子上的草叶。她的腿肚子圆鼓鼓的，很可爱。他想，它们在床上翘起来是什么样子呢？大概就像鱼尾巴那样活泼而有力吧。

自然，为了把艾约勾到手，他用了一些求爱的艺术和技术。当他和艾约眼睛相碰时，谁都明白对方要的是什么，但如果他像阿Q对吴妈说的那样，"我要和你困觉"，她肯定是不会答应的，记得吴妈是哭嚷着跑开的，而艾约，绝不会跑开，跑开是一种无能，而艾约有足够的经验和能力对付这些。她会站在那里，斜睨着他，鄙视他。想当年，如果阿Q懂得一些调情的手段，说不定吴妈是不会拒绝的。

会议的最后一晚，主办方在告别宴会后安排大家到歌厅里唱歌，他们都没去。他们分别骗过了同房间的人，在合适的时间和地点约会……

阮玲还以为他是天底下最老实的男人呢。其实往往是这样，最老实的男人也许最不老实。

散会后，他们又回到各自的轨道中，仿佛开会是特意为两颗流浪的行星相撞提供一个机会。他们的单位，一个在城东一个在城西，一个归市里管一个是省直属。他们一般在市中心的某家宾馆约会，钟点房，完事了就拜拜，并且，他只在宾馆里和她约会。有一次，她丈夫出差了，她打他电话，叫他去她家里，他没肯。在家里的感觉很不好，会有侵入别人家庭生活的嫌疑，也容易让对方产生非分之想。可即使这样，烦恼也还是来了。她游离的微笑隐去，露出了嘴角的一颗较真的痣。他以前竟然没有发现。她频繁地打他的电话，同时最大限度地发挥他们关系中的抒情部分，好像他们之间存在着多么了不起的爱情似的。她怎么就不明白，当初的抒情手段不过是过渡到床上的滑板呢？她风度渐失，紧扯着抒情部分跟他纠缠不休，不停地问他究竟爱不爱她，有多爱，能爱多久。仿佛爱情有长宽高似的。恍惚间，他简直把她和阮玲搞混，以至后来跟她在一起和在家里没有区别。就像孙悟空翻了那么多跟斗，却还是没有逃出如来佛的掌心。

艾约在那边说，你说啊，把你最真实的想法告诉我。

他说，那好，我告诉你，当初，我勾引你，是因为开会实在无聊。

她说，仅此而已吗？

他说，仅此而已。

她说，可你说你爱我。

他说，我跟别的女人也这么说过。

她说，你说那话时是认真的吗？

他说，有时候是认真的，有时候是敷衍。

她说，你为什么要骗我？

他说，我没有骗你。

她说，怎么没有骗我？敷衍我不就是骗我吗？

他说，如果我不那么说，你就不高兴，咬我。我不喜欢你咬我，可是你咬我越来越频繁。

她说，你怕我咬吗？

他说，当然怕。

她笑了起来。

他不希望她笑，希望她骂，骂他骗子、流氓、无赖，然后啪地摔掉电话。可现在，她一笑，就好像他好不容易吹大一个气球，却被她伸手一戳，破了。他知道，如果他不把话彻底说清楚，那么他还得和她继续敷衍下去，他正儿八经的努力，会变成一次无足轻重的调情。

他说，艾约，跟你说句实话，我想和你分手。

她似乎抖了一下，问，为什么？

他说，我厌倦了。

她说，厌倦了我吗？

他说，厌倦了我自己，厌倦了这种关系。

她说，啊，你不要我了！

他说，你完全可以换个角度，干吗老把自己置身于被抛弃者的地位？

她说，反正是你先勾引我，现在玩够了，就不要我了！

他有些动情，说，我迷恋过你唇边游离的微笑。可后来，不知怎么回事，我再也找不到它了。我厌倦是因为我喜新厌旧，责任在我，不在你。我讨厌一切程式化的东西，我勾引你是为了打破某种程式，而当我们建立关系，却又形成新的程式了。

她说，多么高尚的借口啊。

他说，随你怎么说。

沉默了一会儿，她说，谢谢你曾爱过我。

他猜想，那种游离的微笑，像个小酒窝一样，再次挂上了她的嘴角。他几乎要后悔跟她讲了那些。其实那些话，究竟是真是假，他也说不清楚，但他就是控制不住那样说了。

在楼下吃了快餐，他空着手在大街上闲逛。

原来，要想和她分手，竟是这么简单，讲句真话就行了。他爱过她，也许刚开始不是爱，但后来的确是爱。再后来，爱就不像是爱了。爱情既然会生发，也就自然会消亡。没有什么会永垂不朽，好像有首歌这样唱道。而大家往往是前阶段说真话，到了后阶段就开始说假话了。是什么让男人和女人的关系拖泥带水或者亲密无间？他想，果然是谎言。如果没有谎言，爱情可能也就像一具古尸在阳光下，会很快风化的。谎言是爱情的防腐剂，可如果一个东西要靠谎言来防腐，那还不如让它早点暴露在阳光下。

几个少男少女从对面走过，一脸无邪和无辜。这种表情他很熟悉，比如教室里的学生，电视里歌星演唱会的听众，某场会议的鼓掌听众。无论是在学校还是家庭里，大人给孩子灌输的都是那种所谓的真善美，以至他们日后在社会上，以为到处都是真善美，要等碰得头破血流才醒悟过来。他想，等他有了孩子，一定会给孩子从小就注射一些"毒素"，把世界的真相告诉孩子，使他或她对虚伪的东西产生免疫力，对一些认定的事实和道理保持怀疑和警惕。

什么，难道他自己也把真话看作是"毒素"？可见真话的存在是多么艰难！

他想，如果把所有的谎言都戳穿，也许整个世界就会完全坍塌下来。他肯定也会众叛亲离，被现存的秩序驱逐。

所以，他不应该把重点放在戳穿别人的谎言上。那样，他就成了一个淘气的孩子，拿着一杆标枪，看到什么都去戳一下，即使别人不找他麻烦，他自己的世界也会千疮百孔。人是社会关系的总和，他戳破的不仅是别人的谎言，也是自己的社会关系。当关系网破裂，他就会从那里摔进看不见的深渊。这一点他是知道的。

既然如此，他还不如来揭穿自己。比如，向阮玲坦白他的不耐烦和不忠，向艾约坦白他的厌倦、下流和虚伪。是啊，他就是一个下流和虚伪的人，一点也不比别人高尚。他的清高其实是自命清高，他的不合群其实是出于逃避和怯懦。他居然向主任的茶杯里吐痰，这样的事情，大概只有素质极低的人才做得出来。他告诉了主任，就是想让主任知道他对他做了什么，他并不比主任高尚。现在他终于有勇气说出来了。他希望能正视自己，正视人性之恶。他不但要让阮玲和艾约知道，也要让其他人乃至许多素不相识的人知道。

他忽然有了一个构想，便兴奋地回办公室找了块纸板，用浓墨在上面写道：尽管问我。又在下面拉个破折号加一行小字：你可以向我提任何问题，我会告诉你最真实的答案。离上班还有一两个小时，他有充足的时间实验他的构想。等墨迹稍干，他便跑到图书大厦旁边的立交桥下找了个合适的地方，把写好了字的纸板竖立起来，自己蹲在纸板后面，看上去，跟个算命的差不多——只不过算命的算的是别人的命，而他是完全冲着自己来的。

行人有的视而不见，有的不以为然或见怪不怪地笑了笑，也有人一脸庄重或表情诡异。有一个人好奇地停了下来，瞄了瞄纸板上的字，又瞄了瞄纸板后面的他，然后小心翼翼问道：你能保证，你说的都是实话吗？

他说，当然。

见有人提问，停步的人多了起来。

那人说，告诉我，你搞了多少女人？

围观的人笑了起来。这个话题总是容易引起笑声。

他说，两个。

那人一脸鄙夷，说，才两个呀。

他说，不对，补充一句，我说的是婚后，包括老婆三个——也许还有，我不太记得了。

那人为自己的挖掘成果有些得意起来，说，我知道，在这方面，咱们男人总是多多益善。

他说，其实我刚跟一个女人结束这种关系。

那人说，这也没错，旧的不去新的不来，喜新厌旧是男人的本性。

他说，无所谓喜新厌旧，只不过时间长了，发现跟和老婆在一起没什么区别。

那人继续鄙夷，说，怎么没有区别呢，告诉你，女人和女人区别太大了。说罢，狂笑一声，扬长而去。

这时，另一个人抬脚上前一步，问道，你嫖过妓吗？

他说，有几次，差点嫖了，怕得病，又跑掉了。

你认为男人为什么想嫖妓呢？

也许是想有一点冒险，或跟平时的生活不一样吧。

嗯，对头，我也是这么想的。

那人说着，跟他握了个手，走了。

这时，一个人很快填补了空处。他认真打量了一下马凯，轻声细气问道，你在单位上混得还好吧？

马凯说，在许多人看来，可能不算混得好。

对方审慎地点了点头，说，嗯，我猜也是这么回事。只有混得不怎么样的人才会想出种种歪点子。

马凯说，也许恰恰相反呢，有自己想法的人，往往不容易混好。

对方低声说，冥顽不化，自我感觉良好。说罢，转身就走。人群居然自动闪开了一条缝。

马凯脸上燥热。不过这种感觉也很好，似乎他要的就是这样的拷问。

一个女人在他面前蹲下来。女人颇有些姿色，不知是有意还是无意，她把裙口对着他，虽然她并拢双腿，可马凯还是隐约看到了她红色的内裤。不知今年是不是她的本命年。

她说，我为你妻子感到羞愧。

他说，你大可不必。

她问，你难道不爱她吗？

他说，你能告诉我，什么是爱吗？

她眨了眨眼睛，说，她可以让你高兴，也可以让你难受。

她眼睛眨得很快。据说，眼睛眨得快的人爱撒谎。他不知道她爱不爱撒谎。

她说，是什么事情导致了你今天的行为失常？

他说，失常？是啊，失常。跟你相比，我当然可以称作失常。

她说，你老婆知道你在外面有女人吗？

他说，目前还不知道，不过我会告诉她的。

她说，我劝你还是不要告诉她，这是第二次伤害呀。

他说，害怕伤害的生活，不是真正的生活。直面伤害，才会减少和避免伤害。

她说，你还一套一套的，不过都是些歪理邪说。——别盯着我，你的眼睛有流氓倾向。

他说，你的姿势太正了。如果你不想让别人看到你的内裤，你就应该侧着点。

她的脸腾地红了，但她尽量克制自己，不让自己失态，仍然保持着优雅的步态，从大家的视线里款款离开了。

他冲她的背影喊道：我要和你困觉！

他把阿Q的那句话喊了出来。

一个瘦高个忽然杵在他面前，说，你这鸟人，是不是吃饱了没事干？

他笑了一下。

瘦高个说，那个女人说得对，你的确是不正常。

他说，什么是正常，什么是不正常？我知道，跟许多人一样，你就正常，跟许多人不一样，你就不正常，对吧。

瘦高个说，是呀，看来你还挺明白。

他说，明知道自己不正常还要坚持，这反而是一种正常了。正如很多人都以为自己正常，其实并不正常。

瘦高个拍拍巴掌，大笑道，都说我不正常，没想到有个人比我还不正常，哈哈。来吧，我想给你拍个照。我是省摄影家协会的，姓万，到时候你来找我要照片。

说着，就给马凯来了一张。

围观的人越来越多，立交桥下面密密麻麻一个圆形。一个人过来对马凯亮了亮证件，说，麻烦你跟我走一趟。

原来是一个便衣警察。马凯有些紧张，说，我犯了什么法？

便衣说，没人说你犯法，我们只是想了解个情况，请你配合一下。

镜头一闪，市电视台的记者也来了，刚好拍到了便衣和马凯对话的场面。记者额头光亮，很兴奋，也跟着马凯和便衣进了派出所。

便衣穿上制服，便完全是警察的样子了。他把那块纸板放在一边，在办公桌前坐下来，并示意马凯坐在他对面。记者趁机补拍了一个镜头，把纸板也近距离地拍进去了。

警察在按惯例问了马凯的姓名、年龄、籍贯、民族和工作单位之后，说，你的行为已经扰乱了公共秩序，你没注意到，交通都堵塞好久了。

马凯说，原来是我引起的啊，实在抱歉！我还以为出了什么事故——我不明白，不就是想说几句实话吗？怎么有那么多人看，我又不是要把戏的猴子。

警察说，还不是你把自己当猴子耍。

马凯说，不是，不是那么回事。

警察说，我已经注意好久了，你说的那些话我都听到了。

马凯说，有什么不妥当的地方吗？

警察说，你应该知道啊，身为国家工作人员，难道连这一点都不知道吗？你的那些言论，不说妖言惑众，起码也是不文明的，庸俗的，下流的。在公共场合散播这样的言论，恐怕是不合适的吧？记者你说，是不是这样？

记者点了点头，他额角更亮了。

马凯说，我就是要让大家知道我也有庸俗、下流、不文明的一面。

警察说，你庸俗、下流、不文明，不等于别人也这样，是吧？

马凯说，但我的目的是向别人敞开我自己。

警察说，你这是精神上的暴露癖，更何况你的行为引起了混乱。

马凯说，如果说几句真话实话就引起了混乱，那说明这个世界也太封闭太脆弱了。

警察说，我已经查到你了，对你的信息和记录了如指掌。幸福生活来之不易呀，我们要珍惜，任何事情都是相对的，没有绝对的。说真话当然是好事，但什么都说真话，也不一定好。比如一个人得了癌症，你让他知道了有什么好处？善意的欺骗还是要的。就好像民主，如果民主过了头，就会群龙无首，成了无政府主义。就好像自由，如果自由过了头，就会无法无天。

记者把镜头对准了警察。

马凯说，我只是想试一试，看自己能不能说真话。我要让大家知道，我们可以说真话，说真话并不可怕。

警察说，你的那些话也许是真话，但不一定正确。真话不等于真理。

马凯说，但是，应该说真话总是个真理吧？

　　警察说，你这个人，真是冥顽不化呀！你想想，如果什么都来真的，真的好吗？比如现在有了 DNA 技术，你能让所有的人都去做亲子鉴定吗？那有多少家庭要出乱子？所以并不是所有的真话和事实人们都需要，既然如此，为什么一定要把它说出来呢？警察说着，望了一眼记者。

　　记者全神贯注。

　　马凯说，即使真的那样也不可怕，大家就有选择的机会和权利了。那既是选择，也是考验。是主动选择，而不是被动选择。

　　警察说，我不知道，这样所谓的主动选择和被动选择有什么区别。

　　马凯说，在我看来，它们有本质区别。

　　警察说，你看你，越说越玄。

　　这时，记者把摄像机换了个方向，警察忽然皱了皱眉，说，就这样吧，这次念你是初犯，又是机关工作人员，就不追究你的责任了——希望下不为例。

　　晚上，马凯便在电视里看到了自己。他看到自己在街边被许多人围住，接着看到自己被便衣带到了派出所。这是市电视二台一个专门搜集本地当天发生的各种趣闻轶事和交通事故之类的节目。在镜头里，马凯显得有些滑稽。一脸郑重的主持人说，今天中午，一名青年男子，在 ×× 路立交桥下企图进行一种"说真话游戏"，由于内容不健康，被警方带走。接着是马凯写的那张纸板的特写和他在派出所里的镜头。

主持人的口气轻松而调侃，并把它和前不久在广场上一个男青年忽然抱住一个素不相识的暴露女人狂吻以及报纸上说某大学的一位美术教师在课堂上讲人体素描时忽然把自己脱了个精光这两件事联系在一起，说这种做法是值得商榷的，告诫市民要明辨是非。

　　阮玲自然也看到了电视里的马凯。本来，阮玲在翻物业赠送的那份报纸，马凯在上网，电视习惯性地开着，似乎跟他们毫不相干。但马凯忽然听到电视里他自己的声音，接着是那个警察的声音。原来里面在讲他中午的那件事，便转过身来看电视里怎么说。电视镜头居然也用上了蒙太奇。阮玲开始没注意，马凯伸过头瞄电视，离她很近，呼气都喷到了她脸上，她皱皱眉，闪开身子时下意识地瞄了一眼，才发现电视里的马凯。她有点惊讶，不知道他怎么上了电视，一看不要紧，原来是这么回事。她终于沉不住气了。从下班到现在，她还没怎么说话。他主动跟她搭讪，但她爱理不理的。他们各自在冰箱里找了些吃的当作晚餐，每天的散步也取消了，她看报纸，他玩电脑，背对背互不干扰。电脑是放在客厅里的。有一段时间，马凯上网成瘾，阮玲担心他网恋。她单位上有个男的，在网上跟好几个女人结了婚，彼此老公老婆地叫着，好像是三妻四妾。电脑在客厅里，等于在她的眼皮底下。

　　阮玲说，你真有能耐，都能耐到派出所去了。

　　马凯说，去派出所怎么啦？难道去了派出所就是犯了法？

阮玲说，马凯，再这样发展下去，你很危险。

马凯说，我本来就危险。

阮玲说，你迟早会毁了我们的生活。

马凯说，生活？生活的建筑材料不过是谎言，说不定毁了，才会看到里面的真实。

阮玲说，你有病。

马凯说，自己身体或心理上有病灶的人，才老是指责别人有病，得先好好检查一下自己。

阮玲指着他说，马凯，你不可救药！

马凯满不在乎，继续上网。他在电脑上输入"讲真话"，很快显示出 15300 页搜索结果。他有些惊讶，这说明，许多年来，"讲真话"一直是个问题。

　　敢于说真话的人命运多不佳，司马迁为李陵辩解而遭宫刑，哥白尼说真话被处火刑，吕荧为胡风直言而获罪……

　　说真话的勇气。

　　在那荒唐而又可怕的十年中间，说谎的艺术发展到了登峰造极的地步，谎言变成了真理，说真话倒犯了大罪。

　　老板怎样做才能让员工说真话？

　　出轨的男人为何不敢说真话？

　　张敬伟：不呐喊，说真话。

　　人大代表与政协委员要说真话。

相声的死亡原因——不说真话。

都是他揭黑打假、老说真话惹的祸。

说真话的假人的博客。

说真话的人成了稀有动物。

在房价面前说真话真的很难吗?

人民网——为什么说真话的总是"原"领导?

关于用真名说真话的倡议书。

不要让员工成为"说真话的小丑"——在黑泽明的影片《乱》中,主角秀虎是个刚愎自用的国王,在他的身边唯一敢说真话的是一个宫廷小丑,无独有偶,《李尔王》中同样是一个傻子愿意把真话说给王听。在宫廷型传统权力格局里,地位卑微的小丑、傻子或疯子往往是唯一有可能说出真话的人。

……

他想,在别人眼里,他是小丑,还是傻子或疯子呢?

他和阮玲是高中同班同学,但那时没什么交往,毕业后考入了不同的大学。本来,到了大学,人生的选择一下子就宽广起来,像在列车的始发站,许多条铁轨在脚下,分别通向不同的未来,甚至完全是南辕北辙,谁也没想到他们从铁路的远端又分别回到始发的地方来了。那是暑假,他们在一个同学家见了面,当时她正失恋,她等待的电话总是时断时续最后消息全无。同学把她的失恋告诉了他,所以他的求爱有一种乘虚而入的味道。他终于把两条铁轨并成了一条,大学毕业后他们就结了婚。后来他考入了现在的单位，她则在一家事业单位上班。三年前，她去一科研机构脱产进修，在那里认识了另一个男人。应该说，她还是个单纯的女人，因为她在背叛他们的婚姻后（他认为这个说法比较科学，而不认为是背叛了他），还留有一些痕迹和慌乱。他去探望她的时候，她眼角的分泌物还没及时擦掉，并且他发现她整天没有开手机。这激起了他探索真相的勇气。如果她告诉他，说她有一个情人，他也许还好受些，就像结婚前，她跟他说她已经和前男友上过床。可这次，她似乎更乐意于欺骗他。人性的弱点开始在他身上蠢蠢欲动并终于摇旗呐喊。他无意中看到了她的日记。她有记日记的习惯，喜欢把她认为重要的、有纪念意义的事情记下来。其中一篇是这么写的："和龙夜游××湖，宾馆没空调，蚊子甚多，被咬起包，龙为我吮吸。"还有一篇："龙为我朗诵他写的诗歌。他写得好，也读得好。他的声音很有磁性。"这"龙"总不可能是一位女士吧，即使有女士名"龙"，也不至于肉麻到为对方吮吸蚊毒的程度，阮玲是个彻头彻尾的异性恋者，从来没发现她对同性感兴趣过。而且对方还会写诗，应该是个有情调的人吧。马凯被嫉妒噬咬，他很长一段时间没再去探望她，甚至想到了离婚。可他不也在婚后跟其他女人上了床吗？一次他跟一个女同事去外地出差，晚上便心照不宣地住到了一起。他搞不清究竟是他勾引了她，还是她勾引了他。但她又是一个很理智的女人，在单位她装作什么事也没有。他约她出去她从来不理，但只要有一起出差的机会她从不放过。他受不了这样的女人，她让他感到被动和害怕，似乎完全被对方操控。此后他也有意逃避。后来她因为丈夫调到下面的一个市里当了一把手，也跟着下去当"市里的第一夫人"了。

他想跟她说，如果她真的爱上了那条"龙"，他完全可以退出。问题是，如果她仅仅是出于性饥渴或人类在这方面喜新厌旧和追蜂逐蝶的本性呢？或者是她架不住那位龙诗人（他后来考证出"龙"是对方的姓而不是名字）的猛烈攻击被俘虏了？难道他也要据此和她离婚吗？这是不公平的。其实他在结婚前也有过性经历，只不过对方不是同学而是他的邻居少妇。少妇的丈夫是一个外地的领导，每次回家两人都要吵架。在她还没有随丈夫工作调动搬迁的时候，有一天她从窗户里向他招手，似乎是想请他帮忙做什么事，等他怀着乐于助人的愉快心情推开她家门时，她那刚才还绷得紧紧的衣服忽然不碰自开。他惊呆了，毫无拒绝的力量。他不知道这算不算破坏别人的婚姻，说不定恰恰相反，他把对方濒临破裂的婚姻给缝上了，因为此后她和丈夫再没有吵过架，又过了一段时间她就高高兴兴随丈夫搬走了。似乎是因了这段经历，他后来才在异性面前表现得那么老到。

他没跟阮玲提过她进修时的事。

有一次，她问他在外面有没有别的女人，他说，每个人都有自己的隐私，他不会干涉她，而她也不要干涉他。她哭了，说他不爱她，不在乎她。他说，难道我爱你，或你爱我，一定要以干涉对方的隐私为前提吗？她说，隐私也有个正当和不正当之分，有合法与非法之分，不然，为什么在单位上，如果一个人的私生活出了问题，他的提拔就会受到影响呢？他说，按道理，是不应该受影响的，连爱因斯坦和居里夫人都有几个情人呢，婚姻为什么就要非此即彼呢？

她不能接受他的观点，她认为他的一切观点无非是为自己做有利的辩护。虽然她悄悄背叛过他们的婚姻，可对他仍毫无道理地严格要求着。刚开始他还以为她做贼心虚，便在心理上走向了另一个极端，就像一个极端自卑的人往往表现出极端的自尊。后来他发现根本不是那么回事，她这样做，完全来自于她专横的本性。

为了避免这样的争吵，他不得不说假话。他觉得自己变得油滑了，有时候甚至到了让自己讨厌的地步。不仅在家里，他发现许多地方都有这油滑的存在，而且，许多人也喜欢别人的油滑。它是一种惯性，也是一种"鸦片"。

现在，他要把真相告诉她。如果在家里都不敢说真话，还指望在其他地方说真话吗？马凯忽然有了一个想法。他关了电脑，对她说，来，我们好好聊聊，我想把自己的一切都告诉你。

他说，首先申明一点，我的行为皆出于自愿，不是因为你的盘问或以赌气相要挟，同时请你不要打断我的话。先从我们恋爱时说起吧。知道我当初为什么追求你吗？因为我听说你刚失恋，我猜你精神空虚，容易上手。果然，我很快就达到了自己的目的。你后来问我，你是不是我的第一个女人，我说是，其实不是这样。我的第一个女人是一个少妇，她在我对女人正好奇的年龄勾引了我，让我从此了解了女人。跟你结婚后，我也有过其他女人。我没想到自己这么老练。我也暗暗克制过自己，但一有这样的机会，我还是免不了蠢蠢欲动。于是我想，这大概就是我的人性弱点，我的劣根性。这种劣根性，并不是所有的人都有。我的一个大学同学，据他说，他和老婆结婚这么多年，每次看老婆还如同初恋。我很羡慕他，可我做不到。走在大街上，我常常感叹，精妙的异性就像来不及去读的好书，太多了，我不可能把她们读遍。望着她们曼妙的背影，我很想上前对她们说，我喜欢她们，喜欢她们的美。而我们，随着时间的推移，好像连成了一体，平时感觉不到对方的存在，觉得一切都理所当然。就像你平时根本不会意识到自己某一个器官的存在，只有它们出了问题或失去它们时，才会有深切的感受。我总是在愧疚中才明白，我是爱你的。哪怕就是吵一场架，我也很舒服。或许如你所说，我有病，我不可救药，但不管这会不会破坏我们的生活，我还是要把我真实的情况告诉你。我决定要跟你乃至所有人都说真话。

她说，看来，我还得感激你跟我说了真话啊。

他说，我不是这个意思。

她说，你是不是希望我跟你一样，也把什么都告诉你？

他说，无所谓，我从没这样想过。

她说，你早就不在乎我了。

他说，你看你，如果我说是，你就会说我侵犯你隐私。我说不是，你又说我不在乎。

她说，我还不知道你呀，看起来老实，其实一肚子鬼点子。

他说，我承认我头脑复杂，但心思是单纯的。而很多人恰恰相反，是头脑简单，心思复杂。

她说，你是在显示你的与众不同，还是在戳骂我呢？

他说，你干吗胡乱认领呢？其实，一定要说，你可以说是头脑简单、心思也简单的人。

她说，难怪你这样欺负我啊，我好欺负。

他说，这都哪跟哪呀，看来你是发散性思维。

她说，我脑子简单，哪来的发散性思维呀，我脑子里只有集中性思维，现在我只想你告诉我，她们是谁，有没有我知道或认识的？

他说，有这个必要吗？

她说，你不是说，要说真话吗？

他说，我不会告诉你。

她说，你连这个都不告诉我，算什么说真话呢。

他说，"我不会告诉你"，这就是真话。

她说，那不等于什么都没说。

他说，说真话不等于什么都说，但假话是一定不能说。

他又说，其实就是假话，我也没有骗你。比如我正在跟某个女人约会，你问我在哪里，我说在一家超市门口。实际上我是在酒店门口，只不过酒店旁边就是超市。

她说，你这不是自欺欺人掩耳盗铃吗？

他说，其实我很有些撒谎的天分。我撒起谎来脸不红心不跳，估计测谎仪之类的对我根本不起作用。说不定我应该去搞艺术，撒谎也是一种想象力，难怪有个艺术家把自己称为"撒谎者"。

她说，可惜你入错了行，做的是最没有想象力也不需要想象力的工作。

他说，以前我以为想象力就是天马行空，后来发现不是，想象力其实就是穿透力。艺术的想象力和生活的想象力不一样，艺术家拼尽全力穿透生活本质，而能穿透生活迷雾的，只有真实，它以不变应万变。所以，如果人人讲真话，就什么都不怕了，假话就无处藏身了。

她说，你的话让我想起一个朋友讲的故事。他读中学的时候，有一天，班主任老师走进教室，要大家拿出笔和纸，把这学期做的坏事都写下来，谁写得越多思想就越纯洁，得分也就越高。朋友绞尽脑汁，想不出他究竟干了哪些坏事，究竟什么样的事情才算得上坏事，他干的那些事似乎都没什么分量，拿不出手。看到几个平时调皮捣蛋的同学在胸有成竹地奋笔疾书，他很着急，既嫉妒又有些失落。他一直是一个乖孩子，邻居训斥自己的孩子时总喜欢拿他做榜样，以至那些孩子都会有意无意地疏远他，久而久之，他感觉自己被他们隔离和抛弃了。这时他再次感觉到了孤独，有的同学已经交卷了，他却还在苦苦思索。他打饭时插过一次队，不是他想插，而是一个高个子同学拼命朝他招手，想让他帮忙站队再帮他一起把饭盒带到宿舍去。他上课时瞌睡过一次，那天风从窗子吹过来，实在太舒服了，让他昏昏欲睡。有一次，几个同学在操场上比赛撒尿，看谁尿得远，尿得高。他也想加入进去，但总有什么在脑子里拦着他。如果他当时去了，就好了，那他就可以把它写上了。其实别说在操场上比赛撒尿，就是在厕所里，如果旁边有人，他也撒不出来。好几次他想做点出格的事，但都没做成。他内敛，害羞，爱脸红。那天一个同学的钢笔丢了，那是一支崭新的英雄牌钢笔，同学把它当宝贝，都舍不得拿来写字，只放在文具盒里供自己欣赏。但不知怎么回事就丢了，同学哭哭啼啼去找班主任。为了这支钢笔，班主任老师花了整整一节班会课。老师深入浅出循循善诱，说第一次偷不算偷，只不过是无意中拿了一下，请不小心拿了这支钢笔的同学主动讲出来，没事的，坦白从宽抗拒从严。说着，老师威严地扫视着每一个同学。正在这时，朋友感觉自己不可遏制地脸红起来。他像是骑在一辆飞速下坡的自行车上，他想握闸的时候，才发现它根本没有闸。自行车快撞到老师了，他几乎哎哟叫出声来。他低下头，猜想老师已经注意到他了，吓得一动不动。那节课特别漫长。老师后来叫了几个同学到办公室去查问，其中一个几乎是从老师办公室哭着跑出来的，但依然没问出个结果。朋友这时候想起此事，忽然来了灵感，他大笔一挥，在纸上写下，×月×日，他偷了××同学的钢笔。你看，那个老师的出发点是好的，想让每个学生检查自己的思想，勇于说真话，认识到自己的错误，可结果，却以学生的撒谎告终。

马凯愣了一会儿。不用说，这是龙诗人的故事。不过他换了个姿势，装作若无其事的样子说，这个故事很深刻。

那天晚上，他一个人在黑漆漆的地方走着，忽然从路边的树丛里窜出几个人来。他们蒙住他的头，把他塞进一辆车里，颠簸了许久才停下来。他一看，是一块空地，前面不远处有一幢很高的白色建筑物，几个红色大字在楼顶上俯视着他们，像是几个魔鬼随时都会张牙舞爪地跳下来。他仔细一看，正是"××市精神病院"。有一段时间，他对这里产生了强烈的好奇心，想进去看看，又怕别人把他当精神病关进去，像大家疯传的那样。他在外面转了一圈，还是赶紧离开了。他发现，那里的人，无论是医生还是病人，看人都眼神怪怪的。若不是白大褂和条纹服，也许谁也分不清哪个是医生哪个是精神病人。

现在，他还是不可避免地落入了他们手中，他们按住他，给他换上病服，他拼力挣扎。一个人说，你还是放明白点，要知道，在我们这里，越挣扎对你越没有好处。可他并没有被吓倒，他想，如果他不挣扎，那么别人更不会知道他现在的遭遇，他会无声无息地从这个世界消失。抢劫者为什么越来越胆大妄为，就是因为敢喊敢叫的人太少了。不用说，他被蒙住眼睛带进了那幢建筑物，他的脸擦着了冰凉的水泥墙面。他被摁在凳子上，身体被固定，一种冰凉的液体被推进他血管里。他的身体就这样被别人控制了，血管背叛了他，成了捆绑他的绳索。你们干吗要把我抓到这里来？他想跳起来，可那些看不见的绳索让他动弹不得。他大声喊叫也没有声音，好像他的意识和声音已经分离。后来他听到了嘴巴里的响动，但根本不是他的声音，而像是别人塞了一个麦克风在他嘴巴里。为什么？为什么？他听陌生的声音问道。另一个陌生的声音回答，因为你有精神病，你老婆、女儿、街坊邻居、派出所民警，以及其他所有人，都说你有神经病。陌生声音说，不就是说了几句真话吗，难道说真话就是神经病？那你告诉我，到底什么是神经病？另一个陌生声音说，别人都这样，你偏偏那样，你就是神经病；别人都说你有病，你偏偏说自己没病，那正是有病的表现。

他觉得医生的逻辑看似有道理，其实很不可理喻。但往往是这样，看似最有逻辑的东西其实最没有逻辑。他不能逃脱不能喊叫，最后狗急跳墙一头朝医生撞去。

醒过来的时候，他发现自己躺在卧室的竹木地板上。装修的时候，阮玲问他买什么样的地板，他想也没想就说买竹子的。买回来才知道，所谓的竹木地板并不是竹子，而是用机器把竹子粉碎，再用碎末和化工原料压成整齐划一的竹片状。这让他失望。除了地板，其他家具也是如此，充斥着竹屑和木屑，他们完全生活在各种胶合碎末里。他揉了揉额角，也不痛。有时候做噩梦，他会连人带被子滚到地上。读大学时，他睡上铺，第一次醒来发现自己在地板上，而且还没有受伤，很惊奇。如果他醒着从床上摔下来，是不可能不受伤的，可睡着时为什么不会受伤呢？有人说，人在睡着时摔下，因为没有意识，对地面也就没有作用力，没有作用力也就没有反作用力。作用力越大反作用力也越大，不是吗？你打沙包时越用力，手也越痛得厉害。据说人在没有意识的情况下坠落时，身体会像棉花一样柔软，而你意识越清醒，受到的损伤也会越大。睡与醒竟然有着这么大的不同。

看来，都是意识在作祟啊。

他爬到床上，把阮玲叫醒，说他刚才做了一个噩梦，梦见被人送进了精神病医院，被摁在椅子上打针。他想把自己缩小，藏到阮玲被窝里去。这时候，他感觉自己很软弱。他想跟阮玲抱在一起，甚至想像个孩子似的蜷缩在她怀里，想象着她把他抱在怀里，像抱着一个胆小的大孩子，她脸上闪耀着圣洁的母性的光辉。可她翻了个身，把自己的被角扎紧了。

于是，他感到自己似乎被整个生活抛弃了。

第二天上班，同事看到他都在笑。他们可能看了昨晚的电视节目，然后又奔走相告过。他们说，马凯，你可要一直说真话啊。或者说，告诉我，你在想什么？然后继续问，马凯，你刚才说的是不是真话？有的朝他做鬼脸，有的过来拍了拍他肩膀，也有的什么也不说，见了他，眼神躲躲闪闪地赶紧避开。

这天，他们办公室可热闹了。大家像看要把戏的猴子似的陆续进入。他们笑着对马凯说，趁着你现在还在坚持说真话，来问你几句话。他们的提问虽然琐细，但概括起来不外乎是：你有几个情人？你是否能让阮玲真正满足？你喜欢什么样的女人？你敢跟每一个女人说实话吗？你想升职吗？是否打过小报告？如何处理好老婆和情人的关系？如此等等。

这种极不严肃的谈笑冲淡了办公室里以往有些沉闷和刻板的气氛。主任也不知不觉赔着笑脸来掺和了几句，虽然马凯知道事后主任肯定又要到局长面前打小报告，把他昨天和今天的事情添油加醋地汇报一番。不，说不定主任已经打了他的小报告，刚才局长看到他，一脸严肃。本来他们会彼此点点头，或者打个招呼，他说局长好，局长也说小马好。对于他来说，最大的困惑是不知道怎么和局长开玩笑。他很佩服主任这一点，一会儿和局长嬉皮笑脸，一会儿又在那里正儿八经汇报工作，打小报告的时候则显出楚楚可怜无限委屈的样子。平心而论，这种手段别说局长，就是他也会怦然心动。所以主任得到局长的喜欢完全是情理之中，他一点儿异议也没有。不过现在，他不像以前那么在乎局长对自己的看法了。以前局长一个皱眉也会让他心惊和反思好久，如果和局长对面碰见，他向局长点头，局长没反应，他就会想，局长为什么没反应呢？局长究竟是沉浸在思考之中还是对他有什么意见？是不是主任又在局长面前讲了什么？他思前想后，寝食难安。直到下次，和局长再碰面时彼此打了招呼，他才放下心来。可现在，他不再在乎这些了，哪怕局长完全不理他，他也无所谓。他甚至设想过自己和局长闹翻后勇敢辞职接着扬长而去时的情景，如果有人说他是笨蛋，那他就是笨蛋好了；如果有人说他是疯子，那他就是疯子好了。所以他毫不客气地回答了他们的所有提问，他要以喜剧的方式来回答他们对他的愚弄，以喜剧来刺破喜剧，以此获得一种装疯卖傻似的快感。

办公室里正在热闹的时候，局长忽然出现在门口，大家立刻安静下来。坐在桌子上的人提扯着衣角悄悄往下溜，有的人下意识地往别人身后躲，似乎想把自己藏起来。局长对马凯说，你到我办公室来一下。

马凯感觉办公室里的拥挤在他身后忽然散开了。

局长说，我看了昨晚的电视。

马凯说，我也不知道怎么上了电视。

局长说，你们年轻人，做事根本不考虑后果。

马凯说，我只是想做个试验。

局长说，马凯啊，我们社会是多层次多元化的大家庭，不是什么地方和场合都适合做试验的，要注意影响。你不但要考虑自己的声誉，还要考虑到单位的荣誉和同事们的利益。弄不好，大家的精神文明奖和综治奖就没了。

马凯说，我没想到这事会给单位……

局长打断了他的话，说，怎么不会呢？你是单位上的人，在外面，如果有什么事，人家首先会说，那个人是××单位的。

马凯脸上有些燥热。

局长说，我知道，你是个有想法的人，但要把它用在工作上，不要去肤浅地哗众取宠。

马凯想解释，局长摆了摆手，说，这件事影响很不好，你好好考虑一下，最好能写个反思性的东西来。我听说你的那些言论是极其危险的。

听到这里，马凯明白，局长昨晚根本没看那个节目，他的消息肯定是从主任那里得来的。跟前几次一样，局长在听主任打小报告后把他找去谈话时，总是说漏了嘴。刚开始他以为是局长不小心，后来他觉得不对。局长是个很严谨的人，说话也很有水平，平时都会精确到语气词和标点符号，现在怎么会犯这么低级的错误呢。最有可能的是，局长是故意说漏嘴的。

想到这里，马凯不禁有些毛骨悚然。

马凯回到自己的办公室，那里已经恢复了往常的平静。李建平不阴不阳地朝他笑了笑。宋湄正跟秦炜生说着什么，见马凯进来忙住了嘴。刘家杰问他：怎么样？马凯说，完了完了，局长要我写检讨了。

主任说，没事，你只要实话实说就行。

马凯瞥了主任一眼。他发现，主任和其他人又站到一块儿去了，或者说，其他人又和主任站到一块儿去了，只有刘家杰还有点中立的意思。他不禁笑自己昨天的自作多情，居然还可笑地以为自己和主任是战友。他还是心软，总是尽量把对方往好处想。嘴上说的硬，做起来还是磨不开面子。他把主任想得太简单了，以君子之心度小人之腹，他完全忽略了对方必须具备怎样的素质才能当上主任。至于李建平他们，其实每个人都希望和主任靠近，却不希望别人和主任靠近。他们的关系是变来变去的：当他们要反对主任的时候，便团结了起来；当他们各自暗暗向主任靠拢的时候，又很忌讳对方。

马凯说，那好，我现在就来写，你们不要打扰我啊。

他打开电脑，真的想写一篇充满喜剧色彩的检讨了。在学校读书的时候，他就喜欢反着的东西，反问句，反证法，反写字。他可以在很短的时间内把一大段话全部改写成反写字（他把这称作"翻译"）。现在有时候，在网上会看到一些反写字的图片，挺有意思。最近他对喜剧产生了新的认识，而以前他对喜剧是排斥的，认为它过于浅薄。实际上，喜剧可以比悲剧更深刻。

——事情很快有了变化。马凯还没来得及构思他的检讨，省电视台的两个记者便一路打听找上门来。马凯以为像昨天一样，又要把他当猴耍。如果不是考虑到不礼貌，他几乎要溜之大吉了。他不想跟这些记者纠缠不清，管他们是省台还是市台。谁知对方开门见山说道，他们想做一个类似于中央台"实话实说"那样的节目，希望能请他去做嘉宾。

马凯说，那件事我不过是开个玩笑，不想闹大。

一个女记者说，不，您太谦虚了，这不是开玩笑，您给我们大家提出了一个非常严肃的问题，也许您自己没意识到，但我们意识到了。试想，如果我们每个人都说真话，那不就没有欺骗和阴暗，我们的生活不就充满快乐了吗？社会不就一片光明了吗？

马凯心想，这个女记者大概刚出校门，说话还带着学生腔。他瞄了瞄办公室里的其他几个人，发现他们都被这突然到来的事情打击了一下。他们没想到他会被邀请去做节目，而且还是省电视台。有一次，局长在省电视台露了一下脸，还赞助了电视台好多钱。那好，他就干脆让他们彻底不高兴一次吧，因此他的态度忽然来了一个大转弯，他爽快地答应了记者，说，好吧，什么时候做？

女记者说，就今天。

马凯说，不用准备准备吗？

女记者调皮地眨眨眼说，既然是实话实说，那还要准备什么，您说呢？

马凯觉得，女记者在说这句话的时候真可爱。

女记者见他在沉吟，便问，你在想什么？

马凯说，我在想，你的样子真可爱。

女记者问，实话实说吗？

马凯说，对，实话实说。

马凯想了想，接着说，这件事我还要向领导汇报一下。

马凯在明亮的掌声中登场。灯光有些刺眼，他不禁眯起了眼睛。原来，那个女记者就是主持人蓝小薇。

蓝小薇说了开场白：这两天，一件事在我们省城闹得沸沸扬扬，一个人因不满我们的生活中谎言太多，打定主意从现在开始，对每件事每个人都说真话，说真话有利于建设和谐社会，说真话有益于身心健康，而事件的主人公，就是我们今天请来的嘉宾，省××局的马凯先生。

大家鼓掌。

蓝小薇说，说起来很有趣，昨天马凯先生做了一个试验，他写了一个纸板摆在路边（说着她把那个纸板拿了出来），上面写着："尽管问我。"马凯有些惊讶，不知道他们什么时候到派出所把那块纸板也拿来了。蓝小薇又把下方的那行小字念了一遍："你可以向我提任何问题，我会告诉你最真实的答案。"下面又鼓掌。

接着，蓝小薇介绍了台上的另外两位嘉宾，一位是××大学人文与公共管理学院的退休老教授、著名学者樊其道先生，一位是省社会科学院《社会》杂志主编童若观先生。童若观朝马凯扬扬手打了个招呼，马凯也拱手作揖。

蓝小薇说，今天，我们有幸请到了你们三位，虽然从小在学校里，老师就教育我们要说真话，我们当时也那么做了，可随着年龄的增长，反而越来越难说真话了，难怪在安徒生的著名童话《皇帝的新装》里，只有一个小孩子敢说皇帝什么也没穿。这使得让成人说真话几乎成了一种奢望，那么现在，马凯先生勇敢地站出来，说他要说真话，这种精神无疑是难能可贵的。在这里，我想请问马凯先生，是什么促使您这么做的呢？

大家都望着马凯。

马凯的脸有些发烫，他觉得那些目光除了热辣，还有挑剔。

蓝小薇又不失时机地幽默了一下：您可要说真话啊！

大家心领神会地笑了起来，然后谁也不甘落后似的鼓掌。

马凯搔了搔头皮，说，原因很简单，说起来都有些不好意思。

蓝小薇说，考验您的时候到了。

下面再次鼓掌。在这样的掌声里，马凯觉得自己像是一只笨拙的鸭子，而这些掌声要把他赶到一个高高的架子上去。

马凯说，这个想法很早就有了，只是一直没有去做，总觉得磨不开面子。

蓝小薇说，我理解您的心情，并且我相信，很多人都有过您这样的想法，问题是，谁都没有去这样做的勇气，那么是什么促使您最终勇敢地去做了呢？

马凯说，这得感谢我妻子。

蓝小薇面朝观众，笑着说，看来，还是那句老话，每一个了不起的男人的背后，都有一个更了不起的女人——那么，她是怎么去鼓励您的呢？

马凯迟疑了一下。

蓝小薇看出了他的迟疑，不失时机地催促道：说啊，说真话！

下面的掌声整齐划一，似乎在催促他，说啊，说真话！说啊，说真话！

马凯说，其实我妻子并没有正面鼓励我，或许，她用的是激将法吧，那天早上起床的时候，她问我，她那件衣服好不好看。她不是第一次这样问我，她已经问了我很多次，于是我没好气地说，不好看。她说，哪里不好看？我说，哪里也不好看。她生气了，问我为什么这样说，昨天不是说好看吗，怎么今天就说不好看了？我说我已经厌倦了，对说假话已经厌倦了，对敷衍也已经厌倦了。以前怕她不高兴，我不得不一次又一次地说假话。

蓝小薇不自然了一下，不过她马上调整过来，笑着说，说不定，您妻子用的真是激将法呢，不过任何改变都是从最不起眼的事情开始的，正所谓风起于青萍之末。

马凯说，刚开始，我是怀着一种报复或恶作剧的心理这么做的。我承认，我是一个逆反心理比较强的人。就好像在公交车上，如果别人暗示你该给人让座位，你会很不舒服。又好像单位上来了客人，本来你会起来给他倒茶的，但这时有个人忽然这样吩咐你，你反而不乐意了。我讨厌反问句。因为它把答案强加给你。那天，妻子听完我的话，更加生气了，她说，难道你以前说"我爱你"也是假话吗？我说，我已经对这个词没有感觉了，再好的词，如果经常挂在嘴边也会被糟蹋的，就是审美也会有疲劳的时候。就这样，我对她说了真话。说完我很轻松，很痛快。生活之累，很大程度上来自于谎言。后来到了单位上，我索性一不做二不休，想对每一个人说真话了。

蓝小薇说，问题是，这样能行得通吗？

马凯说，我不是想看能不能行得通，我知道，肯定是行不通的，我这样做的目的，仅在于事情本身，我就是要这么做一回。

蓝小薇说，您预料到会有什么后果吗？

马凯说，哪怕大家都把我当成疯子我也无所谓。

下面热烈鼓掌。

这时，樊其道教授发言了。他抬了抬手，下面立即安静下来。樊教授说，我觉得大家刚才的鼓掌，是一种不负责任的怂恿。谁都知道，说真话是好事，该鼓掌，但问题是，谁都知道的好事，为什么谁都不愿意去做呢？既然这样，为什么要鼓掌呢？是不是每个人都希望别人说真话得罪人，而自己可以心安理得地说假话呢？我毫不客气地说，这大概也是一种国民劣根性吧。

《社会》杂志主编童若观先生说，那天我在立交桥下碰见马凯先生正在进行他的实验，于是产生了好奇心，便跟电视台的美女主持人小蓝联系，看能不能做一个这样的节目。我也有一个想法，是不是无论面对什么都要说真话呢？比如前几天我在电视里看到的，一个人因自己的儿子长得不像自己，便怀疑妻子有外遇，逼着孩子去做了亲子鉴定，结果不出他所料。但妻子为此自杀未遂，孩子从此变得孤僻、郁郁寡欢。后来才发现是当初接生的医院抱错了孩子，虽然官司赢了，可家里的温暖快乐再也回不来了。像这样得来的真话或真相，代价是不是太大了呢？

樊教授说，我研究过国内的一些励志类书籍和杂志，我发现，很多文章不是教人们说真话，而是在教他们如何说假话，如何把假话说得像真话。有些事情的确叫人莫名其妙，比如官场小说明明是讽刺官场上的不正之风的，可很多人把它当成了官场指南。还有李宗吾的《厚黑学》，本来是愤世嫉俗之作，可不知怎么的，竟成了许多人的处世圭臬，真叫人哭笑不得了。

马凯说，樊教授的意见是很有道理的，不过我没有要求别人，只要求我自己。一些好的想法，只能用来要求自己，不能要求别人。比如宗教，宗教的目的都是向善，可一旦强制要求别人怎么做，反而变成了恶。

童若观主编说，我插一句，我希望樊教授的意见不是针对我们的，我们杂志可从不发表那样的文章。

气氛一下子活跃起来了。

蓝小薇说，今天这个节目，就是希望大家互相争鸣，气氛越热烈越好，争辩越激烈越好，他山之石可攻玉。

马凯觑了蓝小薇一眼，不知道这句话用在这里是什么意思。

一位戴着红领巾的小朋友站起来提问，说他不喜欢他们班的一个老师，可如果跟老师说实话，老师就更不喜欢他了，他该怎么办？

一个中年男人说，他向上级反映他们领导的经济问题，可上级在举报信上写了一行字：发回原单位处理。从此他在单位上的日子就不好过了。

一位女士说，为什么她说真话没人相信，说假话大家却偏偏相信？

樊教授说，以上这些，说明了什么问题呢？说明了现实和理想还是有很大差距的。看看吧，连小孩子也没有说真话的勇气了。

童主编说，说到底还是个成本的问题。人有趋利避害的本能，如果说真话的成本远远大于说假话的成本，那么人们会自然而然地选择后者。

樊教授说，所以有人说，一个人说一句真话容易，说一辈子真话就不容易了。

童主编说，我倒觉得，一个人说一次假话容易，天天说假话、一辈子说假话还真不容易。

这时观众席里有人聪明地捕捉到了一个问题，她站起来问马凯：不知马凯先生注意到没有，您刚才说的您跟您爱人讲的那句真话，实际是一句假话。因为并不是那件衣服不漂亮，而是您爱人问的次数太多了，您厌烦了才那么讲的，对吗？

她的话引起了一片惊呼，大家都等着马凯回答。

马凯说，是啊，她刚买来的时候，我觉得是挺漂亮的。

女观众尖锐地说道，难道您说真话的方式，就是用假话来表达吗？或者，您是把假话当真话来说吗？既然如此，那么到底哪句是真话，哪句是假话呢？

马凯一时愣在那里，不知怎么回答。

观众热烈鼓掌，马凯有点手足无措了。

童主编出来解围说，这说明，没有绝对的真话，也没有绝对的假话，任何事物都是相对的，在我看来，对别人有帮助和有好处的，就是真话，没有帮助没有好处的，就是假话。

樊教授表示反对，说，你这是实用主义哲学。

童主编说，实用也没什么不好，有时候，正是因为太不实用了，也就脱离实际了。因为脱离实际了，也就避免不了说假话了。

樊教授说，你是研究经济的，又主编社会学方面的杂志，那我想问你，如果一个人不小心收到了一张百元假钞，他该怎么办？

童主编说，很简单，应该上缴银行或公安机关，不能再使用了。

樊教授说，可凭什么让他一个人承担这个损失呢，几年前，我就收到过一张假币，很恼火，后来我就一直想着怎么把它花出去，试了种种办法，还是一再被人识破。有人用鄙夷的眼光瞄着我，意思大概是说，你堂堂一个大学教授，竟然干这种事。可哪是我想这样。一百块钱是小事，但我就是咽不下这口气。可为了把假钞花出去，我却受到了更多的侮辱。如果我是个穷人，那我更不愿自己轻易蒙受这种损失。我估计很多收到假钞的人都会这么想。假话也是一样，谁都知道说假话不对，但谁都不知不觉会说。

童主编说，任何事情都是有成本和代价的，最好的办法是自己甘愿承受这个损失，主动承担一些东西。我也收到过假币，我也有过你那样的想法，但我把它撕碎扔进了垃圾桶，这样就不会被它折磨了。——我之所以没去银行或派出所，是因为我不愿花那个时间——说到底也还是考虑到成本。既不被它折磨也没有浪费时间，这样就把成本降到最低了。

樊教授说，有些东西是不应该以成本计算的，比如自尊心。收到假币会伤害一个人的自尊心，说真话或假话也会伤害一个人的自尊心。就像马凯先生刚才说的，他说了真话，却伤害了他妻子的自尊心，如果他继续敷衍说假话，又会伤害他自己的自尊心。那么他到底该怎么说呢？按照你的逻辑，对别人没有帮助和好处的，就是假话，马凯先生那句话对他妻子有什么好处？一点好处都没有，反而会让她沮丧，失望，受到伤害。那么，他的真话岂不就成了假话？

童主编说，自尊心本身并不算成本，但一个人如果老在自尊心的旋涡里打转，那就有了成本。所谓的伤害，有时候是因为不适应。如果适应了，就不会有伤害。如果马凯先生的妻子适应了他这种说话的方式，哪还会有伤害呢，只会让她勇敢地正视自己，不再被甜言蜜语和虚情假意迷惑。这不是一件大好的事情吗？再说，事情的影响还有个短期和长期之分。从短期来说，也许马凯先生的妻子会感觉自己受到了伤害，但从长期看，这对形成她更为健康的人格是大有裨益的。

这时，主持人蓝小薇接过话头，说，我明白童主编的意思了，您的意思是说，对于说真话，大家可能还有个适应过程，甚至是比较长时间的适应过程，但您对于前景是乐观的，认为人人说真话的时代必将到来。

童主编说，主持人概括得很好，人人说真话，假话就无处藏身。以前我们总说劣币驱逐良币，那是因为良币没有真正显示出它的优良。倘若全世界的良币联合起来，必将驱逐劣币。

蓝小薇带头鼓掌，掌声响了好一会儿。

蓝小薇说，到那时候，马凯先生的理想就会实现了，那么，他就是这一理想的先行者。

马凯迟疑了一下，说，也许我们不应该这么乐观。其实我一开始就明白，这样做是行不通的，甚至，还带点恶作剧的成分。我想看看讲真话是否真的能把生活翻个底朝天。虽然有时候我也有冲动，简单地以为，只要人人都讲真话就会解决问题，但要"人人"做到，这本身就是一种强加于人的一厢情愿，这样很可能就会导致最终走向了它的反面。昨天晚上，妻子跟我讲了她一个朋友的故事，让我想了好久。也许很多人都有过这样的经历，只是那时候没有深想。那个朋友说他读中学的时候，一次，班主任老师走进教室，要大家拿出纸和笔把这学期干过的坏事都写下来，写得越多说明你越诚实，思想越纯洁，就越容易过关。没写的或写得很少的，说明你不肯交代。朋友听老师这么讲，很着急。他是个乖孩子，都想不出自己干了什么坏事。这时，他看到平时调皮捣蛋的同学文如泉涌，很快就交了卷。最后他冥思苦想虚构了一堆自己的罪行，而且是越严重越好。你看，老师要求每一个人说真话，结果却导致他——一个乖孩子，说了很多假话，只有这样，他才不担心不及格，才觉得安全。在这里，首先，老师这样做的前提是，他以为每一个学生都干了坏事，没干坏事的学生是不存在的。在这个前提下，你说你做了坏事就等于说了真话，不承认就等于说了假话。其次，老师自以为每一个学生都说了真话，其实很多学生都可能说了假话，另一方面，经常做坏事的学生反而像立了功似的理直气壮，没做坏事的则自惭形秽，感觉交不了差。这是什么样的是非颠倒啊，所以那个乖孩子最后承认自己偷了别人的钢笔就不奇怪了——是的，不奇怪才更让人心惊。那是一支贵重的钢笔，为了找出它，老师曾经花了整整一节课的时间苦口婆心循循善诱，但依然没有结果，老师没想到现在得来全不费工夫。他越发认为这节班会课是有必要的，他的方法是对的。老师让那个可怜的孩子交出钢笔，他当然拿不出，为了坚持他的谎言，他只好继续撒谎，说他把它弄丢了。——他发现，一个人否定了他的谎言，并不等于说了实话，反而只会让他错上加错。而继续撒谎，是维持谎言的最好方法。用童主编刚才的话说，就是成本可以控制在最低。老师还是个好老师，他践行自己的承诺，没追究其他，只是说，丢了不要紧，你赔一支就行。可那个孩子拿什么赔呢，我知道的是，后来为了买一支同样的钢笔，那个孩子几乎花了整整一学期的时间。他从家里偷鸡蛋出来卖（每次偷一个，可以攒五分钱），偷祖母的零钱（都是一分、两分的，五分的太大，他不敢拿）。捡到同学的饭票，他不再交还。有一次，在镇供销社门口见到了一个纸团，拿起来一看，竟然是七毛五分钱，他大喜过望，赶紧攥在手心。他终于凑齐了买钢笔的钱，而且他发现自己已经不怕甚至暗暗渴望再来一次那样的班会课了。他想他肯定会第一个交卷。

一片静寂。

不过既然是直播，就不能冷场。主持人蓝小薇轻轻咳嗽一声，哎呀，马凯先生的这个故事实在是太深刻了，它的意义远远大于故事本身。故事已经远去，而思索还在继续。

终于响起掌声，现场重新活跃起来。

樊教授说，主持人总结得很好，不过我想换个角度假设一下，如果那个班主任老师要大家写下的不是自己干的坏事，而是好事，会怎么样呢？

童主编说，照样会有人撒谎，甚至撒谎的孩子还会更多。你想，我们大家在学校读书的时候，肯定都写过"记一件有意义的小事"或"平凡的一天"之类的作文，它们的题目本身就含有深意，有意义的小事，并不小，平凡的一天肯定不平凡。如果你写的"小事"的确没有意义，或者平凡的一天真的很平凡，那不可能得到高分。

樊教授说，马凯先生刚才讲的故事，正好说明了正确的引导是多么重要。如果那个老师要同学们写下的是好事，那他们想的就都是好事。谁都知道，做好事比做坏事好。即使他们是虚构的，也不是坏事，说明老师已经不知不觉地暗示他们要向着好的方面看齐，而不是背道而驰。这样，也就不会出现那个孩子承认自己偷了钢笔的荒唐事情了，更不会让他在那么长的时间里背负还债的阴影。

童主编说，这种教育方式教人虚伪，会培养出大量的伪君子。我倒觉得那个老师是故意搞恶作剧，把人性的瑕疵展示了出来。只有正视了人性的瑕疵，才会追求到人性的完美。

樊教授嘲讽道，可结果呢，他偷鸡蛋，偷零钱，占便宜，捡到东西不还，甚至还为此沾沾自喜。一个人想到做坏事，就真的这么去做了，没有瑕疵反而弄出瑕疵来，请问这有什么好处？

童主编说，这有什么奇怪，他做的那些"坏事"，不是很多小孩子都会做的吗，我小时候也偷过家里的鸡蛋和大人的零钱，也捡到过别人的东西，没必要把这些上纲上线。他长大后之所以能把这个故事讲出来，正是因为他不怕说出他人性中的瑕疵，这比起那些做了坏事却抿紧嘴巴什么也不说甚至把坏事说成是好事的人岂不是好太多？他当时虚构了一些坏事，说了假话，但后来他说了真话。如果一个人只是虚构好事，那么他很可能一直撒谎。

……

马凯没注意到樊教授和童主编是怎么吵起来的，他有点走神，还沉浸在昨晚的思绪里。因为后来阮玲跟他讲了龙诗人的故事的后一半。这时他一点也不难受，甚至有点想认识那个龙诗人了。他想，或许可以找个时间，他和他，还有阮玲，三个人一起喝喝茶，聊聊天。昨晚他可能内心里对龙诗人还是有些嫉妒，不过不是嫉妒他和阮玲的关系，而是嫉妒他的深刻。

他回过神来，听到樊教授正在生气地说，你这不是在给我扣帽子吗？难道我这辈子被扣的帽子还少吗？告诉你，我不怕！

马凯看了看主持人蓝小薇，见她歪着脑袋，似乎一脸天真。他觉得自己有必要说点什么。他动了动嘴，还没想好怎么说，忽然发现蓝小薇在朝他眨眼睛，好像暗示他不要这么做。

樊教授和童主编还在激烈争辩。双方都已面红耳赤，几乎到了人身攻击的地步。马凯困惑了，他想，他们的话，到底哪句是真的哪句是假的呢？难道一个提倡说真话的节目，反倒以互相攻击和说假话而告终吗？还有那个蓝小薇，面对这种局面，怎么会任其僵持下去呢？

他明白了，电视台并不是真的对他说真话感兴趣，而是希望利用这件事来制造市民的新的兴奋点，从而提高收视率。樊教授呢，可能总想发挥余热。童主编肯定知道蓝小薇的打算，作为研究经济学的社会类杂志主编，他不会放过利益最大化的机会。只有他马凯本人，成了被利用和消费的对象。

做完节目，马凯有些厌倦地回到家里。他有点头痛，想呕吐，节目现场的空气一点也不新鲜。阮玲说，好啊，你现在是名人了，刚才楼下的邻居还特意来向我"报喜"呢。马凯揉揉太阳穴，故作轻松地说，是啊，我后悔在做节目之前没跟主持人提一个条件，把你也带去，咱们有福同享，一同出名。阮玲撇撇嘴，拉下脸来，说，你还嫌不丢人啊。

马凯在阮玲的蔑视下，硬着头皮跟她开了几句玩笑，然后去洗澡，他觉得身上腻腻的。事情似乎已发展到他控制不住的地步，或者说，有些事情他根本不希望它们出现。他想，怎么会这样呢？究竟是什么地方出了问题呢？本来，他只想一个人表达点什么，没想到现在把很多人都卷了进来。难道真的因为人是社会关系的总和，牵一发而动全身吗？很久以来，他一直是一个远离热闹的人，落落寡合的人，没想到搅进了这么热闹的局面里。

好半天，他才从洗澡间出来。见阮玲还在那里翻手机，他说，很晚了，怎么还不睡觉？

阮玲说，马凯，我们要谈一谈。

他打了个呵欠，说，谈什么？

阮玲说，你已经说了，你要说真话，那好，我们就来说真话。

马凯头皮发麻，他说，你看你，也揪着我不放。

阮玲说，看了刚才的节目，我受了启发，讲真话真的很重要呢，它直接影响到社会风气和人的道德水准，对不对，所以我也决定时刻说真话了，一切从我做起，从我们做起嘛。

马凯朝四周看了看，一时间产生了幻觉，以为屋里还有其他人在场，阮玲这句话是说给他们听的。他甚至去掀了掀窗帘，看后面是不是藏着什么人。

阮玲说，来吧，我们推心置腹地谈一谈，我保证像你一样，说的每一句话都是真话。

马凯咧了咧嘴。

阮玲说，其实，我以前也不知不觉说了许多假话。比如有一次你问我，你们女人是不是像男人一样，看到英俊漂亮的异性也想跟他上床，记得我当时说不可能。我承认我没说真话，其实我是会动心的。如果他想认识我，我很可能不会拒绝。

马凯又咧了咧嘴。

阮玲说，你说你现在说爱我是敷衍，我完全理解，因为我也会这样。大多数时候，我完全是出于礼貌或惯性才那样说的，就像幼儿园里的小朋友，老师问是不是呀，他们异口同声说是。老师说对不对呀，他们说对。你不要生气，我说的是真话。你说过，真话会让人难受，但我们不怕，你说是不是?

马凯点了点头。

阮玲说,真的,有时候爱和性是无关的,就像吃东西和饥饿也没有必然的联系一样,比如你明明不饿,可看到好吃的或没吃过的东西,还是不知不觉伸出了手。人必须正视自己,这句话我当时不理解,现在完全理解了。的确,人要正视自己,敢于把内心最真实的想法说出来,才能心底无私天地宽。

马凯再次感觉到屋子里有人。他说,你的话怎么那么陌生,好像是另一个人说的,或者是说给另一个人听的。

阮玲说,难道你不记得,这些话都是你自己曾经说过的,怎么我一说你反而觉得陌生呢?马凯,我听你的,从现在起我们坦诚相见,彼此不说一句假话,不说一句勉强的话,不说一句骗人的话。若还有另一个人在场,那可以说那个人的名字叫真实。

马凯说,你说排比句的水平,已经不输于中学语文课本了。

阮玲笑了起来,说,人一激动,就会用排比。下面,我们就像春秋战国时期的诸子百家那样(你不一直说那是个黄金时代吗),采用问答式,把我们想了解的问题都了解清楚。阮玲在大学里读的是中文专业,自然没少看《论语》《孟子》之类。

提到诸子百家,马凯来了点精神,他说,好吧。

阮玲说,还是那句话,你是不是碰到漂亮性感的女人,就想跟她们上床？

马凯说，是啊。他甚至还开了个玩笑，说，你知道什么是性感吗？就是会引起对方性冲动的感觉。

阮玲说，那你告诉我，你究竟跟多少女人上过床？

马凯忽然说，你不是在"引蛇出洞"吧，要知道，我是学历史的，这样的事情，历史上可没少发生过。

阮玲说，对，就是"引蛇出洞"。她笑得有些放荡。

马凯心里一动，甚至有些嫉妒起来。这印证了他从电影里看来的一句话，女人在放荡的时候最美。他想起了龙诗人，他想，说不定她当初就是这样勾引龙诗人的。当然，也可能是龙诗人先勾引她。他们互相勾引，实现了"双赢"：龙诗人赢了一次，她也赢了一次。他不知道她后来是否还勾引过别的男人，只要她想这么做，肯定会勾起一大串。

说啊，老实交代，多少个？阮玲歪着头问。

仿佛为了驱赶刚才的嫉妒，他脱口而出：不多，也就十几个罢了。

阮玲愣了一下，不过她马上恢复了自然，依然嬉笑着说道，你还嫌少啊，看来你的奋斗目标很宏大啊！

马凯说，哪有什么宏大的奋斗目标，无非是小富即贵，见缝插针。他似乎忽然找到了适合此时情境的说话方式。

阮玲也颇解风情，说，见缝插针这个词用得好哇，你们男人本性如此。

马凯差点说出龙诗人来。他喉结滚动了一下，还是忍住了。他说，要不要我把跟她们的风流韵事讲给你听听？

阮玲说，谁愿听，我才不愿听你这些烂事。

马凯说，你不是很想知道吗?

阮玲说，我已经不感兴趣了。

马凯说，你这点不好，总是太矜持，其实你内心里是很想知道的，但你不想承认或不想说出来。其实你完全可以放开点，你不知道你放荡的时候多美，我喜欢你的放荡。

阮玲说，难道你不懂什么叫放荡吗，如果我跟别的男人上了床，你也很喜欢吗?

马凯又感觉喉结滚动了一下。他说，其实，我不在乎。

他又说，如果我在乎，早就在乎了。

阮玲说，是啊，我知道你不在乎。我明天也去找一个，反正你不在乎。

马凯说，我说的不在乎，不是你说的不在乎。

阮玲说，不在乎就是不在乎。

马凯说，我们不妨来玩个正话反说或反话正说的游戏，说不定很有意思。

阮玲说，你太爱我了。

马凯说，我一点都不爱你。

阮玲说，你不是坏东西。

马凯说，我是个好人。

阮玲说，楼下的人把垃圾扔到了楼上。

马凯说，电线杆撞坏了路灯。

阮玲说，电视剧在放电视。

马凯说，一只老鼠看到了我。

阮玲说，虫子里有菜叶。

马凯说，诗人从来都姓龙。

阮玲说，姓龙的向来会写诗。

马凯说，我没偷看过你的日记，在你没进修的时候。

阮玲说，我的日记又不是小说，你偷看得好。

马凯说，姓龙的诗人就叫龙诗人。

阮玲说，龙诗人不是一条龙。

马凯说，神龙见首不见尾。

阮玲停了下来，气喘吁吁：太累了，我吃不消了。

马凯说，我喜欢龙诗人的那个故事。

他又说，因为这个故事，我也喜欢讲这个故事的人。有时候，我恍惚觉得，那个龙诗人就是另一个我。他的那些想法、感受，我似曾相识，也非常理解。我甚至想，什么时候让我跟他认识一下，我们三个人可以在一起喝茶，聊天，也不失为人生快事。

他为想象中的场景激动起来。

阮玲说，我跟他早就没有联系了。

马凯说，我在一次外出学习的时候，也认识了一个女人。本来是出于无聊想打发时间的，没想到还真喜欢上她了。她嘴角游离的微笑实在迷人，我喜欢她的漫不经心，喜欢她的旁逸斜出。我甚至在心里把你们做过比较，如果说你是楷体字，那她则是行书或草书。

阮玲说，你这是一边实践一边总结，实践理论两不误呀。但感情这个东西，火候也不好把握呀，难道她们没有得寸进尺，跟你提别的要求，比如要你离婚跟你结婚什么的？

马凯又恢复了刚才的语气，说，没有哇，俗话说，大丈夫防患于未然，没有金刚钻，别揽瓷器活呀，还没等这个苗头露出来，我就跟她们断绝来往了。

阮玲说，那在她们眼里，你不就成了负心郎呀？

马凯说，负心的都是郎，有什么办法呢，家庭的和谐是根本，稳定压倒一切呀。

阮玲说，看来我该庆幸自己是你老婆而不是你情人，不然就倒霉了。

马凯说，你是多聪明的女人啊，雁过不留痕，还能写日记。

阮玲说，能写日记的都不是坏人，那白纸黑字的，都是良心。

马凯说，你说得对，良心不是变天账，否则才叫没良心。

阮玲说，这方面你不如龙诗人呀，他会详细记下每一个情人的身高、三围和性格特征，还有他们的交欢过程。而且他一点都不避讳，会把那些文字还有照片拿给我看，与我共享。

马凯说，一不小心你也做了一次主人公。

阮玲说，我那叫客串不叫主人公，你才是我的真命天子，我才是你的主人公。你也应该把那些女人都写进日记里。

马凯说，没有良心的人还写什么日记，反正是即插即用，用不着黏糊，不然就是短路了。

阮玲说，她们是谁，我不会问的，但我想知道，你跟她们在一起的时候，会不会想起我？

马凯说，会啊，我跟别的女人在一起，想的反而是你。跟你在一起，想的反而是别人。

阮玲说，难道你没有一点点内疚吗？

马凯说，谁会带着内疚上床呢，又不是赎罪。跟别的女人上床可以想你，为了想你，我必须跟别的女人上床。

阮玲说，我知道，你在外面女人越多，也就越想我。我知道你想我，可没想到你那么想我。

马凯说，不就十几个嘛，还要再接再厉呀。跟龙诗人相比，这点成绩简直拿不出手，我想你想得还远远不够。

阮玲说，真有那么想我吗，我表示怀疑呀。有的人，明明能力有限，偏偏要夸下海口。

马凯说，你这叫激将法呀，我偏不中计。

阮玲说，有时候，中计才是最好的不中计。

马凯说，那我就佯装中计好了，我打算以后也要写日记，让自己有点良心。

阮玲说，仅仅写日记是不够的，还要追忆逝水年华。

马凯说，说得好，在有条件的情况下，我还要写《海上花列传》。

阮玲说，条件是人创造的，没有条件也要创造条件。

马凯说，在不可能中发现可能，正如在出轨中避免火车晚点。

阮玲说，准点到达是一种职业道德。

马凯说，爱之深，责之切。

阮玲说，没有无缘无故的恨，也没有无缘无故的爱。

马凯说，问渠哪得清如水，为有源头活水来。

阮玲说，我既不会行书、草书，又没有游离的微笑，只会写几个老实巴交的字。

马凯说，但你很会用反问句呀，我喜欢你的反问句，它们排山倒海，气势如虹，我根本用不着回答，也根本没有选择的烦恼。你的反问句就像螃蟹的那对大螯，一不留神就会被它夹住。

阮玲说，这样难道不好吗？

马凯说，谁说这样不好呢。

阮玲说，难道我会这样对别人？

马凯说，谁能享受到我这样的待遇。

阮玲说，看你还有什么话说。

马凯说，我还会有什么意见呢。

阮玲说，她们哪来的那么大魔力？

马凯说，你为什么不去问问她们呢。

阮玲说，你这不是有毛病吗。

马凯说，莫非你觉得有疑问？

他们没想到彼此配合这么默契。

阮玲说，她单位有个同事，说他一个朋友老是说又跟哪个女人上了床，后来才发现他完全是吹牛，不过是为了掩盖他的性无能。

马凯说，那个人为什么要把他的风流韵事都写进日记里呢，万一有什么事情，不把那些女人都出卖了吗。

阮玲说，所以你从不写日记。

马凯说，你还记得吗，读书时老师要求我们写日记，并让我们把日记交上去像作文那样批改。就因为这事，我一直讨厌日记。能让别人看到的日记，会是真实的记录吗？为了让老师高兴，我只能在日记里写下能让他高兴的事情，说几句让他高兴的话。由此可知，日记不一定是真实的，它同样是一个人在聚光灯下的自觉或不自觉的表演。很多人写日记，就是为了有朝一日给别人看。这样的日记究竟是真实的还是虚构的？如果一个人真的出了什么事，他的日记能否作为他犯罪的证据呢？

阮玲说，难道不能这样吗？

马凯说，如果是现在，我就要故意写点让老师不高兴的事情。他想我写好人好事，我偏偏写坏人坏事。就像我在单位上，有时候故意破坏单位的形象。

阮玲说，你能坏到哪里去呢，按你的说法，做坏事更要有想象力，我对你这方面的能力表示怀疑呀。

马凯说，那我就告诉你，有一次出差，在不到一星期的时间里，我跟两个女人上了床。

阮玲说，耸人听闻，我才不信。

马凯说，我可以告诉你细节。不是说，细节的真实是文章的生命嘛。那两个女人，一个是一起参会的女士。集中出发路上，她坐在我旁边。她嘴唇边一颗痣特别好看（注意，这是细节），跟游离的微笑异曲同工。我们一路聊天，很是投机。我知道她对我有好感，但并没有做好准备跟我上床。晚上我去她房间继续聊天，聊着聊着，就越聊越近，越聊越深了。她唇边的痣也暖昧起来，有点像启明星。不过到关键时刻，她还是有点不愿意，这时候就贵在坚持了。后来她还来找过我两次。另一个是多年没见的大学同学，那时她可是班花啊，又漂亮又有气质，我还曾偷偷给她写过情书呢，不过她好像没收到。没想到现在她变老了，当年的一对漂亮酒窝现在几乎微不可见，早已被岁月的赘肉填满。我不禁有些伤感。我们在咖啡馆里聊着聊着，我忽然伸出手，在她脸上用力抚摸起来，似乎想重新找到那对酒窝（请注意，这同样是细节）。而且，我好像还真的找到了。那一刻，我几乎喜极而泣，似乎重回了大学时光，她坐在我前排，每次起身，裙子一摆，就有一股香风拂到了我脸上。

阮玲说，你不是有洁癖吗，人家朝你呼口气，你都恨不得把自己放在消毒液里洗几次，现在怎么能容忍自己同时跟这么多女人鬼混呢，这难道不是细节？

马凯说，越是有洁癖的人，有时候，反而对脏东西越不在乎。

几天后，马凯手机上收到了阮玲发来的一个文件——竟然是那天晚上他们聊天的录音。不同的是，阮玲做了巧妙的剪辑，只留下了她想留下的。

她随机附上一条短信：说真话并不是游戏。

失 控

1. 刘小东

刚进腊月，刘小东就从广东回来了。按道理，要等厂里放了假才能回来，但这次不同，他要回来结婚。他和何玉梅是正月初八订的婚，正月十二他就出门了，何玉梅正月十九也出了门。她一直在温州的一个鞋厂里做事，由于经常和鞋底打交道，手指都有点变形了。订婚后，两人互相交换了地址。何玉梅只读过初中，而他高中毕业后还读了一个中专呢。只不过等他花两年时间读完那个中专，才发现没什么用。

现在，他在一家大工厂里做保安，跟他在一起做事的，初中没读完的都有。说实话，当爹提出要给他订婚的时候，他并不乐意。他知道，订了婚就会结婚，结了婚就会生孩子，生了孩子就什么事也干不了了。他还想去重新学一门技术呢，他想学机床。他已经打听好了，在广东那边，一个机床师月工资有好几千。但爹说，你已经二十七了，翻过年来就二十八了，再学技术，你没有时间，我也没有钱，村里跟你同年的哪个没结婚？都是读书给耽误了。他想了一整夜，才答应爹的要求。谁叫他没考上一所好一点的学校呢，没有后悔药吃啊。那天晚上，表叔带他去相亲的时候，他看到何玉梅的一个背影，接着连她的样子也都看到了，又听说她还读过初中，他就知道，他和何玉梅的亲事大概就要不可避免地定下来了。他有些满足又有些惆怅。刚订婚时，他对何玉梅还是很有印象的，比他矮不了多少的个子（如果穿上高跟鞋，说不定还比他高一点），忽闪忽闪像两只黑蝴蝶扑扇着翅膀一样的大眼睛，长长的辫子，似乎还有一对酒窝。第一次跟她走在一起，他有些激动。她身上散发出阵阵香气，她离他是那样近。订婚那天，他一直想找个机会吻她一下，后来机会终于来了，大人们都在堂前喝酒，他和她单独在房里。他在她背后做伸手和嘬嘴的动作。她仿佛了解他的心理，也磨磨蹭蹭地没有出去，像是有话和他说。两个人似乎都在等待着什么，但他的手终究还是没有伸出去。他觉得缺乏过渡，他不喜欢做没有过渡的事情。毕竟，这才是他们的第二次见面。难道他真的是一条等着配种的公狗，那么急不可耐？他只是在正月十一那天从她家回来的时候，对把他送到村口的她说，玉梅，你已经是我的女朋友了，我们拉拉手吧。何玉梅就把手伸了过来。

到了广东，刘小东有些后悔没向何玉梅要一张照片。他发现，随着时间的推移，何玉梅在他的脑海中越来越模糊了。他有些慌张，担心下半年回去不知道还认不认得出她来，比如在县城里或其他地方，如果他们对面相碰，而他居然没认出她来，那就太不好意思了。越这样担心，他对她就越没有印象。他害怕了。他想他应该写信跟她要张照片。要照片的理由当然不能这样说，他只能说，自从正月分别后，她的影子还一直萦绕在他眼前，他无时无刻不在想着她。绕了一个很大的弯子，才吞吞吐吐地说，不知道你能不能寄一张照片给我，这样我就可以天天看到你了。信寄出去后，他的生活就出现了变化。以前觉得每一天都像漂在漫无边际的大湖上一样，不知道哪里可以靠岸，现在湖面上方忽然出现了灯塔或航标似的东西，他只管把船朝那里摇过去。因为有所盼望，一天的时间就像一根很矮的跳高的横杆，他轻轻一跃就跳过去了。何玉梅很快回了信，并寄来了她的照片。她在信封上写道：内有照片，勿折。她的字肯定没有她的照片好看，不过一笔一画的，很清楚。她叫他小刘，还没有一个女孩子叫他小刘呢，他觉得这个称呼很亲近，也很文明。他有个堂哥在县城里教书，跟堂嫂结婚十多年了，可堂嫂还叫堂哥小刘，堂哥还叫堂嫂小张。现在何玉梅这样称呼他，使他们的关系也有一点堂哥堂嫂的味道，他喜欢。他看着她的照片，她的眼睛、辫子和酒窝一下子又在他眼前活跃起来了，他上班也很有劲。她没有提，但他还是主动给她寄去了自己的照片。难道他这么一点聪明也没有吗？从此他们书来信往，很快就尝到了一种类似于恋爱的味道。当两家大人提出明年正月给他们办婚事的时候，并没有遇到想象中的阻力，相反他们都满口答应，让两家大人欣喜若狂。刘小东向厂里的负责人说，他要请假回去结婚。负责人说，请假是可以的，但年终奖就没有了。他说没有就没有吧，反正他要回去结婚。负责人笑了笑说，真是没有结过婚的人哪。刘小东也笑了。临走前，负责人又说，如果明年还在这儿干，提前打个电话来。刘小东嘴里答应着，心里却想，这不是赶人家走吗，也好，明年会不会来这儿，还真的说不准呢。因此，他又在宿舍里仔细检查了一遍，看落没落下有用处的东西。

在他回来的第二天，何玉梅也回来了。他去接她，两个人在车站见了面。他们很快认出了对方，相视一笑，并没有出现他担心的事情。在下乡的中巴车上，借着行李的掩护，他们还顺理成章地拥抱了一下。送轿下礼那天，她就跟他回到他家里，他们在一起过了夜。老子娘早早就睡下了，他们则看电视看到很晚，然后他故意问她，我睡哪儿啊？她嗔他道，你愿睡哪儿就睡哪儿。他说，这可是你说的。于是他不由分说往她被窝里一拱。那天晚上，他爹娘假装睡觉，其实一直在支棱着耳朵听动静。后来他爹也爬到他娘身上去了。他娘脸红了，推让着，他爹发火了，低低而粗声地吼道，我们又不老！又过了两天，他和她一起到县城去买结婚用的东西。他叫她小何小何，她叫他小刘小刘。那天晚上，他们说好了，要一直这样叫到老。想一想，等他们七老八十了，他还叫她小何，她还叫他小刘，那多好啊。双方大人已经把木器置办好了，他们主要是买家用电器，再就是，还要买一辆摩托车。这几年，村里结婚的人都买了摩托。在广东做保安的时候，他已经从同事那里借来摩托，偷偷学会了。摩托这种东西，真的是好用，他喜欢它的愣头愣脑，也喜欢它的速度。尤其是，它的愣头愣脑和它的速度有一种强烈的反差，就好像一个人看起来笨手笨脚其实很聪明一样。他自以为是这样的人，所以他跨上摩托的时候就好像是跟另一个自己在亲密地交谈，或者是两个自己站在一起。何况现在，还有一个他喜欢的女孩子坐在后面搂着他的腰呢。简直是猪八戒背媳妇啊，他想。

一切都很顺利。在把摩托车买回来的路上，他就和她一起领略到了那种风驰电掣飘飘欲仙的感觉。如果他想她搂着他的腰，他只要加大油门，她就会惊叫起来，然后不由自主地搂紧他。等速度慢下来，她就腾出拳头去捶打他的肩膀。他们简直是在用摩托调情。

刚把摩托在家门口停住，他爹就拿出一挂大地红的爆竹在旁边点着了，好像是家里买回了一头牛。那时家里买了牛，他爹就是这样做的。村里很多人来看热闹，爹掏出早已准备好的烟来分发，大家一边抽着烟，一边对新落户的摩托品头论足。有人说，小东，赶快去挂个照，到了年关，派出所对没有照的管得紧。刘小东应声说，是要去挂个照。

第二天，刘小东就骑了摩托到派出所去挂照。他赶了一个大早。到了年关，派出所就在许多路口设立关卡。有一个人，本来是到派出所去挂照的，但半路上被挡住了，派出所的人不相信，说是被他们抓住了才这样说，除挂照外还要交两百块钱罚款。那个人不交，派出所就把车子扣下，让他过两天来取，不但那两百块钱不能少，还有新的罚款，除此之外，每天还要交五十块钱的车辆保管费。不交也行，他们会把车辆一直扣下去，扣到一定时候，可以把它处理掉。罚款是个很可怕的东西，它可以像火灾那样越烧越大，最好是当它一出现，便马上把它扑灭掉。所以当刘小东骑着摩托在那条坑洼不平的土质马路上心疼地扭来扭去的时候，他觉得自己不仅仅是在绕过坑点和水洼，而且是在绕过那些很可能像山包似的突然出现在他面前的罚款。

还好，他赶在派出所的人到达前通过了那些路口。当他在派出所门前把摩托停住取下头盔的时候，不禁长吁了一口气。他等了好一会儿，派出所的人才来。一个胖胖的民警问他干什么，他说来给摩托挂照。胖民警哦了一声，说等会儿吧，负责挂照的人大概要到九点以后才来。他递了根烟给胖民警，问他是否可以把车子先停在院子里，胖民警看了看烟盒，才把烟接住，说，放那儿吧。他谢了胖民警。放好车子，他到镇街上转了一转。好多店铺已经开了门，把各种年货也摆出来了。好久没来，镇里又有了些变化，最明显的变化是，店铺比以前多了。他想，等以后不能在外面打工了，就到镇街上来开个店也是不错的。反正结了婚再去学技术的可能性不大了。有时候他跟何玉梅也谈起这些，她说，那很好啊。快过年了，街道上没有人打扫，各种包装袋和纸片到处都是。他转来转去，肚子有些饿了，便想找一个地方吃些早点。他记得，在镇中学读书时，有一家店面的早餐是镇街上最好的，买包子经常要排队。他到那儿去远远一望，好像现在依然如此。里面坐的基本上是乡干部和中小学的老师（有一个教过他地理课），已经没什么空位了。于是他到另外一个摊子上买了几根油条，站在路边吃了。

再到派出所时，负责挂照的民警来了，长得很像他的一个同学。刘小东几乎要叫出声来，但民警及时抬起了头，刘小东才没叫错人。真的，还有长得这么像的人。他想，如果民警是他的同学，那就好了。他说明了来意，民警点点头，也不说话，把几张牌照放在桌上。他又给民警递烟。他知道，在他们这里，无论办什么事，先递上一支烟反正没有坏处的。他自己并不抽烟，但每次回家，总要买几包好点的烟放在口袋里，显出很懂礼的样子。民警没有接。他说，您不抽烟吗？民警没说抽，也没说不抽。他不管民警抽不抽，便把烟搁在他桌上了。因为他发现，民警桌上还有另外几颗烟。民警终于说话了，他说你自己挑一个吧。刘小东把那些牌照翻了一遍，又翻了一遍，总觉得不合适。上面的数字要么是"47"，要么是"74"，还有两个是"417"和"414"。本来他并不是一个迷信的人，前两年他都是正月初七到广东去打工的。但这么多"4"和"7"放在一起，他就有点不舒服了。他问民警还有没有别的号码，民警摇摇头。他不相信，就说，那我先不挂了，等有了好一点的号码我再来挂吧。民警忽然说，你不挂也可以，但你的车要扣下来，没有牌照怎么能在路上跑呢。民警说着就起身，好像要去扣他的车。刘小东忙说，你等等，要不，我再挑挑吧。民警扬出去的手改道抓起了一只开水瓶，往杯子里注满了水。他想，做民警真好啊，本来，他在省城读的也是司法警官学校，但毕了业才知道，没门路进不了公安部门，读了也白读。他把那几张牌照又翻了一遍。事情是明摆的，如果他不挂照，摩托立即会被扣下来，他要花更多的钱。于是他只好把那张"414"的挑了出来。这时那个民警说，其实办法也不是没有，如果你真的不喜欢这些号码的话。刘小东忽略了民警的话外之音，忽然说，喜欢，不就是一个号码嘛，有什么了不得的。一旦打定主意不求人，他的腰杆也就挺直了。他交了钱，拿了那个牌照就走，他一刻也不想多待了。

　　镇街上的人忽然多起来了，都是背着袋子挑着担，好像要把整条街的货物都搬回家去。他骑着摩托在人缝里穿插着，这时摩托好像是一种累赘，加上刚才的遭遇，他都有些后悔买了这个会喝汽油的电驴子。为什么别人买了他也要买呢？难道他自己就没脑子吗？他开始憎恨起自己来。说实话，花几千块钱买个这样的东西用处并不大。过完年他就要跟何玉梅一起到外面去打工，一年才回来一次，一次不过待十来天，有这个必要吗？那么多钱，如果存到银行里，多少还有些利息，现在买了摩托搁在那里，平时又用不着，只能任它生锈。他越想越难过，幸好这时他碰上了初中时的同学王稻波。他们都好多年没见面了，现在乍一见面，还是很快把对方认出来了，并叫出了对方的名字。如果是其他的同学，也许打个招呼，笑一笑就走过去了，可这个王稻波不同，他们读初中时同睡一张床，一个人拿垫被，一个人拿盖被，三年时间一晃而过，之后竟一直没有见面。他还记得王稻波的一件事。有一次，王稻波在课本上画了一个女人，被政治老师宛桂明看到了，宛桂明说要把这件事告诉政教处，政教处会叫派出所的人来。刚好下课后，有一个民警从操场上经过，王稻波立刻向校门外奔跑，吓得几天没敢上学。此后他一看到穿民警制服的人，腿就有点不听使唤。

他们把各自的车子推到一个人流量小的地方。王稻波也骑了一辆摩托，他看了看刘小东的车子，说新的呢，刘小东说，准备结婚，就买了一辆。王稻波说，嗨，那我可要去喝你的喜酒。刘小东说，好啊。他说起刚才挂照的事，王稻波说，哎呀，你这个呆子，他哪里是没别的牌照，不过想要你求他，多花几个钱。刘小东说，难道牌照也像电话号码一样，要多收钱？王稻波说，既然都是号码，他为什么不多收钱？刘小东说，可我已经拿来了，但我实在不喜欢这个号码。王稻波忽然说，要不，你到我家里拿个牌照去。刘小东说，难道你有多余的牌照？王稻波说，我姐夫在乡里，我就叫他给我多搞了一个，如果你要，就拿去。刘小东说，那太好了。可他又一想，说，要不，我改天到你家去吧，我上午还有事。王稻波忽然灵机一动，说，要不，你先把我的这张牌照拿去，我挂家里的那张不就得了？刘小东说，如果路上有挡车的呢？王稻波说，挡了也不要紧，叫我姐夫帮我领回来不就得了。刘小东很高兴，就把王稻波的牌照挂在了自己车上。

他对王稻波说，一定到家里来玩啊！然后加大了油门。

2. 春分

这天晚上，刘小东家刚吃了晚饭，有人来敲门。他开门一看，见是春分，忙把春分让进屋。春分是他小时候的玩伴，他们也是正月见的面到现在。他在春分的肩膀上捶了一下，说，你什么时候回来的，那天我还问你妈呢。春分说，今天刚到，吃了晚饭就过来了，听说你要结婚。刘小东说，正月相了一个，还行，就定下来了。说这话的时候，何玉梅当然不在他家，下午她就让刘小东把她送回家去了。还没结婚呢，就这么恋男人，人家不要笑死？再说家里还有些针头线脑的事要做。春分掏出一个红包，说这是我的一点意思，你收下。刘小东说，你家里已经和村里人一道送了礼的，我怎么能再收你的礼？春分说，我知道，但这是我的一点意思。刘小东只好收下了，反正礼尚往来，等春分结婚，他也多送一份就是了。春分和他同岁，因为都没有结婚，似乎比别人更谈得来。每当家里人唠叨婚事时，春分总是拿他作挡箭牌，说，小东也没有结婚呢。现在他的挡箭牌快没了。这样想着，刘小东又去春分的肩上捣了一拳。春分在福建做裁缝，一个月能赚一千多块钱，经常加班到一两点，每年见面，都发现他明显瘦了一圈。刘小东说，做裁缝的女孩子那么多，有合适的，你也找一个。春分说，做裁缝的人大多有痔疮，他也有，他不希望找个有痔疮的老婆。

春分在刘小东家里坐到很晚才回去。这天晚上，刘小东做了一个梦。先是梦见何玉梅坐在他的摩托上，摩托忽然长出了翅膀，像一只大鸟似的载着他们飞过村庄，飞过田野，飞过河流。后来他看到春分蹲在那里大便，春分说，我拉不出来啊，好痛苦啊。春分的声音离得那么近，就像青草一样拂动着他的耳梢。他揉揉眼睛，还真的看见春分站在房门口，春分说，还没起床呢。刘小东一骨碌爬起来。春分说，你今天到哪里去吗？他说，今天哪儿也不去，要把房顶裱一下。他家里是老房子，隔墙都是木板，楼面也是木板。春分说，如果你不出去，我想借你的摩托骑骑。他说，你什么时候学会了？春分说，我在福建时，闷了，就溜出去骑摩托，那里有租摩托的，骑一骑，心情就好多了。他说，你今天不开心？春分说，有段时间没骑，手痒。过了一会儿，春分又说，不开心也是有的，早上一起来，爹娘就唠叨我还不结婚。刘小东笑道，大人都一样。春分说，他们要我这次一定把事情定下来。刘小东说，有目标了？春分说，我姑姑村里的，还没有见过面。刘小东说，高兴一点，说不定很中你的意呢。春分说，不是怕她不中我的意，而是怕我不中她的意，我已经看过两个女孩子，她们嫌我长得不好看。刘小东说，人哪能那么十全十美，再说各人还有各人的标准。春分说，反正这次，我也不抱什么信心。

村里人对春分跨在摩托车上很惊奇，说，春分，找老婆了？春分说了句粗话，×，好像摩托车是个女的，一骑上去就让人想起老婆。这种奇怪的想法让他笑了起来。他还没见过刘小东的老婆呢，不知道长得漂不漂亮。反正刘小东是长得很好看的，个子又高，脸也有轮廓，眼睛是眼睛鼻子是鼻子，不像他，眼睛和鼻子好像荞麦糊，不仔细看好像分不出来。他羡慕刘小东，甚至还有点儿嫉妒，可他们的关系又是那么好。他一遍遍地在镜子里照着自己，用手指点着自己的脸、额角、眼睛、眉毛、鼻子。太平庸了，一点挺拔的地方都没有，难怪女孩子不喜欢，就是他自己也不喜欢。摩托这东西就是好，有什么烦恼，骑着它一跑，就没有了。他总是把油门开到最大，让摩托飘起来。它飘起来，他也就飘起来了。他讨厌死了做裁缝。摩托在一个石子上像女人那样尖笑了一声，并且弯了弯身子。村里没人知道，虽然他没找老婆，可他见识过的女人并不少。那样的小店很多，他在那里找到了安慰。她们不知道他有痔疮，他也没必要担心她们有痔疮。有一次，他染上了病，偷偷跑到一个地方去打针。

　　他在外面挣的钱没给老子娘，都存着。姐姐都出嫁了，家里没什么负担，大人也不要他的钱。他存折上的钱其实没有他说的那么多，那样说是为了让爹娘别为他担心。他喜欢花钱，花钱的感觉很好，就像是坐在摩托上的感觉一样好。真的，自从痔疮像一条疯狗似的紧咬着他的身体不放的时候（他总觉得自己长了尾巴），他就把很多事情看开了。他的脑子里经常有一种虚无的想法，他想，虚无了反倒洒脱了。摩托转了一个弯，上了从他们乡通往另一个乡的马路。新车子感觉还是蛮爽的。他问老板娘，有没有新来的妹子？老板娘说，我们这里的姑娘个个都是新来的。是啊，对于他来说，她们个个都是新来的。他走了进去，她们立时如蜂似蝶般，嗡嗡或翩翩地飞来了。开始他是挑最漂亮的，想着反正花了钱，反正她们又不敢嫌弃他。但后来他改变了做法，专挑长得不怎么好的，自以为和她们同病相怜。当他的手挨着她们身体的时候，他的眼睛禁不住湿润起来。他在她们面前表现得又温柔又勇猛。只有一次半途而废。那个女人说，她家里有两个孩子。不知怎么的，他忽然不行了。他仿佛看到她的两个孩子正瞪着大眼睛望着他。有一段时间，他希望有个女人能真心对他好，那样他就要百分之两百地对她好。可是她们对他不可能有什么真心，这是由她们的职业性质决定的，就像他对缝纫机也不会有真心一样。有时候他恨不得拿一把锤子把那些缝纫机全部砸掉，仿佛把它们砸掉，他就解放了。可实际上，反而是它们给了他一碗饭吃和一个赚钱的地方。他想他也许永远结不了婚，因为他已经对结婚不感兴趣了。他不喜欢惦挂什么人，在外面他从不惦挂爹娘，从不给他们打电话。他注定是个薄情寡义的人。

这次姑姑给他介绍的女孩子叫绿霞。真是奇怪的名字。人家都是叫红霞朝霞彩霞的，这个女孩子竟然叫绿霞。他出了一会儿神，问姑姑，绿霞在哪里做事？姑姑说，在县城的酒店里做服务员呢，听说在门口站一站，每个月也有几百块钱。他笑了笑，姑姑真是不懂，她以为站着很轻松。他问姑姑，你怎么向她家介绍我的？姑姑说，我说你听话，稳重，在外面打了好多年工。他说，你是不是还说我攒了很多钱啊？姑姑说是的是的，这一点肯定要说，人要衣服马要鞍，说你有钱又不是坏事。他说，可是我没存什么钱，我花掉了好多。姑姑有些不高兴了，说，你这个孩子，我又不会向你借钱。

他在电话里看不到姑姑的脸，但猜想姑姑的脸这时一定不好看。

现在他忽然灵机一动，何不到姑姑家去看看呢？毕竟，姑姑对他那么好，他也应该去看看。以前，他最喜欢去的也是姑姑家，其他几位亲戚，包括自己的亲舅舅，面貌都有些模糊，反正很久以来，村里人和村里人，亲戚和亲戚之间，关系都有点怪怪的。如果他不争气做错了什么事，村里人会幸灾乐祸，亲戚里也有高兴的，只有姑姑，会毫不客气地讲他。每想起这一点，他的心就温软下来。本来准备过两天去，表弟在外面打工也回来了——表弟在武汉的一个装修队里做油漆工，每年回来都听他不停地咳嗽。这时他忽然想见一见那个叫绿霞的姑娘，他可以偷偷地看她一眼。如果感觉不合适，以后就用不着惊动她了，免得尴尬。

上了大路，他把龙头一转，直接往姑姑家的方向开去了。如果从小路去姑姑家，是很近的，走路只要半个多小时。而走大路，反而要花更多时间。他骑摩托到姑姑家要走三样路：现在是土马路，绕到镇上后，是一段从县城里下来的柏油路，下了柏油路，还有十多里的沙子路，三样路加起来有二三十里。他还是在中学读书时骑自行车去过姑姑家，其他时候都是走小路去的。不过骑摩托肯定就快多了，他加大了油门，车子像箭一般往前冲。他的头发向后扬起，风呼呼地擦过脸颊，开始冷冷的，硬硬的，但很快就热了起来。他像是一只大鸟张着翅膀一直往前飞。他从小就是个迷恋车的人，七八岁的时候，就推起姐夫的自行车乱踩，居然被他踩熟了，当然车子被跌得不成样子，他自己也摔得鼻青脸肿。中学毕业后，他并不想去做裁缝，他想开汽车，他觉得自己一定是一个开汽车的好手。但是他到哪儿去找汽车开呢？当时要开汽车得有好几万块钱的本钱，打死他家的人也拿不出这么多钱。他只有去做裁缝。开始他企图用平车的蜂鸣和针头的奔跑来代替车轮的转动，并且取得了一定程度的成功。但当他怀着好奇学会了骑摩托时，就觉得在平车面前是一件索然无味的事情。针头在布料上滑行和人在摩托车上飙驰的差别太大了。人在摩托车上，就好像把某种动力注入了人的体内，让人飘飘欲仙随心所欲，跑出了规矩之外。又好像他刹那间练就了非凡的武功，你看在那些武打电视剧里，这样的奇迹经常发生。那时他做得最多的梦是，他双脚一蹬，身体像踩在一朵白云上猛地向上飘升了起来。为此他在走路的时候会忽然向上蹿跳，或在快速奔跑中张开两手，他希望奇迹忽然在他身上出现。

那时，他看到大人在田里插秧，就幻想假如稻谷像韭菜一样割了又会长出来多好。或者像果树一样，栽在那里可以过好多年，一粒谷有一只苹果那么大，田里到处是这样的稻谷树，需要时就到树上摘几粒下来。车水的时候他恹恹欲睡，他听到那单调而冗长的声音就打不起精神。迷糊中，他幻想塘里的水像一头白象似的自己爬出来，根本不用他用力，自己就跑到他指定的地方去了。不，既然稻谷像树一样，那根本就不用车水了，毕竟它们抗旱的能力特强……因此他想，说不定那些搞发明的人都是懒鬼，只有懒鬼才会变着法子生

懒。有人也许会说他不务正业懒惰成性。他曾把家里用来拉
稻谷到楼上去的定滑轮加一个轮子变成了动滑轮，但爹说他
吃饱了没事做，又把轮子拆了下来。爹说，把力留着做什么
用呢，它用了又会长的，而且越长越大，越长越多。他还把
电瓶接到了收音机上，这样就不用买干电池了。他发现猪特
别爱吃鸡屎，便建议爹在家里搞一个养鸡场，再养上几头
猪，还可以在屋后的空地里栽上果树，或者承包一口池塘
养鱼，用猪粪给果树施肥或喂鱼，卖水果和鱼的钱又可以
给鸡买饲料，那么它们就可以像电动机上的皮带似的，发
动后，就会不停地运转下去。但他的美妙设想同样遭到了
爹的斥责。

　　前面有一个陡坡，他把油门加到最大，想一鼓作气地冲
上去。摩托吼叫着，散发出浓烈的汽油香味，他喜欢闻这种
味道，他愿意天天闻着这种味道。几个走路的人在飞快地后
退，摩托车让他找到了飞的感觉，他似乎从没有如此深入
速度的内部。这时候，速度是一条隧道，他置身其中，只
会毫无杂念地笔直向前，除此之外别无通途。速度越来越
狭窄，它的两壁不断地摩擦车身和他的面颊，让他感到既
刺激又神清气爽。在速度里，他是一个充满孩子气的、很
单纯的人，他像是刚刚出生的样子，没有痔疮，没有各种
各样的烦恼。渐渐地，他感觉自己是赤身在速度里自由地
翱翔。

3. 钱成林

就在刘春分把速度调试得随心所欲、几乎要飞起来的时候，他忽然听到有人在叫他的名字。他有些奇怪，忙把车子从高速里退回，为此他和摩托一起还差点打了个趔趄。他回过头来，便看到了钱成林。

嘿，怎么是你！他高声叫道，你什么时候回来了？

钱成林笑着说，我还以为你不认识我了呢。

他说，如果不是声音那么耳熟，我还真的认不出来，你看你，哪像以前的钱成林啊。

这时，钱成林已经走近了他，擂了他一拳，说，好啊，你也嘲笑我。

他说，我干吗要嘲笑你，是真的啊，你看你，怎么穿起花衣服来了，弄得男不男女不女的。钱成林嘿嘿笑着，露出了两颗烂牙。这两颗烂牙非同小可，可是他幸福的童年生活的象征。他很早就听说，钱成林是躺在糖罐里长大的。他不停地吃糖，糖就不停地蛀他的牙齿。

钱成林是后村里的人。他和钱成林那么熟是因为钱成林的一个姑奶奶嫁到了他村里，并且和他家相距不远。小时候，钱成林一到姑奶奶家来就会看到他，后来自然就来他家里玩，两人就这样熟了。如果钱成林的姑奶奶要找他去吃饭，就到春分家来找，或者在路上碰到了春分妈妈，就说，叫成林来家吃饭哈。他们一起钓鱼，捉蜜蜂，寻酸眯眼（一种酸得你把眼睛眯起来的植物）。钱成林还带他到他们村的塘里钓过鱼。后来他们渐渐长大，见面就少了，只在每年正月见一回，那时钱成林会到姑奶奶家来拜年。为了能见到钱成林，他很早就从自己的亲戚家里回来了。平日里，他每次看到钱成林的姑奶奶，都要问，成林来过了吗？成林现在在哪里做事？他还好吗？他已经有好几年没见到钱成林了，听说他在上海做事，过年懒得回来。他不由得有些佩服成林，他就没成林那么有决心和勇气，虽然他也很不想回家来过年，可到了那个日子，脚还是不知不觉往车站移动。后来又听说钱成林不是不想回来过年，而是不能回来过年，他在那边做了坏事被抓起来了。做什么坏事呢，有的说是偷东西，有的说不是偷东西是抢劫，也有的说是偷东西但不是偷别的东西而是专门偷人家城里女孩子穿的短裤。这有什么偷的？大家十分不解。难道是偷给他的女朋友穿？可没听说他定过亲啊。春分虽然也想知道钱成林这几年到底在干什么，但他怕钱成林真的在外面坐了牢，刺痛了他的伤疤，就不好问了。毕竟，坐牢不是一件有脸面的事。他自己倒不这样想，他想，一个人坐了牢，并不一定说这个人就坏透了，不能与他打交道了。他说，你这身花衣服哪儿买的，很好看啊。

钱成林有些得意起来，说，你要是喜欢，我送你一套。春分赶紧说，别，我可从没穿过花衣服，你想让我爹骂我啊？钱成林说，我就知道，你说的不是真心话。

春分说，好了，不开玩笑了，我们这么多年没见面，先来抽支烟吧。

钱成林说好。他们便拿出烟来，互相递了一支叼在嘴上，打着火把两支烟都吸亮了，烟雾在他们之间缭绕了起来，再说起话来便像是两根烟囱在说话。

真舒服，他们说。

春分说，你这是到哪儿去啊？

钱成林说，到镇上去。

春分说，也不骑辆车子，这么远，多难走。

钱成林说，这不碰上你了吗，我家里那辆自行车上了锈，我才懒得擦它。这是你买的摩托？你准备结婚了？

春分说，是小东的，我借来骑骑，你没去你姑奶奶家吗？

钱成林说，我这不刚从外面回来吗，她身体还好吧？

春分说，听说就是你那个表婶老和她吵架，骂她老不死，成了精。

钱成林说，我那个表婶啊。

春分说，走吧，你上车，我们边走边聊。

钱成林说，这车不错，小东要结婚了？

春分说，是啊。

钱成林说，好，到时候敲他的喜烟吃。他又说，你什么时候结婚啊？

春分说，哎，告诉你，我正准备去我姑姑村子里看一个女孩子。

钱成林说，真的？那我也跟你去。

春分说，我是悄悄去看的，人家还不知道呢，你跟着去，不就把人家惊动了？

钱成林说，你一个人去才会惊动呢，两个人反而还大方些。

春分想了想，说，看不看女孩子其实也无所谓，我们一起到我姑姑家玩去，说不定我那个表弟也是今天回来呢。

钱成林说，要不，等会儿我先替你看看去，如果合适，你再出马。

春分说，好啊，如果她把你看中了，倒省了我的事。

钱成林说，你这是什么话，朋友妻不可欺，好像我是专门抢人家老婆似的。

春分说，你看你，说哪儿话？我认都不认得她，怎么说她是我老婆？我说的是真话。其实我不想去看什么女孩子，是我爹要我去的，我没兴趣。

钱成林说，什么？你对女孩子不感兴趣？

春分说，不是对女孩子，是对找老婆不感兴趣。

钱成林说，那不一样吗，跟你说，我每天做梦都想讨老婆，可我不知道她在哪里。乡下的女孩子，我看不上她们，她们也看不上我，我爹四处求人帮我做大媒都没人登门呢。我想找一个城里女孩子做老婆，她们皮肤那么白嫩，眼睛那么水灵，每天看都看不够。

春分说，不是说，吹了灯都一样么。再说，乡下女孩子也有皮肤白嫩眼睛水灵的，打扮打扮，你能分得出来？

钱成林说，怎么分不出来，我闻一闻就知道了，乡下女孩子有一股膻气，城里女孩子闻着清爽。你别以为是化妆品什么的原因，告诉你，不是。

春分忽然说，听说你喜欢搞人家城里女孩子的衣服？

钱成林说，是啊。那还是在县城做事的时候，到了夜晚，我就拿竹竿去挑人家阳台上的衣服。你不知道，有好看衣服的地方，就有好看的女孩子。我发现，上海女人和我们县城里的女人，味道是很不一样的。县城里的女人大多皱巴巴的，别看她们平时走路眼望着天，可跟上海女人相比，也还是乡下人。上海女人的衣服是绸子做的，那么光滑，又那么舒展。握在手里既轻盈，又沉甸甸的……白天，我像个鬼影一样走在她们身后，她们不知道，虽然她们从不正眼瞧我，可我对她们是多么的熟悉，多么的死心塌地。我藏在摩肩接踵的人流里，自以为不会被发现。直到有一天，我终于忍耐不住了。我沿着水管爬上去，水管真是一个好东西，对于我来说，它就像是进入一座城市的云梯。一件女人的衣服挺拔凸立，在阳台上随风飘荡，阵阵芳香促使我轻轻把它推开。于是我发现自己落入了一个陷阱，这个陷阱为期两年零六个月。

钱成林是读过不少课外书的，那时候经常在课堂上看小说，一般的小说他还不看。他有个堂兄考上了名牌大学的研究生，听说专门研究外国小说。他就从堂兄那里拿书看，《欧也妮·葛朗台》《红与黑》之类。这也影响到了他说话的口气。

仿佛是为了安慰钱成林，春分也把自己做的坏事跟钱成林讲了，这有点儿等价交换或将心比心的意思。

因为说着话，春分就把车速放慢了。路上行人越来越多，他们不是挑着担就是扛着蛇皮袋，没有一个人空手走路，钱成林有时候回头跟人打招呼。春分村里的人买东西一般到县城去，钱成林村里人上街不怎么顺路，年货一般就在镇上买。过了左家桥，有一个陡坡，春分拉起马力往上跑。钱成林说，真是一匹好马。上坡后，春分有些热，把衣服上的拉链拉低了。钱成林说，我们换个座位，也让我来过把瘾。春分把车停下，一边下来，一边说，你会啊？钱成林说，是个男人都会。但春分还是说，注意点啊，这可是小东买来结婚的。钱成林说，你看你，怎么婆婆妈妈起来了。

春分没想到钱成林也把摩托骑得那么溜，他不禁为刚才的唠叨脸红了，好像这种不信任已损害了他们之间的关系，尤其是他们这么久没见面。还好，钱成林似乎并没有介意。春分说，感觉怎么样？钱成林说，坐后面跟坐前面就是有很大的不同，坐后面好像任人摆布，没有一点自主权。春分笑了起来，钱成林也嘿嘿笑，说，那我可要加速了。

风呼呼地擦着耳朵。真的，坐在后面是一点味道也没有，就好像有个看不见的人用他看不见的手捂住你的眼睛和耳朵。春分把脖子伸得长长的，从钱成林的肩膀上望过去，以便有一种驾驭感。但这时钱成林像个巨大的障碍物一样挡在眼前，使他仿佛是钱成林捎带的一个什么包裹，在任人宰割地颠来颠去。可他总不能在钱成林刚尝到一点驾驶快感的时候就把车头抢过来，他只得继续忍受着这份被动。车子很快来到了镇上，他们的速度受到了很大影响。在拥挤的人群中，摩托似乎变成了一条蚯蚓，在缓缓向前挪动。有时候，这条蚯蚓甚至被拦腰断成几截，他们都出了一身汗。不少人盯着钱成林的花衣服看。好不容易过了镇上，进入了一条从县城过来的公路，他们开始在这条公路上争夺摩托车的驾驭权。

他们一路争执说笑着，没料到，前面还有一位在等着他们呢。那位本来是从村里往镇上走的，村子离镇子不远，他在家里闲得发慌，便想到镇上去看看热闹。他也是在外面做事刚回来不久，到家后把行李包往屋里一放，就倒在床上一顿好睡，直到力气和精神回到了身上，才像一条鱼似的翻身跃起。是他先看到了钱成林，他想那是谁啊一身花衣服。等摩托开近了他才忽然认出来，嗨，他喊，钱成林，兜风呢。

摩托车突突地停住。钱成林回头一看，原来是马兴民。他们曾在一个地方做过两年事，钱成林做的那些花花事，他当然知道不少。他说，怎么从里到外越来越不像个男人了？钱成林伸手在他面前虚晃了一下，说，原来是你啊。接着向春分介绍，这是我以前的同事马兴民。又向马兴民介绍刘春分。三个人大口地抽着烟。他问马兴民，今年在哪儿做事啊？马兴民说在福建。春分说，怎么，你也在福建哪！钱成林说，你不知道他，花脚猫，在同一个地方不会待上两年。马兴民说，反正都是打工，趁现在还年轻，多跑几个地方，等把全国各地都跑遍了，就不出去打工了——就是出去也没人要了。春分说，还是你想的浪漫啊，你在福建做什么？马兴民拿嘴努了努钱成林，说，我跟他一样，也是泥水匠。春分拍拍脑袋，说，你在福建什么地方？马兴民说，晋江。春分说，我也在晋江啊！他们很兴奋，越说越近，脸也越凑越近，结果发现，他们做事的地方，其实隔不了两里路。

钱成林问马兴民要去哪儿？马兴民说，我闲着没事，随便走走，你们呢？春分说，到我姑姑家去。马兴民说，要不，上我家去吃午饭吧？春分说，算了算了，我都一年没去我姑姑家了。钱成林笑道，他还要相亲呢。马兴民说，人家相亲你跟去干什么？钱成林说，我去验收啊。马兴民说，那好，我也跟你们去验收。春分说，你别听他瞎扯，我不过顺路去瞅瞅，你如果一起去玩，那当然更好。钱成林说，我们谁开摩托啊？春分说，让兴民开吧。马兴民说，好啊，只是要让我先熟悉熟悉。他先骑在摩托上，往前跑了一段路，又掉头往回跑，几个来回之后停住说，上来吧。春分想问问他到底行不行，因为摩托毕竟是他借来的。不过想了想又忍下了，免得钱成林又说他婆婆妈妈。于是他坐中间，钱成林坐最后。

　　速度重新回到了车轮子上，他们不说话，毕竟超载坐了三个人，所以还是小心为好。马兴民开车很稳，不像钱成林，喜欢表演一些高难动作，制造一些惊险。春分放下心来。到了一个下坡，车子在平整的柏油路面上滑行，钱成林唱起歌来，什么心太软，特别的爱给特别的你，九百九十九朵玫瑰，忘情水，杂杂拉拉的，一首来上那么一两句，把它们毫无道理地组合在一起。春分和马兴民也忍不住跟着哼唱。

　　在一个快要转弯的地方，他们看到一个交警模样的人站在路边挥手。马兴民说，他想干什么？春分说，肯定是挡车的。怎么办？现在正是他们年关创收的时候，挡住了肯定要罚款。冲过去？对，冲过去，他反正是一个人。马兴民的手有些颤抖，他瞪大眼睛，加大油门，摩托在交警面前一冲而过。交警大叫着，猛烈地挥手……

4. 徐建设

徐建设今天很不情愿，本来说好了陪小学教师许丽娟去县城买衣服的。许丽娟昨天已经有些不满了，她说，你再不陪我，我就自己去好了。徐建设说，你千万别，刚好我明天休假，一定陪你去。他知道许丽娟不要他陪意味着什么。也难怪，许丽娟早已放了寒假，过年的衣服还没有买。

正是春运期间，车票翻了倍不说，还挤得要命。许丽娟不愿去挤车，她喜欢坐在他的边三轮后面，挺着腰杆，显得很优越。他追她追了大半年，可她还不肯给他一颗定心丸吃，如果不是看在她的工作的份上，他才没这个耐性。其他职业的人每天都要上七八个小时的班，只有她们当老师的，每天只要上那么两三节课，还有寒暑假，清闲得很。他一年到头太忙了，想找个空余时间多的人做老婆，那以后家务料理起来就方便许多。不就是一个中专生吗，有什么了不起的，好像是七仙女下凡。还不知道她是不是处女呢。其实他这么猴急猴急的，一方面是他自己年龄已经不小了，另一方面他也是想验证一下这个问题，如果许丽娟万一不是，那他就要及时转移目标，凭什么让他吃别人的剩饭？

到了年关，礼拜也没有了，抓赌抓黄抓交通，什么都要抓，所长说了，没完成指标，过年都没好日子过。好不容易等到休假，昨晚他早早睡下了，心想明天一定要对许丽娟下手，验明正身。种种迹象表明，她对他还是若有所待的，不然她干吗非等他陪她上街不可？他想好了，明天陪她好好玩一天，她要什么就给她买什么，一个小学教师，其实也挺可怜，平时用钱也是精打细算的。等哄得她高兴，就好做那顺水推舟的事情，必要的时候还可来点蛮力。据说现在的女孩子比较喜欢这一点，认为这样才够野性够男人味。许丽娟应该更有切身的感受，从她的家庭情况来看，她更需要某种男性的力量来填充她心里的缺失。她爸爸是镇中学的老师，现在已经退休，她妈妈十多年前就死了，爸爸没有找别的女人，家里还有个已经二十岁但看起来只有十来岁的痴呆弟弟。在家里，许丽娟就担当起了类似于母亲的角色，因此遇事显得比较有主见。这主见就像她藏在衣服里的一根刺，他跟她靠得太近的时候，就会扎到他。他要想办法把那根刺翻出来扔掉。

　　不过话又说回来，他在心里还真有点看重这个许丽娟，不然他不会有这个耐性。若是他不看重的女人，他早就粗暴地霸王硬上弓了，他想，反正谈恋爱又不犯法。再说在这个问题上，很多时候是说不清楚的，可以这样说也可以那样说。但对许丽娟不能这样，他在她面前连衣领上的扣子都扣得工工整整的，很少解开来。他不希望在他们有实质性的关系前让她发现他身上有她不喜欢的东西，他还从未这样看重过一个女孩子呢。他十分喜欢她那不紧不慢的样子，当然，如果是别人，他不会喜欢，比如他在执行任务的时候，他可以不紧不慢，但如果对方也不紧不慢，那怎么行呢？对方应该慌乱、手足无措才对。而许丽娟的不紧不慢，以后也是他的不紧不慢，只不过目前养在她那里罢了，他可以把它看成是她的嫁妆。一个未来的姑爷有什么理由不喜欢她的嫁妆呢？

但就在他把什么都准备好觉得可以安心睡觉的时候，忽然接到所长打来的电话。所长说，建设，刚接到县局的通知，××乡发生了重大交通事故，因严重超载，一辆中巴车翻到山沟里去了，死了十多个人，明天省里来人，县局命令我们多设几个站点，加强检查力度，你的假期就只好往后拖一拖了，明天一早来所里开会，重新布置任务。他从没觉得所长说话这么啰唆。所长说，徐建设，你在听吗？别忘了，你还在预备期呢。

他给许丽娟打电话。她听他啰哩啰唆地解释，跟他听所长的解释差不多。许丽娟说，好了，知道了，然后就挂了电话。

他的计划又泡了汤。他想，他怎么这么倒霉呢？在所长那里，他是预备期，在许丽娟这里，他也是预备期。他老是预备，预备。他想明天不管逮着谁，叫他也预备预备去。在这方面，所里的人个个都是好手。当然，大多数时候，他们还是不会这么干的，多快好省一点，也就算了。本来他没想去所长那儿预备，但有一天，所长在和大家过组织生活时，发现只有徐建设这几年胸无大志，完全沉浸在小我的物质享受中不能自拔，一个月有那么多工资就心满意足了。所长动之以情晓之以理，说了些人要有上进心不能辜负大好青春之类的话。徐建设是个聪明人，所长一点就通。试想，在一个单位上，别人都是什么，就你一个人不是，这时你的落后就出头了，弄不好就要被人当作出头鸟给打掉。于是他赶忙变被动为主动。

今天一早，重新布置任务时，大概是他昨晚的态度使所长不快，所长没有安排他检查来往的中巴，只让他和孟华利到一个路口去挡摩托。这是最没劲的事情，鸡肋呀，鸡肋，他想起了这个典故。孟华利老是跟所长抬杠，总想显得比所长能干，因此所长也不喜欢他。把他和这样的人安排在一组，显然就是在敲打他了，他有些后悔昨晚对所长态度不好。得罪了所长有什么好？说到底，还不是因为许丽娟，他发誓在过年之前一定要把她搞到手。

已经有两辆摩托从他面前一冲而过了，他根本看不清他们的牌照。如果是中巴，看它们往哪跑！越跑它们的麻烦越大，就像磁铁带动后面奔跑不止的铁屑一样，铁屑迟早会把磁铁团团围住，让它动弹不得。他和孟华利商量了一下，决定和他拉开一段距离，孟华利在前，他在后。他还有个私心就是，这样他就和孟华利离远了些，不然，看上去他也好像贴上了孟华利这枚标签。孟华利先朝车辆挥手，如果车辆不肯停下来或减速，不要紧，前面还有他徐建设。一般来说，司机不会想到紧接着还有一个关卡，他们一慌，车就跑不动了。徐建设自学过一些心理学，他觉得事情应该是这样的，为此他还故意把路边的一间矮房作为掩体，他要给那些家伙来一个出其不意，说不定有的人车头一歪就摔地下了。他设想着他们惊慌失措的样子，不由得暗笑了起来。这时，他忽然听孟华利在对讲机里喊道，有辆摩托超载，快拦住！摩托车的突突声越来越近，于是他挥着手，忽然从屋墙边冲了出来。

马兴民刚松了口气。本来他并不想逃避检查，但他一看到穿制服的人就有些心慌，手也止不住地发抖。不知从什么时候起，他害怕起穿制服的人来，而且他还发现穿制服的人越来越多了，无论在哪儿，都离不了他们的身影。其实到现在为止，他仍然分不清那些制服之间的细微或巨大的差别，这使得他常常莫名地紧张。即使是坐公交，只要旁边有一位穿着不管是什么制服的人，他也会双脚并拢，把手很深地插进两膝间，感到不自然。坐火车时也一样，一过检票口他的手就发抖，生怕自己带了什么不知道的违禁物品，或和正在通缉的某名要犯长得很像。听说国外有一个人因为和某个罪犯相貌相像，被警察误认击毙了。他还怕他口袋里的钥匙串惊动安检探测器，怕他的行李在传送带上尖叫。有时他们见他神色慌张，果然要把他叫到一旁，检查他的身份证，这样他就更慌张了。在车上，他也老是东躲西藏，不敢看列车员的眼睛，以至对方每每把他当成了逃票的。现在，就在他一愣神的工夫，摩托已经不听使唤地冲了过去。听到警察的喊叫，他越发害怕了，错上加错地将摩托开得更快！

可是前面还有一个警察。摩托像一匹野马，惊得一声嘶叫，撒蹄腾起。他的心也像摩托似的失了控制，从胸膛一下子冲到了喉咙的峭壁。他想把车头拉离某个方向，结果它却偏偏朝着了那个方向，好像那里有一种强大而奇怪的引力，令他挣脱不得。他听到身后的刘春分和钱成林惊叫了起来，于是，他们眼睁睁看着座下的摩托朝着那个警察直通通地撞了过去……

5. 王稻波

吃了午饭，王稻波正靠在沙发上打盹，忽然听门外吵吵嚷嚷的。他抬起头往院子里瞅去，见是两个民警。他们来干什么？他竖起耳朵，手和脚不由自主地划动起来。是不是那天打牌的事被他们知道了？说实话，那天的牌打得比较大。或者他做错了其他什么事情？比如调戏了某个妇女（有时候他喜欢开玩笑似的在某个女人的屁股上抓一把），或说了哪个镇干部的坏话？他想来想去，都没有想出来，但不管怎么说，派出所的人上门肯定没有好事，他想，我还是好汉不吃眼前亏先跑吧，然后再叫姐夫去问问情况。于是他下意识地拉开屋后的门就往外跑，派出所的人听到了动静就在后面追。他在前面猛跑，派出所的人在后面猛追。

当晚县电视台播报了一则新闻——

今天，我县××地段发生了一起严重的驾车撞伤执法民警的案件。犯罪嫌疑人王稻波驾驶摩托，为逃避春运期间的安全检查，加大油门朝执法民警徐建设猛撞过去，致使徐当即倒地，后经医院大力抢救才脱离生命危险。王稻波驾车逃匿。然而，法网恢恢疏而不漏，警方仅用了不到两个小时就迅速侦破了此案，下午，王稻波本人在拒捕过程中被警方开枪击毙。